Nic Pizzolatto

Galveston

NIC PIZZOLATTO

GALVESTON

Herausgegeben von der Süddeutsche Zeitung Edition
Ausgewählt von Peter Graf

Aus dem Amerikanischen von Simone Salitter und Gunter Blank

Wie oft habe ich unterm Regen auf einem fremden Dach gelegen und an zu Hause gedacht.

William Faulkner

(»*Als ich im Sterben lag*«. Roman. Aus dem Englischen von Maria Carlsson. Rowohlt Verlag, Reinbek)

1

Der Arzt hat Bilder von meiner Lunge gemacht. Die sind voller Schneeflocken.

Als ich das Sprechzimmer verließ, waren die Leute im Wartezimmer froh, dass sie nicht ich waren. Gewisse Dinge lassen sich im Gesicht ablesen.

Ich wusste, dass irgendetwas nicht stimmte, denn zwei Tage zuvor hatte ich einen Typen eine Treppe hinauf in den zweiten Stock verfolgt und keine Luft mehr bekommen. Es war, als hätte mir jemand eine Hantel auf die Brust gepackt. Die zwei Wochen davor hatte ich ziemlich heftig gebechert, aber ich ahnte, dass mehr dahintersteckte. Der plötzliche Schmerz machte mich so wütend, dass ich dem Typen die Hand brach. Außerdem spuckte er Zähne. Er beklagte sich später bei Stan über meine maßlose Gewalt.

Aber deshalb wurde ich ja angeheuert. Immer schon. Weil ich maßlos bin.

Ich erzählte Stan von den Schmerzen in der Brust, und er schickte mich zu einem Arzt, der ihm vierzig Riesen schuldete.

Auf der Straße vor der Praxis holte ich meine Zigaretten aus der Jacke und wollte das Päckchen zerquetschen, beschloss dann aber, dass dies nicht der Augenblick war, um aufzuhören. Ich zündete mir direkt eine an, aber sie schmeckte beschissen, und der Rauch ließ mich an Baumwollfasern denken, die durch meine Brust waberten. Busse und Autos glitten vorüber, Chrom und Scheiben reflektierten das Licht. Hinter meiner Sonnenbrille schien es, als wäre ich am Grund des Meeres angelangt, und die Fahrzeuge waren die Fische. Ich stellte mir einen kühleren, düstereren Ort vor, und die Fische verwandelten sich in Schatten.

Die Hupe eines vorbeifahrenden Wagens schreckte mich auf. Ich trat auf die Straße und winkte ein Taxi heran.

Ich dachte an Loraine, die junge Frau, mit der ich früher mal zusammen gewesen war, und daran, dass ich mich einmal am Strand von Galveston eine ganze Nacht lang mit ihr unterhalten habe. Von dort, wo wir gesessen hatten, hatte man den dichten weißen Rauch der Ölraffinerien sehen können, der sich in der Ferne nach oben geschraubt hatte wie eine Straße, die in die Sonne führt. Das musste jetzt zehn, elf Jahre her sein. Sie war schon immer zu jung für mich gewesen.

Nicht nur wegen der Röntgenaufnahmen war ich stinksauer, Carmen, die Frau, die ich als meine Freundin betrachtete, hatte angefangen, mit meinem Boss Stan Ptitko zu schlafen. Jetzt war ich unterwegs, um ihn in seiner Bar zu treffen. Ziemlich sinnlos war das, aber du hörst nicht einfach auf, der zu sein, der du bist, nur weil in deiner Brust ein Wirbelsturm aus Seifenflocken tobt.

Ich hatte wohl keine Chance, da lebend rauszukommen, aber genau wissen, wann, wollte ich auch nicht. Ich würde einen Teufel tun, Stan und Angelo davon zu erzählen. Ich wollte nicht, dass sie, wenn ich nicht da war, in der Bar abhingen und Witze über mich machten.

Die Scheibe des Taxis war mit verschmierten Fingerabdrücken übersät, dahinter kam Uptown langsam näher. Manche Städte öffnen sich einem, aber New Orleans hat nichts von einem Tor. Die Stadt ist wie ein eingesunkener Amboss. Sie hat sich diese Atmosphäre selbst geschaffen und muss sie nun ertragen. Die Sonne flirrte wie ein Stroboskop zwischen Gebäuden und Eichen, Licht und Schatten huschten abwechselnd über mein Gesicht. Ich musste an Carmens Arsch denken und daran, wie sie mir über die Schulter zugelächelt hatte. Ich dachte immer noch viel an sie, was nichts brachte, denn sie war eine herzlose Hure. Als das mit uns anfing, war sie eigentlich mit Angelo Medeiras zusammen. Ich schätze, ich habe sie ihm mehr oder weniger ausgespannt. Jetzt war also Stan an der Reihe. Angelo arbeitete ebenfalls für ihn. Die Vorstellung, dass sie hinter Stans Rücken noch ein paar andere Typen vögelte, kühlte den Schmerz der Demütigung ein wenig.

Ich überlegte, wem ich von meiner Lungengeschichte erzählen konnte. Irgendjemandem wollte ich es erzählen, denn niemand wird bestreiten, dass das eine verdammt beschissene Nachricht ist, zumal wenn man noch Geschäfte zu erledigen hat.

Die Bar hieß Stan's Place, ein Ziegelbau mit Blechdach, vergitterten Fenstern und einer verbeulten Metalltür.

Drinnen saßen Lou Theriot, Jay Meires und ein paar ältere Typen, die ich nicht kannte. Der Barkeeper hieß George. Sein linkes Ohr war in weißen Mull gepackt. Ich fragte ihn, wo Stan steckte, und er nickte in Richtung der Treppe, die zum Büro hinaufführte. Die Tür war geschlossen, deshalb setzte ich mich an die Bar und bestellte ein Bier. Dann erinnerte ich mich daran, dass ich bald sterben würde, änderte meine Bestellung und verlangte einen Johnnie Walker Blue. Lou und Jay unterhielten sich über Probleme mit einem der Wettbüros. Das war nicht schwer herauszuhören, da ich mit Anfang zwanzig selbst eine Zeitlang im Wettgeschäft unterwegs gewesen war und die Art kannte, darüber zu reden. Doch dann unterbrachen sie ihre Unterhaltung und sahen mich an, weil ich zuhörte. Ich lächelte nicht und verzog keine Miene, also redeten sie weiter, viel leiser allerdings und mit gesenkten Köpfen, damit ich nichts mehr mitbekam. Die beiden waren nie besonders herzlich zu mir gewesen. Sie kannten Carmen schon aus der Zeit, als sie hier gekellnert hatte, lange bevor sie sich Stan an den Hals geworfen hatte, und ich war mir sicher, dass sie ihretwegen einen gewissen Groll gegen mich hegten.

Aber sie mochten mich wohl auch deshalb nicht, weil ich mich nie richtig in ihre Truppe eingefügt hatte. Stan hatte mich von seinem ehemaligen Boss, Sam Gino, übernommen, der wiederum hatte mich quasi von Harper Robicheaux geerbt, und letztlich war es hauptsächlich mein Fehler, dass mich die Typen nie richtig akzeptiert hatten. Sie pflegten immer noch diese Itaker-Attitüde – zwängten sich entweder in Trainingsanzüge oder in Hemden mit Umschlagmanschetten und schmierten sich Pomade ins Haar –, während ich Jeans, schwarze T-Shirts, Jacke und Cowboystiefel trug, weil ich das immer schon getragen hatte. Meine Haare waren länger, vor allem im Nacken, und ich hatte einen Vollbart. Ich heiße Roy Cady, aber schon Gino hatte damit angefangen, mich Big Country zu nennen, und jetzt tun es alle, wenn auch ohne jegliche Zuneigung. Ich stamme aus East Texas, dem goldenen Dreieck, und diese Typen haben mich immer als Abschaum betrachtet, was in Ordnung ist, weil sie andererseits auch Schiss vor mir haben.

Ich habe nie Lust verspürt, mich nach oben zu arbeiten.

Vor der Geschichte mit Carmen bin ich mit Angelo immer gut ausgekommen. Jetzt ist das anders.

Die Bürotür ging auf, und Carmen kam heraus, strich sich das Kleid glatt und fuhr sich mit der Hand durchs Haar, bis sie mich sah und erstarrte. Doch Stan war schon direkt hinter ihr, deshalb ging sie langsam die Treppe herunter, gefolgt von Stan, der damit beschäftigt war, sein Hemd in die Hose zu stecken. Die alte Treppe ächzte unter ihren Schritten, und noch ehe sie unten war, zündete Carmen sich eine Zigarette an. Sie ging zum anderen Ende der Bar und bestellte einen Greyhound.

Mir fiel ein ätzender Spruch ein, den ich ihr an den Kopf hätte werfen können, musste ihn aber für mich behalten.

Der Hauptgrund, weshalb ich so sauer auf sie war, war der, dass sie mir das eigentlich angenehme Gefühl, einsam zu sein, verdorben hatte. Ich war schon seit geraumer Zeit allein gewesen, und wenn ich vögeln wollte, hatte sich immer jemand gefunden, aber ansonsten hatte ich viel Zeit allein verbracht und es genossen. Jetzt nicht mehr. Jetzt fühlte es sich alles andere als cool an.

Stan nickte Lou und Jay zu, kam dann zu mir rüber, sagte, dass Angelo und ich am Abend einen Job zu erledigen hätten. Ich gab mir alle Mühe, so zu tun, als fände ich es richtig klasse, mit

Angelo zusammenzuarbeiten. Stan hatte diese sich wie Kliffs vorwölbenden Polackenbrauen, die Schatten über seine winzigen Augen warfen.

Er drückte mir ein Stück Papier in die Hand: »Jefferson Heights. Ihr stattet Frank Sienkiewicz einen Besuch ab.«

Der Name sagte mir was, der Vorsitzende oder ehemalige Vorsitzende oder Anwalt der Hafenarbeiter-Gewerkschaft.

Offenbar waren die Jungs ins Visier der Feds geraten, gerüchteweise hieß es, sie seien Ziel einer Untersuchung. Sie handelten Ware für Stans Partner, und das Geld, das sie dafür bekamen, hielt die Gewerkschaft über Wasser, aber Genaueres wusste ich auch nicht.

»Es soll niemand verletzt werden«, sagte Stan. »Das kann ich jetzt nicht gebrauchen.« Er trat hinter meinen Hocker und legte mir die Hand auf die Schulter.

Ich habe es nie vermocht, in diesen kleinen Augen zu lesen, die wie eingemeißelt unter den ausladenden Augenbrauen hervorlugten. Aber ein Geheimnis seines Erfolges musste mit der Gnadenlosigkeit zu tun haben, die sie austrahlten. Die slawischen Wangenknochen und der lippenlose Mund taten ihr Übriges. Stan hat die Züge eines brandschatzenden Kosaken, und wenn die Sowjets damals tatsächlich Leute gehabt haben, die ihren Opfern glühende Kleiderbügel in die Harnröhre schoben, mussten das Typen wie Stanislaw Ptitko gewesen sein.

»Ich will nur, dass der Mann kapiert, wie's läuft. Dass er sich in den Dienst der Mannschaft zu stellen hat. Sonst nichts.«

»Und dafür brauche ich Angelo?«

»Nimm ihn einfach mit. Man kann nie vorsichtig genug sein. Vorher holst du noch in Gretna etwas für mich ab. Also pass auf, dass du nicht zu spät kommst«, sagte er und schaute auf den Johnnie Walker in meiner Hand.

Stan kippte einen Stoli und schob das Glas zum Barkeeper zurück. Der Mull um Georges Ohr hatte in der Mitte einen gelben

Fleck. Stan sah mich gar nicht mehr richtig an, als er seine Krawatte zurechtrückte und sagte: »Keine Eisen, verstanden?«

»Was?«

»Erinnerst du dich an den Trucker letztes Jahr? Ich will nicht, dass jemand eine Kugel abbekommt, nur weil einem die Nerven durchgehen. Deshalb lautet die Ansage an dich wie an Angelo: Lasst die Knarren zu Hause. Und Gnade euch Gott, wenn ich herausfinde, dass ihr trotzdem bewaffnet hingegangen seid.«

»Wird der Typ da sein?«

»Er wird. Schließlich schicke ich ihm ein Päckchen Liebesgaben.«

Er wandte sich ab, ging zu Carmen, küsste sie hart auf den Mund und knetete kurz eine ihrer Titten. Rachefantasien krochen in mir hoch. Dann verschwand er durch die Hintertür. Carmen rauchte und wirkte einfach nur gelangweilt. Ich dachte darüber nach, dass Stan gesagt hatte, wir sollten keine Knarren mitnehmen.

Was mir verdammt komisch vorkam.

Carmen warf mir vom anderen Ende der Bar aus finstere Blicke zu, Lou und Jay bekamen es mit und redeten auf sie ein, erzählten ihr, wie *entspannt* Stan wirkte, wenn er mit ihr zusammen war. Das stimmte sogar, es war nicht zu übersehen, und das wiederum zwackte ein bisschen, und irgendwo tief in meinem Herzen fühlte ich mich beschämt. Ich kippte den JW hinunter und bestellte einen neuen.

Carmen hatte ihr langes hellbraunes Haar hochgesteckt, die Haut ihres hübschen Gesichts wirkte strapaziert, und in den kleinen Fältchen und Furchen, die man nur sehen konnte, wenn man ganz nah ranging, sammelten sich Make-up und Puder. Sie erinnerte mich an ein geleertes Cocktailglas, in dem eine zerdrückte Limonenschale auf schmelzenden Eiswürfeln schwimmt.

Ich schätze, die Männer fuhren auf sie ab, weil sie diese unbändige körperliche Sinnlichkeit ausstrahlte. Man brauchte sie nur anzusehen und wusste – die ist für alles zu haben. Das ist zwar sexy, aber auch schwer zu ertragen.

Ich wusste von Dingen, die sie durchgezogen hatte, von denen Angelo keine Ahnung hatte. Mit mehreren gleichzeitig und so. Und mehr als einmal hat sie mir angeboten, noch ein Mädchen mitzubringen, um die Sache ein bisschen anzuheizen.

Aber ich steh da nicht unbedingt drauf. Damals hatte ich noch einen Sinn für Romantik, der mir heute ziemlich abwegig vorkommt.

Ich glaube, sie fuhr auf den Betrug mehr ab als auf den Sex. Als hätte sie noch eine Rechnung zu begleichen.

Sie behauptete, ich hätte sie einmal geschlagen, aber das nehme ich ihr nicht ab. Sie war eine kleine Schauspielerin, und ein dramatischer Auftritt war ihr wichtiger als die Wahrheit.

Obwohl ich zugebe, dass meine Erinnerung an diese Nacht lückenhaft ist.

In der Bar sagte Lou etwas zu ihr: »Man sieht, dass du weißt, wie man einen Mann bei Laune hält.« Oder so was in der Art.

Und Carmen erwiderte: »Zumindest kann niemand sagen, dass ich mir keine Mühe gebe.«

Sie lachten alle, und die 38er an meinem Steißbein fühlte sich auf einmal verdammt heiß an. Aber das hätte mir auch keine Befriedigung verschafft. Denn meine eigentliche Wut rührte daher, dass ich nicht so sterben wollte, wie der Arzt es mir prophezeit hatte.

Ich warf ein paar Scheine auf den Tresen und ging hinaus. Zwei Tage zuvor hatte ich mich mit Tequila zugedröhnt und meinen Truck stehen lassen. Er stand noch immer unversehrt vor der Tür. Ein großer Ford F-150 Pick-up, Baujahr 84. Drei Jahre war der jetzt alt. Eckig und kompakt, schwerer Motor, definitiv kein Spielzeug. Ich fuhr über den Pontchartrain Expressway, ohne das Radio einzuschalten, weil meine Gedanken in meinem Kopf brummten wie die Flügel einer Biene.

Gretna. Auf der Franklin Street fragte ich mich, wann ich wohl das letzte Mal zum Zug kommen würde. Jeder Sonnenstrahl, der auf die Windschutzscheibe schlug, während draußen die Bäume an mir vorbeirauschten, verlangte eigentlich, dass ich ihn zu schätzen wusste, aber ich kann nicht behaupten, dass ich das tat. Ich versuchte mir vorzustellen, wie es wäre, nicht mehr zu existieren, aber ich besaß nicht genügend Einbildungskraft.

Das gleiche erstickende Gefühl der Hoffnungslosigkeit, das mich mit zwölf oder dreizehn befiel, wenn sich die endlosen Baumwollfelder vor mir auftaten. Ich sehe es noch vor mir: Irgendein Augustmorgen, einen Leinensack über der Schulter, und Mr. Beidle zu Pferd mit seiner Trillerpfeife, der die Kinder aus dem Heim herumkommandierte. Die elende Vorstellung einer nicht enden wollenden Arbeit. Das Gefühl, nicht gewinnen zu können. Nachdem ich eine Woche lang Baumwolle gepflückt hatte, bemerkte ich zum ersten Mal die Hornhaut auf meinen Händen, als ich eine Gabel fallen ließ und meine Fingerspitzen nichts mehr spürten. Wenn ich jetzt auf die harten Stellen an meinen Fingern schaue, überkommt mich eine Woge des Zorns, und meine Hände umklammern das Lenkrad, bis die Knöchel weiß hervortreten. Das Gefühl, betrogen worden zu sein. Dann dachte ich an Mary-Anne, meine Mutter. Sie ist eine schwache, clevere Frau gewesen, die sich zwang, dumm zu wirken. Doch heute bestand keine Notwendigkeit, an sie zu denken.

Ich fand die Adresse, die Stan mir gegeben hatte, ein heruntergekommenes Apartmentgebäude, das von einigen Lagerhäusern umgeben war. Graffiti überzogen den blassen Ziegelbau, und hüfthohes Unkraut und blutrote Fingerhirse wucherten in der Brache nebenan. Auf dem Parkplatz standen ein paar Schrottlauben, und der für New Orleans typische Geruch nach Öl und dampfendem Müll stieg mir in die Nase.

Erster Stock, Nummer 12. Ned Skinner.

Ich ging einmal an seinem Fenster vorbei und schaute hinein. Drinnen war es dunkel, und ich konnte nicht erkennen, ob sich etwas bewegte. Ich ließ eine Hand in die Hosentasche gleiten, wo meine Schlagringe steckten, und ging die Galerie entlang. Dann ging ich wieder nach unten, ums Haus herum und überprüfte die rückwärtigen Fenster. Eine Brise ließ die Gräser erzittern.

Ich kehrte um und klopfte an seine Tür. Das ganze Gebäude schien verwaist zu sein, überall heruntergelassene Jalousien, weit und breit keine Fernseh- oder Radiogeräusche. Deshalb wartete ich eine Weile, dann zückte ich mein Klappmesser und bearbeitete den billigen Holzrahmen rund ums Schloss.

Ich schlüpfte hinein, schloss die Tür und betrat das spärlich möblierte Apartment. Überall lagen Müll und Abfall herum, Zeitungen und tonnenweise alte Wettscheine, Fast-Food-Verpackungen, ein uralter Röhrenfernseher mit gesprungener Mattscheibe. Auf dem Küchentresen standen leere Wodka-Flaschen, alles anständige Marken. Verwahrloste Säufer habe ich schon immer gehasst.

Es roch beschissen, nach abgestandenem Atem und säuerlichem Schweiß. Das Badezimmer war dreckverkrustet und mit Schimmel überzogen, und auf den Fliesen lag schmutzstarrende Wäsche herum. Das Schlafzimmer bestand aus einer Matratze mit zerschlissenen, vergilbten Laken, die auf dem Boden lagen. Auch hier übersäten zahllose zusammengeknüllte Wettscheine den Teppich wie abgeschlagene Blumenblüten.

Neben der Matratze fand ich ein gerahmtes Foto. Ich hob es auf. Es zeigte eine brünette Frau mit einem kleinen Jungen, beide ziemlich hübsch, sie lachten und strahlten in die Kamera. Es sah aus, als wäre es schon einige Jahre alt. Man konnte es an der Frisur und der Kleidung der Frau erkennen, auch das Papier war fester als das, was sie heute verwenden. Es war von ledriger Textur, und die Gesichter schienen über die Jahre verblichen zu sein. Ich trug es ins Wohnzimmer, wischte einen Pizza-Karton von einem Stuhl und setzte mich. Ich sah mir das Foto an und blickte mich dann im Zimmer um. Ich habe selbst in Löchern wie diesem gehaust.

Ich studierte das Lächeln auf den Gesichtern.

Etwas huschte an mir vorbei, ein Gefühl oder eine Erinnerung, die ich nicht zu fassen bekam. Etwas, das ich einmal selbst gefühlt oder erfahren hatte, eine Erinnerung, die es nicht an die Oberfläche schaffte. Ich mühte mich, aber sie entzog sich meinem Zugriff.

Trotzdem war sie ganz nah.

Das Licht, das durch die Jalousien fiel, legte sich wie Knaststreifen auf meinen Körper. Ich wartete lange, regungslos auf dem Stuhl sitzend, doch der Mann tauchte nicht auf. Und angesichts dessen, was später passierte, betrachte ich heute diese Wartezeit als Demarkationslinie in unserer beider Leben.

Es war der Moment, in dem die Dinge in die eine Richtung hätten laufen können, ehe sie in die andere liefen.

Um acht traf ich mich mit Angelo im Blue Horse in einer Seitenstraße der Tchoupitoulas Street. Es war eine dieser Biker-Bars, in denen ich mich immer wohler gefühlt habe als in Stans Laden.

Aber ich hatte mir die Zeit genommen, vorher noch kurz bei meinem Trailer vorbeizufahren. Vielleicht war es paranoid, aber seit Stan mich angewiesen hatte, keine Pistolen mitzunehmen, hatte ich ein ungutes Gefühl. Schließlich bin ich Profi, kein gewöhnlicher Laufbursche, den man herumkommandiert. Und warum wollte er, dass ich Angelo mitnahm? Mir kam der Gedanke, dass Stan mich reinlegen wollte. Vielleicht wollten beide mich wegen Carmen kaltmachen. Vielleicht glaubten sie, ich hätte sie geschlagen. Oder sie wollten einfach nicht, dass ich lebend herumlief, weil ich sie gevögelt hatte. Was auch immer es war, das Ganze fühlte sich falsch an, und deshalb spielte es keine Rolle, ob mich mein Instinkt täuschte, ich würde ihm dennoch folgen. Ich steckte meine Schlagringe und einen ausziehbaren Schlagstock ein, und schob auch den 38er Colt Mustang in den Stiefel. Meine bevorzugte Waffe. Außerdem schnallte ich mir ein Springmesser an den Unterarm. Ich hatte es seit Jahren nicht mehr benutzt, deshalb sprühte ich es mit WD-40-Öl ein und testete es mit angezogener Jacke. Sobald ich mein Handgelenk drehte, schoss es mir in die Hand wie ein kalter Blitzstrahl.

Allerdings überraschte mich Angelo gleich, als ich ihn in der Bar begrüßte. Er drehte sich auf seinem Hocker um und streckte mir die Hand entgegen. Er wirkte niedergeschlagen und fertig, deshalb ergriff ich sie, achtete aber darauf, ja nicht das Handgelenk zu drehen.

»Bist du bereit?«, fragte ich.

»Lass mich austrinken.« Er wandte sich wieder zur Bar und schlürfte seinen Highball. Sein dünner werdender Pompadour war schon ziemlich weit von seiner Stirn nach hinten gerutscht, und mit seinem schwarzen Trainingsanzug stach er hier heraus wie ich bei Stan. Ich setzte mich neben ihn und starrte auf die Flaschen.

Er sah zu mir herüber, eine Art wutentbrannte Traurigkeit im Blick, als könnte er kaum still sitzen und wüsste nicht, was er mit sich anfangen sollte. Pausenlos wippte er mit dem Knie und friemelte an seinen Fingernägeln. Dann begriff ich.

»Probleme?«

»Du weißt das mit Stan und Carmen?«, fragte er.

»Klar doch, ja.«

Er funkelte mich an.

»Ach, scheiß drauf«, sagte ich, ließ meinen Blick über die Flaschen streifen und dachte an meinen Krebs. »Johnnie Walker Blue. Einen Doppelten.«

Der Drink kostete vierzig Dollar, rann heiß und geschmeidig die Kehle runter, erwärmte meine Brust mit seiner Hitze und erweckte sie zum Leben.

»Sie ist einfach …«, brabbelte Angelo.

»Was?«

»Wie kann sie nur – einfach so – warum? Mit *ihm*? Du kennst die Geschichten über ihn genauso gut wie ich.«

»Sie ist nicht gerade die reinste Seele. Ich meine, komm schon, sie ist eine Schlampe.«

»Sag das nicht. Ich muss mir nicht anhören, dass du so über sie redest.«

»Dann red am besten überhaupt nicht über sie. Jedenfalls nicht mit mir.«

Aus dem Augenwinkel sah ich, wie er mich hasserfüllt anfunkelte.

Was die Männer außerdem an Carmen mochten, war ihre Fähigkeit zu wissen, was sie dachten. Man konnte sie sicher nicht als Blondchen abtun, sie war smart und ziemlich clever. Ich denke, viele Kerle glaubten, sie wäre schlauer als sie, und das kann durchaus ganz schön erregend sein. Ich schlürfte den Rest des fantastischen Whiskeys und wirbelte herum.

»Bereit?«

Einen Moment lang fürchtete ich, er würde mir eine reinschlagen, aber er seufzte nur und nickte niedergeschlagen. Dann schwang er sich auf und rutschte vom Hocker. Dabei musste er aufpassen, dass seine Beine nicht einknickten. Ich hatte nicht bemerkt, dass er betrunken war, und machte mir nun Sorgen wegen des Manns in Jefferson Heights. Sienkiewicz.

»Du fährst«, sagte er.

Mein Truck erwachte wie ein nasser Hund zum Leben, und die Stimme im Radio erzählte gerade etwas über Jim Bakker und dass ihm die Priesterwürde aberkannt worden war. Angelo saß neben mir, als hätte man ihm die Luft rausgelassen. Ich checkte die Adresse und fuhr auf der Napoleon Richtung Norden zur I-90.

Angelo beugte sich vor und schaltete das Radio aus. »Weißt du noch?«, sagte er leise und lallte ein bisschen. »Weißt du noch, wie wir vor ein paar Jahren diese Bürschchen fertiggemacht haben, die im Audubon Park gedealt haben?«

Ich musste kurz überlegen. »Ja.«

»Mann. Der Junge damals fing glatt an zu heulen. Weißt du noch – ich meine – wir hatten noch nicht mal angefangen. Und schon liefen ihm die Tränen …« Er kicherte.

»Ich erinnere mich.«

»Bitte nicht, wir tun's doch nur, um die Uni zu bezahlen.«

»Yep.«

»Und du hast gesagt: Junge, hier ist die Uni.« Er hielt inne, richtete sich auf. »Erinnerst du dich noch an die Tasche?«

»Aber klar.«

Das war vor etwa fünf Jahren, ich war gerade zu Stans Truppe gestoßen. Der Junge hatte einen Matchsack voll mit kleinen Koksbriefchen und viertausend Dollar.

»Und weißt du noch, was wir damit gemacht haben?«

»Es Stan gegeben.«

»Ja.« Er drehte sich zu mir, die Hände schlaff im Schoß. »Ich weiß, dass du das Gleiche gedacht hast wie ich. Dass wir es einfach aufteilen könnten. Dass Stan es nicht zu wissen brauchte.«

Sein leises, herumirrendes Stimmchen schien mit den Lichtern zu verschmelzen, die die Scheinwerfer der entgegenkommenden Autos über die Windschutzscheibe jagten.

»Aber wir haben einander nicht getraut«, fuhr er fort. »Dran gedacht haben wir beide. Aber wir haben einander nicht getraut.«

Ich warf ihm einen Blick zu und holte tief Luft. »Worauf willst du hinaus?«

»Weiß nicht«, erwiderte er schulterzuckend. »Ich hab … ich hab nur so *nachgedacht*. Ich meine … Was haben wir schon vorzuweisen? Ich bin dreiundvierzig, Mann.«

Es war, als hoffe er in mir einen Kumpel zu finden, aber das stand ihm nicht zu. Außerdem war es ziemlich erbärmlich, diesem aufgedunsenen Spaghettifresser dabei zuzuhören, wie er über seine Gefühle zu reden versuchte, ohne über das dafür nötige Vokabular zu verfügen.

Während mir der Sarg angemessen wurde, jammerte er über sein Leben.

»Warum konzentrierst du dich nicht einfach auf unser Vorhaben?«

»Häh?«

Er starrte aus dem Fenster, und ich legte ein Tape von Billy Joe Shaver ein, von dem ich wusste, dass Angelo es hasste. Aber er verlor kein Wort über die Musik.

Ich bekam fast Schuldgefühle, weil ich plante, ihn nachher ins Genick zu stechen, und das war ungefähr so, als träte man einen Krüppel. Man brauchte einen guten Grund.

Fairness war für mich nie nur ein Wort gewesen.

Damit meine ich, wenn man mir einen Zettel in die Hand drückt, auf der dein Name steht, dann hast du irgendwas getan, damit er da draufsteht. Etwas, das du besser nicht hättest tun sollen. So läuft das eben.

Angelo glotzte stumpf aus dem Fenster und seufzte wie ein junges Mädchen, während ich die Steel-Gitarre, die aus den Tür-Lautsprechern wummerte, auf mich wirken ließ, bis meine Eingeweide kitzelten. Nach einer Weile fand ich das Haus, ein viktorianischer Kasten auf der Newman Avenue mit einem Hof, der von einem Zaun aus schmiedeeisernen Speeren umgeben war. Um sicherzugehen, dass das Haus nicht überwacht wurde, fuhren wir ein paarmal in größer werdenden Kreisen um den Block. Dann parkte ich den Truck auf der Central, damit wir uns zwischen den Häusern hindurch anschleichen konnten.

Ich kontrollierte meine Mitbringsel und steckte die Skimaske in die Jackentasche. Angelo wollte seine gleich überziehen, aber ich sagte ihm, er solle warten, bis wir da sind, was er denn auch tat, obwohl er sich benahm, als wäre er zu blöd, seine Schuhe zu binden. Ich war kurz davor, ihm zu sagen, er solle auf mich warten. Aber das hätte nichts gebracht, also schlichen wir über die Höfe zurück zur Newman. Dort brannte nur eine einsame Straßenlaterne, und die stand weit hinter dem Haus, das wir besuchen wollten. Es lag im Dunkeln, und ich konnte auch keine Hunde hören.

Ich sagte ihm, er solle vorne klopfen, ich würde hintenrum gehen.

Dann zog ich mir die Maske über, stützte mich an den Pfosten ab und sprang über den Zaun, durchquerte einen ruhigen kleinen Hinterhof, in dem sich ein kleiner Teich befand, in den über einen Natursteinhügel das Wasser floss, was ein beruhigendes, aber auch merkwürdiges Geräusch machte.

Ich stieg die Stufen zur Hintertür hinauf. Damals dachte ich nicht daran, aber mir hätte auffallen müssen, dass es hier keine Bewegungsmelder gab. Und ich hatte auch nicht bemerkt, dass das Haus das einzige in der Straße war, das in völlige Dunkelheit gehüllt war.

Aber ich hatte es eilig. Während ich an der Tür stand und lauschte, roch ich unter der Maske meinen Whiskeyatem und hörte das Blubbern des Teichs.

Ich bekam mit, wie Angelo an die Vordertür klopfte, wartete, erhaschte die Schritte, die sich zum Eingang bewegten. Ich trat einen Schritt zurück, fuhr meinen Schlagstock aus und zählte bis drei. Dann trat ich mit dem Stiefel die Tür ein. Das Holz splitterte.

Ich stürmte mit erhobenem Schlagstock blindlings in die Dunkelheit. Etwas Schweres landete auf meinem Schädel, und die Dunkelheit färbte sich rot.

Ich erwachte, als mich jemand zu Boden fallen ließ, in meinem Schädel tobte eine furchtbare Migräne, und ich hatte jedes Zeitgefühl verloren. Man hatte mir die Maske abgenommen, ich sah Angelo, der mir gegenübersaß. Sein Gesicht war blutüberströmt, er hob eine Hand an die Nase. Wir befanden uns in der Diele vor der senfgelb gestrichenen Haustür, die von einer kleinen Lampe an der Wand erleuchtet wurde, die hinter ihrem orangefarbenen Glas einen schmalen Lichtkegel ausstrahlte, der auf rote Tapeten fiel. Ein Mann stand über mir, ein zweiter neben Angelo. Sie trugen schwarze Overalls und Skimasken und hatten Pistolen mit aufgeschraubten Schalldämpfern in der Hand. Außerdem trugen sie schwarze Westen, deren Taschen sich ausbeulten, und zerschrammte Springerstiefel. Echte Profis. Ihre Augen bohrten sich in meine, kalt und gelb wie die von Stan.

Der neben Angelo sah sich um, und wir hörten Schritte. Ich glaubte, eine Frau wimmern zu hören. Ein Hauch von Pulverdampf hing in der Luft, und es roch nach Scheiße. Ich sah mich um.

Die Leiche von jemandem, der Sienkiewicz sein musste, lag im angrenzenden Zimmer auf der Seite. Sein Hemd glänzte feucht.

Ich hörte ein weiteres Aufschluchzen und dachte, es käme von Angelo, aber als sich mein Blick klärte, sah ich in der Dunkelheit des Zimmers links von mir ein Mädchen auf einem Stuhl sitzen. Ich konnte sogar ihr Gesicht gut genug sehen, um zu erkennen, dass ihre Wimperntusche über die Wangen floss. Sie hatte die Arme fest um ihren Körper geschlungen und zitterte.

Jetzt kapierte ich, was abging und warum Stan nicht gewollt hatte, dass wir unsere Waffen mitnahmen. Ich schaute zu Angelo hinüber, aber der schien komplett durch den Wind und nutzlos und starrte stumpf auf das Blut, das sich unter seiner Nase in der Handfläche sammelte.

Die Schritte kamen näher, und ein dritter Mann kam um die Ecke und machte sich im Gehen die Hose zu. Er hatte einen fetten, mit Papieren gefüllten Ordner unter dem Arm. Er trug den gleichen Kampfanzug wie die beiden anderen. Nachdem er sich die Hose zurechtgerückt hatte, zog er eine Pistole aus dem Gürtel.

»Stellt sie auf die Beine.« Er hatte einen komischen Akzent, weder amerikanisch noch europäisch.

»Was soll das?«, polterte Angelo. »Wer seid ihr?« Einer der Männer zog ihm mit dem Pistolengriff durchs Gesicht. Angelo schlug die Hand vor den Mund, stürzte und wälzte sich am Boden.

Das Mädchen auf dem Stuhl atmete schneller und heftiger, als würde sie gleich ersticken.

Der Mann, der ihm eine verpasst hatte, zerrte Angelo an den Haaren wieder auf die Beine. Der andere drückte mir den Schalldämpfer an die Schläfe und sagte: »Hoch.«

Ich erhob mich langsam, aber der Lauf blieb, wo er war. Ich spürte, dass sie meine Taschen geleert hatten, und die 38er war nicht mehr in meinem Stiefel. Ich sah zu Angelo hinüber, der sich gerade vollpisste. Ein Nahkampf mit drei Pistolen, wir hatten keine davon – aus so einer Situation kommt man einfach nicht mehr raus.

Sie schoben Angelo gegen die Wand und schätzten die Entfernung zwischen ihm und Sienkiewicz' Leiche im anderen Zimmer ab. Ich nahm an, sie wollten uns so positionieren, dass es aussah, als hätten wir uns gegenseitig umgebracht, aber sicher war ich mir nicht.

Der Mann neben mir schlug mich seitlich an den Hinterkopf und stieß mich vorwärts. Ich tat, als stolperte ich, und ließ mich auf ein Knie fallen.

Als er mich hochzerrte, drehte ich mein Handgelenk und trieb ihm das Stilett ins Genick. Heißes Blut sprudelte mir über Gesicht und Mund.

Ich ließ die Klinge stecken, und als die beiden anderen ihre Knarren hoben, ließ ich mich hinter ihn fallen. Einer schoss auf mich, kratzte aber nur eine Handvoll Putz aus der Wand, aber der andere erwischte Angelo, dessen Pompadour wegflog, während er in die Knie ging. Dann schossen sie beide auf mich. Ihre Schüsse machten plopp wie bei Luftdruckgeschossen und trafen alle ihren Mann. Er zuckte, die Klinge immer noch im Nacken, unter den Einschlägen zusammen. Ich hatte meine 38er direkt vor Augen, sie steckte hinten in seinem Hosenbund. Ich riss sie heraus und schoss durch die Blutfontänen auf den, der mir am nächsten stand.

Ich hatte nicht die Zeit, richtig zu zielen, und war vor Blut halb blind, aber ich erwischte ihn am Hals, und er zuckte zusammen, feuerte noch einen Schuss ab und fiel dann rücklings zu Boden.

Noch nie im Leben hatte ich einen solchen Treffer gelandet.

Was jetzt folgte, war grotesk – der dritte Mann, der, der Angelo abgeknallt hatte, wurde von seinem Kumpel erwischt, der im Sterben den Abzug gedrückt hatte. Seine Achselhöhle qualmte, er presste die Hand darauf und sank gegen die Wand. Seine Pistole lag jetzt einen guten Meter neben seinem Stiefel.

Angelo war derweil seitlich auf den Teppich gekippt.

Der Letzte der drei schaute auf seine Pistole, seinen Stiefel und, just als ich ihn in den Kopf schoss, zu mir.

Die ganze Geschichte hatte vielleicht fünf Sekunden gedauert.

Der Rauch hing in der Diele wie Sumpfnebel. Angelos Schädeldecke war weggeflogen, seine Wangen waren blut- und tränenüberströmt. Ich musste kotzen. Das Mädchen im Stuhl schluchzte heftiger und gab stöhnende Laute von sich.

Die drei schwarzgekleideten Männer lagen übereinander auf dem Boden, von ihren Körpern stiegen kleine Rauchschwaden auf. Die Klinge ragte wie ein riesiger Dorn aus dem Nacken des einen, und das orangefarbene Licht ließ sein Blut aussehen, als wäre es Farbe.

Das Mädchen saß zitternd und mit weit aufgerissenen Augen auf dem Stuhl. Ich ließ sie sitzen und durchquerte die Diele. In einem der hinteren Zimmer brannte Licht, ich schlich mich an. Die Leiche einer nackten Frau lag ausgestreckt auf dem Bett, das von einer Leselampe auf dem Nachttisch in grünes Licht getaucht wurde. Die Laken waren blutig, und sie hatte schwere Blutergüsse an den Schenkeln und am Hals. Sie war jung, jedoch nicht so jung wie die Kleine auf dem Stuhl.

Ich ging zurück zu ihr und sagte: »Steh auf, ich tu dir nichts.«

Sie rührte sich nicht. Sie sah mich nicht an, blinzelte nicht einmal. Ich musste sie einen Moment lang sitzen lassen, um mir das Blut aus den Augen zu wischen.

Mir fiel der Ordner auf, dessen Papiere mit Knochensplittern übersät auf dem Boden lagen. Ich ging in die Hocke, hob sie auf und wollte schon zur Hintertür, aber das Mädchen hatte mein Gesicht gesehen. Sie war immer noch starr vor Angst. Ich ohrfeigte sie leicht und zog sie am Arm vom Stuhl. »Steh auf, du kommst mit mir mit.«

»Was hast du vor?«, stammelte sie.

»Wir müssen hier weg.«

»Wo gehen wir hin?«

»Keine Ahnung.«

Zum ersten Mal nahm ich das Gesicht der Kleinen richtig wahr. Sie war jünger, als ich gedacht hatte. Die Wimperntusche war unbeholfen und viel zu dick aufgetragen und sah jetzt aus wie ausgelaufene Tinte. Sie hatte blondes, ganz kurzes Haar, und selbst mit dem Make-up, das ihr über die Wangen lief, wirkte sie noch kindlich, trotzdem war noch etwas anderes in ihrem Gesicht, etwas, das man manchmal auch in Carmens Augen erkennen konnte: der Wille zur Selbsterhaltung, die Bereitschaft, harte Entscheidungen zu treffen. Jedenfalls kam es mir so vor. Doch was immer ich sah, es huschte vorbei. Ein flüchtiger Moment des Mitgefühls, eine instinktive Wahrnehmung, mehr nicht.

»Komm mit«, sagte ich, und weil sie sich nicht rührte, hielt ich ihr die Pistole unter die Nase.

Sie starrte auf den Lauf und sah mich an. Im düsteren orangefarbenen Licht konnte ich nicht erkennen, welche Farbe ihre Augen hatten. Dann sah sie zu Boden. Sie rutschte vom Stuhl auf den Boden, kroch auf allen vieren zu den Leichen und durchwühlte die Taschen der Männer, die ich getötet hatte. Ich nahm an, dass sie nach Geld oder nach etwas, das sie ihr weggenommen hatten, suchte, und brachte Verständnis dafür auf, weil dies zu bestätigen schien, was ich über den pragmatischen Zug, der in ihren Augen aufschien, gedacht hatte.

Die ganze Zeit über rechnete ich mit Sirenengeheul. Ich ging zum Fenster und sah hinaus, die Nacht wirkte ruhig und ungestört. Das Mädchen hatte aus dem Nebenzimmer eine große Handtasche geholt und stopfte hinein, was sie in den Taschen gefunden hatte. Dann stand sie auf, ihr Blick war nüchtern und unbeugsam. »Vonda«, sagte sie. »Meine Freundin Vonda.«

Sie ging durch die Diele Richtung Schlafzimmer, aber ich erwischte sie noch am Handgelenk und schüttelte den Kopf. »Das willst du nicht sehen.«

»Aber …«

Ich zog sie am Arm durch die Hintertür, über die Straße in die Dunkelheit, wo ich immer noch auf die Sirenen, die vom Highway 90 kommen mussten, wartete. Blut und Pulver verstopften mir die Nase, ich spürte, wie das Blut auf meinen Wangen antrocknete. Ich zog mein Hemd aus, rieb mir kräftig das Gesicht ab und schnäuzte, was das Zeug hielt. Wir schlichen über die Höfe und durch die Schatten der Bäume, bis wir außer Sicht waren.

Als wir zu meinem Wagen kamen, schob ich sie hinein und ließ den Motor an. Billy Joes Gesang vermischte sich mit dem Aufheulen des Motors, und ich musste lachen. Mir schoss durch den Kopf, dass, wenn ich Stan von meiner Lunge erzählt hätte, dies alles nicht passiert wäre. Vielleicht hätte er beschlossen, der Natur ihren Lauf zu lassen.

Einen Moment lang saß ich hinter dem Lenkrad und grinste bis über beide Ohren. Damit machte ich dem Mädchen Angst, denn sie presste sich gegen das Seitenfenster und blickte stur zu Boden, bis ich endlich losfuhr und auf den Highway zusteuerte.

Jetzt, im Nachhinein, glaube ich, dass ich sie nicht nur mitgenommen habe, weil sie mein Gesicht gesehen hatte, sondern dass noch mehr dahintersteckte. Denn was interessierte es mich, dass sie mein Gesicht gesehen hatte. Ich würde demnächst sterben. Ich hätte mir den Bart abrasieren und die Haare schneiden können. Denn genau aus diesem Grund trug ich lange Haare: Wenn ich in der Klemme saß, konnte ich mich rasieren, mir einen Crewcut zulegen, schon war ich ein völlig anderer Mensch.

Ich glaube, für den Bruchteil einer Sekunde hatte ich in der orangefarben erleuchteten, von Blut und Rauch durchwaberten Diele noch etwas anderes erkannt. Als die Schüsse in meinen Ohren klingelten und mein Kiefer starr vom Adrenalin war, war mir am Gesicht der Kleinen, auf dem sich Furcht und Kummer abzeichneten, etwas aufgefallen, das ich auch zuvor schon in dem leeren Apartment gespürt hatte. Das Gefühl von etwas, das ich zwar vergessen hatte, das aber immer noch als Erinnerung, als ein Verlust in meinem Unterbewusstsein widerhallte.

Und wie sich herausstellte, stammte das Mädchen wie ich aus East Texas.

Die Kleine hieß Raquel, aber alle nannten sie Rocky. Sie war völlig verschreckt, und angesichts dessen, was sie durchgemacht hatte, hätten eine Menge Leute komplett dichtgemacht, aber sie plapperte wie ein Papagei. Ich vermutete, dass sie schon vor den Ereignissen dieses Abends gelernt hatte, dass man mit allem leben kann.

»Mit Nachnamen heiße ich Arceneaux.« Sie sprach es *Arsonoh* aus. »Wirst du mich umbringen?«

»Nein. Und hör auf, das zu fragen.«

Ich fuhr zu meinem Trailer in Metairie. Wir warteten eine Weile am Rand des Parks, aber in der Dunkelheit wirkte mein Double-Wide so, wie ich ihn verlassen hatte. Keine Fahrzeuge, die ich nicht kannte. Kein Licht in den Fenstern. Also gingen wir rein. Ich schob sie vor mir her und ließ das Licht aus.

»*Hier* wohnst du?«

»Klappe halten.«

Ich fragte mich, wann die Männer in den Kampfanzügen sich bei Stan zurückmelden sollten. Draußen war es fast zu ruhig, in den Eichen und Ahornbäumen rings um den Park regte sich nichts, es war windstill, die Äste hingen reglos über den viereckigen Wohnboxen, und das Licht aus den anderen Trailern verriet keinerlei Geschäftigkeit. Niemand ging am Fenster vorbei, das matte Licht erleuchtete die Unterseite der Äste und das Spielzeug und die Reifen, die wie Geschwüre auf den matschigen Vorplätzen wucherten. Ich machte das Dielenlicht an.

Ich legte meine Pistole auf den Deckel des Faulbehälters und wusch mir im Waschbecken im Badezimmer das Gesicht, schrubbte mir Hände und Unterarme mit Sandseife und kochend heißem Wasser, das in einem rötlichen Strudel in den Abfluss floss.

Ich holte ein frisches Hemd aus dem Schrank sowie eine kleine Kassette, wie man sie auch für die Schließfächer der Banken verwendet. Darin befanden sich etwas mehr als dreitausend Dollar, gefälschte Papiere – Führerschein und Pass –, die ich mir vor Jahren hatte machen lassen. Als Altersvorsorge sozusagen. Außerdem nahm ich eine Schachtel 38er-Munition aus dem Regal, ein sauberes Autokennzeichen und noch ein paar Klamotten und stopfte alles in einen alten Seesack.

Die Kleine hatte sich im Wohnzimmer in den einzigen Sessel gesetzt, einen extragroßen La-Z-Boy-Fernsehsessel, in dem ich an den meisten Abenden einnickte. Eine Armee leerer, am Boden verstreuter High-Life-Büchsen erklärte, warum; sie sahen tatsächlich wie eine Armee aus, weil ich mit dem Messer kleine Streifen, die wie Arme anmuteten, herausgeschnitten und die Deckel hochgeklappt hatte, damit sie wie Köpfe wirkten. So was machte ich, während ich «Fort Apache» kuckte, und es war mir ein bisschen peinlich, dass Rocky es mitbekam. Der Sessel stand natürlich vor dem Fernseher und dem Videorekorder, neben dem sich meine Videosammlung befand.

»Du hast eine Menge Filme«, sagte sie. »Aber keine Möbel.« Ihr Blick schweifte über die Bierbüchsen auf dem Teppich.

Ich wedelte mit der Kanone. »Zurück in den Truck. Hopp, hopp.«

»Wir sind doch gerade erst gekommen. Deine Filme sind alle *alt.*«

Ich hatte eine fast vollständige John-Wayne-Sammlung, und es brach mir das Herz, sie zurücklassen zu müssen. Es hatte ein paar Jahre gedauert, sie zusammenzukaufen.

»Hier sind wir nicht sicher«, sagte ich. »Beweg dich, oder wir bekommen Ärger.«

Mit Hilfe eines Schraubenziehers wechselte ich die Nummernschilder; das neue hatte ich vor ein paar Jahren machen lassen, es gehörte zum Ford eines Zahnarztes in Shreveport.

Das Beste war, einfach auf der I-10 so lange nach Westen zu fahren, bis wir Louisiana hinter uns gelassen hatten. Wir hätten uns auch nach Osten wenden können, aber in Mississippi war ich kein gerngesehener Besucher, außerdem war man Richtung Westen in weniger als vier Stunden in Texas, was mir deutlich lieber war.

Ich warf meinen Seesack auf die Pritsche des Trucks. Die Kassette und den Ordner aus Sienkiewicz' Haus stellte ich hinter die Sitze. Dann fuhren wir auf die Interstate.

»Und warum wollten diese Männer dich umbringen?«, fragte sie.

»Irgendein Schwachsinn. Wegen einer Frau.« Ich merkte, wie mich das Ganze ankotzte, und schlug hart aufs Lenkrad. »Mehr scheint mein Leben nicht wert.«

Sie wollte mehr wissen, aber ich erzählte ihr nichts. Ich fragte sie, wie sie dazu kam, das zu tun, was sie tat. Inzwischen hatte ich nämlich begriffen, dass sie eine Nutte war; man hatte sie und ihre Freundin zu Sienkiewicz geschickt, damit er schön zu Hause blieb.

Sie sagte: »Du hast immer noch Blut im Gesicht.«

Ich schaute in den Rückspiegel, und ihr kleiner Finger strich mir unterm Kinn lang. »Da«, sagte sie.

Ich wischte es mit etwas Spucke ab. Auf der anderen Seite des Tapes war ein Loretta-Lynn-Album, und die Stelle, wo sie mich am Kinn berührt hatte, fühlte sich plötzlich warm an. Ich ließ sie reden, denn solange sie plapperte, hatte ich sie unter Kontrolle. Außerdem wollte ich nicht, dass der Schock sich in ihr festsetzte. Aber vielleicht wollte ich auch nur eine menschliche Stimme hören. Denn auch bei mir kam das Geschehene wieder hoch, und deshalb war es gut, dass jemand mit mir redete.

Ich sagte: »Erzähl weiter. Was hast du gesagt?«

»Worum ging's noch mal?«

»Wie du geworden bist, was du bist.«

»Oh, na ja.« Sie hatte mir bereits erzählt, dass sie aus Orange, Texas, stammte, direkt an der Grenze zu Louisiana, nicht weit von Port Arthur, wo ich aufgewachsen bin. Sie behauptete, sie sei achtzehn. Vor fünf Monaten war sie von zu Hause abgehauen, nach New Orleans, mit einem Typen, der ein paar Jahre älter war als sie.

»Aber der war eine Katastrophe. Dieser Toby. Hätte mir keinen Schlimmeren zum Abhauen aussuchen können. Er sagte, er würde ne Menge Leute in der Stadt kennen, die uns Jobs besorgen könnten.

Klang, als wäre er voll der Checker. Er war schwul, da dachte ich, er sagt die Wahrheit. Aber alles, was er zustande bekam, war, für irgendwelche Typen zwischen der St. Roch und der Lower Ninth kleine Dopepäckchen zu transportieren. Und dann kam ihm die Idee, sich was abzuzweigen. Das Dope zu strecken, verstehst du. Sein eigenes Lager aufzubauen. Das war keine gute Zeit für mich. Und eines Tages war er verschwunden. Kam nicht mehr aufs Zimmer zurück. Ich weiß nicht, ob er gestorben ist oder bloß abgehauen, weil er was angestellt hat. Jedenfalls war er weg.«

Sie zuppelte an ihrer Lippe und starrte in die vorbeirauschende Nacht hinaus, ihr ganzes Gesicht flatterte wie ein Blatt im Sturm, als würde es auseinanderfallen.

»Aber es ist niemand gekommen, der nach ihm gesucht hätte. Und ich hatte die Schnauze voll. Denn ich stand ohne Geld da. Er hat mir ja nichts dagelassen. Aber ich kannte so ein Mädchen.«

Sie hielt wieder inne, ein Schauer jagte über ihren Rücken, und sie schlug die Hand vor den Mund.

»Was?«

Ihr Gesicht verzerrte sich, sie begann zu weinen, wischte sich die Tränen aus den Augen und zuckte trotzig mit den Schultern.

»Ich kannte also dieses Mädchen. Vonda. Sie wohnte im gleichen Hotel. Sie hatte mir erzählt, dass sie auf eigene Rechnung arbeitet. Sie war eine, na ja. Du weißt, was ich meine. Ich kannte mich damit nicht aus, aber so, wie Vonda davon erzählte, klang es lustig. Es schien irgendwie okay, stand ja sogar im Telefonbuch. Elite Escorts. Wie ein richtiges Unternehmen. Und sie meinte noch … sagte zu mir: ›Wenn du was Gutes machst, mach es nicht umsonst.‹ Ist das nicht komisch? Klingt doch irgendwie vernünftig, oder?«

Sie wandte sich mir zu. »Weißt du, dass du mich an jemanden erinnerst? So einen Typen aus einer der Bands, die mein Stiefvater immer hörte. Die Almond Brothers. Wie einer der Typen auf dem Plattencover.«

Ich sagte: »Einer der Besitzer von Elite Escorts ist ein Kerl namens Stan Ptitko. Bist du ihm mal begegnet?«

»Nein. Ich meine, vielleicht. Den Namen hab ich ein paarmal gehört. Aber ich bin ja noch nicht lange dabei. Wer ist das?«

»Das ist der Typ, der mich heute Abend umbringen lassen wollte.«

»Oh.«

»Aber du hast von deiner Freundin Vonda erzählt.«

»Ja.« Ihre Augen leuchteten, und die Lichter des Armaturenbretts spiegelten sich darin. »Vonda war echt nett zu mir. Ich habe auch ein paar andere Mädchen getroffen, die sie kannte. Aber erst kürzlich. Ich konnte ja meine Miete nicht bezahlen. Ich meine, ich war praktisch pleite. Aber sie ... sie ...« Sie schüttelte den Kopf, als wollte sie eine Schuld von sich weisen, und bedeckte ihren Mund.

»Das war Vonda?«, sagte ich. »Im Haus vorhin? Im Schlafzimmer?«

Sie nickte, und ihre schmalen, muskulösen Schultern zitterten.

Ich ließ sie einen Moment verschnaufen.

Als sie wieder reden konnte, sagte sie: »Man hat uns gesagt, es sei kinderleicht. Nur wir beide, wir sollten's dem Typen besorgen. Doch gerade, als er mit Vonda loslegte, stürmten die drei Typen herein. Und als sie reinkamen, Vonda war schon fast ausgezogen ... bei mir dauerte es noch ... und die ... die schlugen auf den Typen ein, bis er ihnen verriet, wo das war, was sie suchten. Dann haben sie ihn einfach erschossen. Aber Vonda – sie war fast nackt ... und wir beide sind dann ausgeflippt. Ich hab so was noch nie gesehen. Sie ... ähm ... sie ...«

Sie schüttelte wieder den Kopf, ballte ihre winzige Faust und schlug sich damit auf den Schenkel. Wieder und wieder. Sie hatte hübsche Beine, und mir kam der Gedanke, dass es schade war, sie mit blauen Flecken zu übersäen. »Sie schleppten sie zurück ins Schlafzimmer ... mich zwangen sie, mich hinzusetzen. Sie sagten, sie wären ... sie wären ...«

Als sie fortfuhr, stammelte sie erbärmlich. »Sie sagten, ich wäre der Nachtisch. Oh mein Gott … ich … oh …«

Sie knirschte mit den Zähnen und presste die Hände auf ihren Magen, als hätte sie jemand geschlagen. »Ich bin so froh, so froh, dass du diese Wichser kaltgemacht hast, Mann.«

»Ich auch.«

Sie rieb sich die Augen. Ihr Körper war zart, fast schmächtig, aber wenn sie wütend war, spürte man, wie zäh sie war, reinster Country – gepaart mit einem unbändigen, trotzigen Stolz, der nicht zu übersehen war. Dann fiel mir etwas auf.

Ich hatte eine ganze Weile nicht an meinen Krebs gedacht. Und mehr noch. Ich fühlte mich wohl. Ich war ein Held. Ich hatte sie gerettet.

Aber ich musste auch an das Glück denken, das ich gehabt hatte, und was für einen perfekten Treffer ich gelandet hatte. Dass sie das Stilett nicht gefunden hatten und dass es nicht versehentlich herausgeschossen kam, als sie mich niedergeschlagen und durch die Diele gezerrt hatten, war reiner Zufall gewesen.

Ich ließ Rocky, so gut es die Enge des Trucks zuließ, in Ruhe vor sich hin schluchzen und mit den Fingernägeln ihre Oberschenkel bearbeiten.

Ich legte ein Roy-Orbison-Tape ein, und je nachdem, durch welche Gegend wir gerade fuhren, changierte die Nacht um uns von Pechschwarz über Purpurrot zu einem ausgewaschenen Gelb, das wie ein Flor über der Dunkelheit lag. Mir war so, als könnte man die Finsternis unter dem Licht sehen, bis es plötzlich wieder pechschwarz wurde. Mal roch die Luft nach Seesalz, mal nach Kiefernzapfen, bis uns der Gestank von Ammoniak und brennendem Öl in die Nasen stieg. Bäume und Marschland stürmten auf uns ein, wir passierten das Atchafalaya Basin, fuhren über eine lange Brücke, die sich über die flüssige Finsternis wölbte, und ich erinnerte mich an das undurchdringliche Dickicht aus Reben und Unterholz im Wald meiner Kindheit, wo zwischen den grünen, blättrigen Pflanzen überall Schatten lauerten, und dass ich damals glaubte, die halbe Welt verstecke sich in diesen Schatten.

Die Gasfackeln der Raffinerietürme brannten in der Nacht, und die hellen, grauen Rauchschwaden beschworen Loraines Bild in mir herauf, wie sie am Strand von Galveston sitzt, den Kopf an meiner Brust geborgen, während ich ihr von den Baumwollfeldern erzähle. Ich fragte mich, was sie wohl von dieser Geschichte halten würde.

Vor ein paar Jahren hatte ich einen Mann dafür bezahlt herauszufinden, wo sie war. Sie hatte geheiratet. Ich hatte den Zettel mit ihrem neuen Namen und ihrer Adresse noch irgendwo und überlegte kurz, ob ich bei ihr vorbeifahren sollte. Aber das alles war jetzt zehn Jahre her, und ich bin schon damals zu alt für sie gewesen.

In der Nähe von Lafayette hatte Rocky sich wieder gefangen, und ihre Stimmung war in eine Art Aufgeregtheit umgeschlagen, die mich aufmerken ließ. Diese plötzlichen Stimmungsumschwünge bei Frauen waren mir immer schon verdächtig und aufgesetzt vorgekommen.

»Wo fahren wir jetzt hin?«, fragte sie.

»Sobald wir in Texas sind, lass ich dich raus. Wenn du willst, kann ich dich in Orange rauslassen. Dann kannst du zurück zu deiner Familie.«

»Niemals. Dahin gehe ich nicht zurück. Dann lässt du mich am besten gleich hier raus.«

»Wenn nicht Orange, dann woanders. Aber bis Texas bleibst du bei mir. Diese Typen werden nach dir suchen. Die wollen herausfinden, was da abgegangen ist. Und du weißt, was das bedeutet.«

An der Art, wie sie in den Sitz zurücksank, merkte ich, dass ihr langsam dämmerte, dass nichts mehr so war wie vorher.

»Oh.«

Die Scheinwerfer entgegenkommender Autos streiften ihr Gesicht, und ihre Augen leuchteten wie das schlammige Marschland unter uns. Sie kaute auf ihrer Unterlippe herum, als brüte sie etwas aus.

»Dann lass uns zusammen irgendwo hinfahren.«

»Wie bitte?«

Sie rutschte auf dem Sitz herum, erwachte richtiggehend zum Leben, bis sie mir im Schneidersitz gegenübersaß und ihr Rock unverschämt weit ihre schlanken Schenkel hochglitt.

»Pass auf, du hast doch gesagt, du bist auf der Flucht, oder? Und ich bin auch auf der Flucht – stimmt's? Also sitzen wir im selben Boot, Mann. Warum flüchten wir nicht einfach eine Weile zusammen und kucken, wie's läuft?«

Mir wurde ganz heiß im Nacken, und in meiner Kehle setzte sich etwas fest, aber ich ließ mich auf nichts ein. Ich warf einen Blick auf ihre Beine, auf ihre blonden, oberhalb des Nackens abgesäbelten Haare, die sich in sanften Löckchen um ihr Gesicht kräuselten. Ein Gesicht, das scharf geschnitten war und an einen Vogel erinnerte, mit großen Augen, deren Farbe ich nicht ausmachen konnte. Sie hatte ihr Make-up aufgefrischt, wieder mit zu viel Mascara, wahrscheinlich, weil sie krampfhaft versuchte, älter zu wirken, aber die dicken, klumpig verklebten Wimpern ließen sie noch mehr wie ein Kind erscheinen.

Aber vielleicht gehörte sie zu jener Sorte Hinterwäldler-Flittchen, die durchdrehen, wenn sie keinen Mann um sich haben.

»Ich sage nur«, fuhr sie fort und klimperte mit den Wimpern, »ich würde mich *sehr* viel sicherer fühlen, wenn ich noch eine Weile bei dir bleiben könnte.«

Ich schüttelte den Kopf. »Kommt nicht in Frage. Himmel, was glaubst du, wo wir hinfahren?«

»Weiß nicht«, sagte sie schulterzuckend. »Runter zum Golf? Wo's Strände gibt? Corpus vielleicht? Oder vielleicht nach Westen? Was? *Kalifornien.*«

Sie grinste, und es störte mich, dass sie redete, als führen wir in den Urlaub.

»Wie viel Geld hast du?«, fragte ich.

Sie zog eine Grimasse. »Ich? Ungefähr null bis gar keins.«

»Aha«, erwiderte ich.

Sie reckte die Schultern. »Glaubst du, ich will *dein* Geld, du Arschgesicht? Ich hatte mein eigenes Geld. Aber das ist jetzt in New Orleans. Du hast mich nicht gefragt, ob wir noch bei *mir* vorbeifahren müssen. Du bist derjenige, der *mich* gekidnappt hat.«

Sie verschränkte die Arme vor der Brust und funkelte mich wütend an, eine weitere Facette dieses dummen, hinterfotzigen Stolzes, in den sich die Härte der Jahre mischte. »Ich brauche dein beschissenes Geld nicht.«

»Dann brauchst du mich auch nicht, Rocky. Du kannst um einiges leichter untertauchen, wenn du nicht an mir klebst.«

»Ach ja? *Untertauchen.*« Sie verlagerte ihre Beine und starrte wieder durch die Windschutzscheibe. »Ich weiß nicht. Ich will einfach nicht allein sein, okay? Jetzt zumindest – ich meine, nach all dem und so – da will ich einfach nicht allein sein. Okay?«

Rotes Licht explodierte in meinem Rückspiegel und blies die Dunkelheit weg wie ein Schrei oder ein Schuss. Sirenen. Sie japste.

»Schon gut«, sagte ich, aber mein Herz brauchte einen Moment, um wieder aus der Hose zu hüpfen, ich drehte das Radio aus, bremste und rollte auf dem Seitenstreifen aus. Sie zog ihre Handtasche in den Schoß und umklammerte sie mit beiden Händen.

»Mach, dass sie uns nicht verhaften«, sagte sie, aber ihre Stimme klang nicht brüchig oder verzagt, sondern hart und kompromisslos. »Sorg einfach dafür, dass es nicht passiert.«

Doch als ich zum Stehen kam, flogen die Cops mit kreischenden Sirenen und orgelnden Lichtern bereits an uns vorbei. Das war eines der schönsten Szenarien, das ich je gesehen habe. Die Lichter der Bullen wurden in der Ferne kleiner und kleiner.

Eine Weile hörte man nichts als unseren Atem. Dann ließen ihre Hände die Tasche los, und wir mussten lachen. Sie hatte eine schrille, hysterische Lache, bei der ihr der Mund offen stand wie eine Falltür. Ich wartete, bis die Cops nicht mehr zu sehen waren, und brachte den Truck wieder auf die Straße.

Eine Weile fuhren wir schweigend dahin.

»Es gibt keinen vernünftigen Grund für uns zusammenzubleiben«, sagte ich, wusste aber nicht einmal, warum ich das Thema wieder aufgriff.

Später erkannte ich, dass ich von ihr überzeugt werden wollte. Sie sollte mir eine Ausrede liefern. Es war, als hätte ein inexistenter Teil von mir seine Chance gesehen, in mein Leben zu treten.

»Wie wär's mit – ich weiß nicht, wie heißt das – *Solidarität*, Mann? Wir sind doch jetzt praktisch Komplizen eines Verbrechens.«

»Ganz verschiedener Verbrechen, ganz verschiedener, und Komplizen schon gar nicht.«

»Von mir aus.« Sie verschränkte die Arme und sah nach vorn. Sie war damit durch, mich zu bequatschen, aber vielleicht ja nur, weil sie sah, wie einfach ich um den Finger zu wickeln war.

»Verrat mir, warum du nicht nach Orange willst?«

Sie reckte das Kinn vor. »Mach dir darüber mal keine Gedanken. Ich habe schon meine Gründe.«

»Lebt deine Familie noch dort?«

Sie verdrehte die Augen und seufzte.

»Ein Teil.«

»Und zu denen kannst du nicht?«

»Wir sind nicht so dicke, Mann. Kapiert?«

Sie presste die Handtasche wieder an den Bauch und stülpte die Unterlippe nach innen.

»Mutter und Vater?«

»Stiefvater. Aber, ey, Alter, soll das ein Verhör sein? Lass stecken. Was interessiert dich das?«

»Nun mach mal halblang. Ist doch nur dein Stiefvater.«

Die Wälder rückten auf die Interstate vor. Sie rieb sich das Kinn.

»Hör zu, wenn ich nur mit dir rede, weil du das verlangst, woher willst du dann wissen, dass ich dich nicht anlüge, Alter? Aber egal. Du gibst also alles auf? Einfach so? Ich meine, was hat *dich* denn nach New Orleans gebracht?«

Ich drehte das Radio auf, und sie lehnte sich zurück. Aber in meinem Kopf formte sich wie von selbst die Antwort. Meine eigene Geschichte war mir immer vollkommen willkürlich erschienen.

Seit ich siebzehn war, arbeitete ich für Harper Robicheaux in Beaumont. Als er siebenundsiebzig in Breaux Bridge, Louisiana, starb, kaufte sich Sam Gino in seinen Laden ein. Stan Ptitko wurde geholt, um die Bar zu betreiben. Später dann gab es keinen Sam Gino mehr, aber seine Leute wollten, dass ich weiter für sie arbeitete. In der Stadt. So kam ich nach New Orleans.

Ich dachte darüber nach. Die Geschichte stimmte, aber irgendwie klang sie nicht richtig. Sie erklärte nicht wirklich alles, oder?

Ich war sieben, als John Cady aus Korea zurückkam, und zwei Jahre darauf stürzte er in der Raffinerie von einem Kühlturm und brach sich das Genick. Er soff und war schon mittags betrunken. Ich nannte ihn Dad, damals, aber als ich älter wurde, deutete einiges darauf hin, dass er nicht mein Vater war – unser Aussehen, der Zeitpunkt meiner Geburt.

Trotzdem ist er immer nett zu mir gewesen, obwohl wir nicht lange zusammen gewesen sind. Ungefähr ein Jahr, nachdem wir ihn beerdigt hatten, fiel Mary-Anne von einer Brücke. Sie zog es vor, dass ich sie Mary-Anne nannte und nicht Mom, weil das eine Frau zehn Jahre älter machte. Es hieß, sie sei gesprungen, aber ich glaube nicht, dass man den Leuten, mit denen sie zusammen gewesen ist, trauen konnte. Danach das Waisenhaus, die Beidles und die Baumwollfelder.

Und jetzt war ich im Begriff zu sterben und alles, was mir widerfahren war, tauchte aus dem Nebel auf und schien wichtig zu werden.

Nach drei Stunden auf der Interstate begrüßte uns Lake Charles mit seinem Dunst, und die Lichter hinter den Bäumen wurden heller.

Sie setzte sich auf. »Wo wollen wir heute Abend anhalten? Wie weit fahren wir noch?«

»Hab ich noch nicht entschieden. Mich hat erst mal nur interessiert rauszukommen. Sieht aber aus, als hätten wir das geschafft.«

»Kann gut sein, glaube ich auch.«

»Ich denke, es dürfte ein Weilchen dauern, bis sie rausfinden, was passiert ist, bis sie sich alles zusammenreimen können. Aber wenn? Was dann? Die Bullen wissen nichts über uns. Und sie können uns auch nicht hochgehen lassen, ohne sich selbst in den Arsch zu beißen. Dieser Typ, Stan Ptitko. Die Leute wissen, wer er ist. Der kann so einen Ärger nicht gebrauchen.«

»Okay.«

»Wenn wir uns unauffällig verhalten und noch weiter wegkommen … Dann ja. Dann kommen wir wahrscheinlich davon.«

Sie nickte. »Ich meine, dann fahren wir nach New Mexico oder Nevada, oder was?«

»Ich weiß es nicht.« Beide taten wir so, als hätten wir nicht bemerkt, dass wir uns nicht mehr darüber stritten, ob sie blieb.

»Hey, ich wette, wenn du dir die Haare abschneidest und den Bart abrasierst, erkennt dich keiner mehr.«

»Dessen bin ich mir bewusst.«

»Ich hätte gerne einen Drink.«

»Ich hätte gerne mehrere. Einen Pitcher voll Single Malt.«

Sie schwang ihre Knie auf den Sitz und sah mich an.

»Ich fühle mich, als hätte ich noch nie so dringend einen Drink gebraucht wie jetzt.«

»Du bist ja auch noch jung.«

Sie zog ihre Augenbrauen auf eine fiese, übertrieben nuttige Art zusammen. Eine dünne Maske, die sie da aufsetzte, denn sie sah müde aus, benommen und wie kurz vor dem Zusammenbruch, und es schien, als würde sie all das niederkämpfen wollen, indem sie mit ihren Augenbrauen dagegenhielt.

Das Tape war durchgelaufen, die Reifen summten auf dem Asphalt. Wir hatten die Stadt fast hinter uns und näherten uns Sulphur, wo die lange Küstenlinie der Raffinerien aussah wie

Chicago bei Nacht. Ich ließ mir ein paar Läden durch den Kopf gehen, die ich in Lake Charles kannte.

»Hast du einen Ausweis?«

Sie nickte.

Als ich die Ausfahrt nahm und es endlich bergab ging, wurde es fast surreal, bis die Bäume weniger wurden und wir uns unter den gleißenden gelben Lampen der Durchgangsstraße wiederfanden. Prien Lake Road.

Ich fand einen Laden, in dem ich vor zwei Jahren schon mal gewesen war, John's Barn. Eher klein, mit tiefhängender Decke, drei Billardtischen und voller fetter Weiber und zorniger Männer, die Miller Lite tranken und auf eine Gelegenheit warteten, eine Schlägerei anzufangen. An der Golfküste gab es wenige Orte, an denen man so schnell eins auf die Fresse kriegen konnte wie in Lake Charles. Und südlich von John's gab es nur noch die Terror Camps des weißen Abschaums.

Knirschend fuhren wir über den Kies des Parkplatzes, bis ich den Truck im Schatten der Bäume abstellte. Drinnen lag der Rauch auf den riesigen, festgesprayten Locken der Frauen wie Nebel auf einem Eisberg. Die amerikanische und die konföderierte Flagge hingen einträchtig über einem Foto von Ronald Reagan und seiner Heldenfrisur an der Wand. Die Jukebox spielte Waylon, und die Atmosphäre war erfüllt von Gelächter und fröhlichem Geplapper, es sah also okay aus.

Ein paar Leute warfen uns befremdliche Blicke zu, immerhin war sie jung genug, um meine Tochter zu sein. Vielleicht war sie's, was konnten sie schon wissen. Der Barkeeper hatte den Kragen seines Hemdes hochgeschlagen und die Ärmel abgetrennt. Sein Blick wanderte etwa zehnmal zwischen ihrem Ausweis und ihrem Gesicht hin und her.

Ich bestellte eine Flasche Bud und einen JW.

Rocky stellte sich auf Zehenspitzen und klopfte mit den Fingern auf den Tresen.

»Habt ihr Grapefruitsaft?«

Der Typ nickte. Er trug einen schmalen, krank aussehenden Schnurrbart und die Haare wie ein Buchhalter in der Mitte gescheitelt.

»Welchen?«, fragte sie. »Gelb oder pink?«

Er griff in eine Kühlbox und förderte eine kleine Büchse zutage. »Gelb.«

»Cool«, sagte sie. »Dann nehme ich einen doppelten Salty Dog mit extra Salz.«

Das war genau die Bestellung, mit der man sich in einem Laden wie diesem richtig Ärger einhandeln konnte, aber ich sah, dass sie ein derart strahlendes Lächeln aufgesetzt hatte, das jede Schlägerei im Keim erstickt hätte. Wie der Typ zurücklächelte, wollte ich gar nicht so genau wissen.

Inzwischen hatten alle an der Bar ihre Unterhaltungen unterbrochen und starrten uns an.

Sie tranken Bud oder Miller und fühlten sich wahrscheinlich durch unsere leicht überhebliche Bestellung provoziert. Im Raum standen nur ein paar Tische, die alle besetzt waren, deshalb gingen wir nach hinten und lehnten uns an die Reling an der Rückwand.

Unsere Drinks hatten wir binnen fünf Minuten runtergespült.

»Noch vier oder fünf davon, dann geht's mir wahrscheinlich besser«, meinte sie.

»Wem sagst du das.«

Sie drückte mir ihr leeres Glas in die Hand. »Kannst du mich freihalten? Nur heute Abend.«

Ich nickte. Doch als ich zur Bar ging, um die nächste Runde zu bezahlen, sträubten sich mir bereits die Nackenhaare. Meine alten Instinkte regten sich. Die erste und nützlichste Regel im Knast lautet: Du sitzt deine Zeit ab, nicht die von jemand anderem.

Als ich bestellte, ruhten sämtliche Blicke auf mir, und der Barkeeper mixte den zweiten Salty Dog schon nicht mehr so fröhlich. Als ich zurückkam, standen zwei Jungs auf ihre Queues gestützt bei Rocky und grinsten dümmlich, während sie entspannt lächelte und kokett den Knöchel verdrehte.

Ich stellte die Drinks auf die Reling.

»Hey«, sagte sie. »Danke. Das sind Curtis und David.«

Die beiden waren knochig und dünn und trugen ihre Baseballkäppis tief in die dumpfen, schmalen Gesichter gezogen, so dass man kaum ihre kleinen, eng zusammenstehenden Augen sehen konnte, die ich immer mit Bayou-Inzucht assoziierte. Ich nickte und bemerkte die bittere Erkenntnis, die über ihre Gesichter huschte.

»Sie arbeiten in den Petrofabriken in Sulphur«, sagte sie. »Curtis reitet nebenbei noch auf Rodeos.«

»So ist es«, sagte der eine und streckte die Hand aus. »Und was macht ihr hier so?«

Ich schüttelte ihm die Hand. »Schön, dich kennenzulernen.« Und drehte ihm den Rücken zu. An Rockys Augen konnte ich sehen, dass sie immer noch hinter mir standen. Ich sah über die Schulter.

»Hey«, sagte der eine. »Wollt ihr ne Runde Pool spielen?«

»Nein danke.« Ich drehte mich um. »Und jetzt macht euch vom Acker, Jungs.«

Ihre Brustkörbe blähten sich, gleichzeitig verengten sich ihre Augen zu Stichwunden. Sie sahen einander an, tauschten fiese kleine Blicke aus, stumpf, kalt und schwarz wie die eines Fischs. Typen wie sie kannte ich von klein auf, Sumpftrottel, erfüllt von einem permanenten Groll gegen alles. Erst quälen sie kleine Tiere, wenn sie erwachsen werden, verprügeln sie mit dem Ledergürtel ihre Kinder und fahren besoffen ihre Trucks zu Schrott, ehe sie mit vierzig zu Jesus finden und anfangen, zu Prostituierten zu gehen.

»Kein Grund, grob zu werden, Mister.«

»Oh, he, na kommt schon«, sagte Rocky. »Macht euch mal keinen Kopf. Mein Onkel ist in Ordnung.«

Während ich sie unvermindert anstarrte und spürte, wie die Ader in meiner Schläfe zu pochen begann, tauschten sie noch ein, zwei Blicke aus, dann schlugen sie die Augen nieder, nickten Rocky mit einer kleinen Verbeugung zu und kehrten zu ihrem Spiel zurück, ohne sich noch einmal umzusehen.

»Himmel, Mann, was war das denn?«, fragte sie.

Ich nippte an meinem JW. »Wir sind nicht darauf aus, hier Leute kennenzulernen. Kapiert?«

»Tja, aber es wäre nicht gerade unauffällig, wenn du den Jungs hier die Köpfe abreißt.«

Ich entgegnete nichts, bemerkte aber, wie schnell und leicht ich die Quelle des Zorns in mir gefunden hatte, der mich befähigt hätte, diese beiden Jungs zu Krüppeln zu schlagen.

Das war nämlich mein Ding. Immer schon gewesen.

Es lauerte dicht unter der Oberfläche.

Aber es wäre nicht in Ordnung gewesen, nicht wenn das Mädchen sich gab, wie es sich gab. Die Jungs beobachteten uns vom Billardtisch aus und unterhielten sich. Ich trank und betrachtete ein Poster, auf dem die Cheerleader der Saints posierten. Die Art, wie Rocky mich ansah, hatte sich verändert, sie war jetzt misstrauischer. Der Schein der Jukebox streifte ihr Gesicht und fing sich in ihren Augen. Ich suchte ihren Blick.

»Was?«, sagte sie.

»Du hast grüne Augen.«

»Scheiße, Mann, du bist irgendwie komisch.«

Ich zündete mir eine Zigarette an.

»Warum hast du sie rübergewunken?«

»Weil ich eine Kippe schnorren wollte. Aber jetzt kann ich genauso gut eine von deinen nehmen.«

Sie langte in meine Jackentasche, holte eine Schachtel Camel heraus, schnappte sich eine und steckte die Schachtel wieder in die Tasche. Jede ihrer Bewegungen wirkte kalkuliert und amateurhaft.

»Du sagst nicht die Wahrheit.«

Jetzt versuchte sie, mich zu bezirzen. »Woher willst du das wissen?«

»Wenn sie lügen, huschen bei den meisten Leuten die Augen kurz nach links oben.«

»Ach. Lass stecken.«

»Es stimmt.«

»Meine nicht.«

»Und ob.«

Sie lachte und zündete ihre Zigarette an, schloss die Augen, als sie inhalierte, und ließ den Rauch aus ihrem Mund wabern. Jetzt war ihre Stimme tief, fast schmollend.

»Du hast gesagt, ich bräuchte Geld, nicht? Ich meine, darüber waren wir uns doch einig.«

Eine näselnde, verlorene Stimme durchdrang die Geräuschkulisse, und die Jukebox leuchtete pink und weiß durch den Rauch.

»Ziemlich billig, was du da abziehst, sorry. Ich will dir nicht zu nahe treten, aber du bist noch recht jung. Du könntest dich ruhig etwas höher in der Nahrungskette einreihen.«

Sie trat dicht an mich heran und umklammerte mein Handgelenk. Dumpfe, zunehmende Hitze wanderte meinen Arm hoch und breitete sich in meinen Schulterblättern aus.

»Ich mag das auch nicht. Aber mein ganzes Geld ist in der Stadt.«

»Fast hättest du es geschafft, aber du hast es überzogen. Du hättest die Hand nicht auf mein Handgelenk legen sollen. Das war zu viel.«

Ich hatte meine Hand nicht weggezogen, aber sie sprang zurück, ihre Unterlippe klappte nach unten und zitterte ein wenig.

Ich trank meinen JW aus.

»Keine große Sache. Versuch nur nicht, mich einzuwickeln. Auf diese Tour kannst du nichts gewinnen.«

Sie verschränkte die Arme, bleckte die Zähne und mauerte sich in einer hübschen kleinen Festung der Entrüstung ein. Doch ich unterbrach sie, noch bevor sie etwas sagen konnte.

»Beruhige dich. Lass es einfach gut sein. Hör mit diesem Baby-Doll-Scheiß auf und mit der halbgaren Anmache. Okay? Dann verarsch ich dich auch nicht.«

Ich stellte meine Flasche ab, ihre Lippen schürzten sich zu einer süßen, entrüsteten Schnute. Sie trommelte mit dem Fuß auf den Boden.

»Hör zu«, sagte ich. »Ich biete dir etwas an, und glaube mir, das ist weit mehr, als die meisten Leute von mir erwarten dürfen. Aber: Sei aufrichtig zu mir. Versuch nicht, mich zu verarschen, dann bin ich auch offen zu dir. Wenn ich dir nicht trauen kann, lass ich dich hier.«

Sie zog heftig an ihrer Zigarette. Aufsässig.

»Du hast also darüber nachgedacht. Wir können uns zusammen irgendwo verstecken?«

»Vielleicht, aber nur für kurze Zeit. Sei einfach aufrichtig zu mir.«

»Aufrichtig?«

»Wer du bist und wo du herkommst.«

»Okay. Aber du zuerst.« Sie reckte das Kinn vor, hielt affektiert die Zigarette hoch und blies mir den Rauch ins Gesicht. »Wer bist du?«

Ich zuckte mit den Schultern. »Ich bin wohl das, was man einen Eintreiber nennt.« Mit einem langen Zug trank ich mein Bud leer und drückte meine Zigarette aus. »Außerdem habe ich heute Morgen erfahren, dass ich an Krebs sterbe.«

»Ich glaube ... ey? Warte mal. Was sagst du da?«

»Heute Morgen.«

»Du hast ... echt?«

Ich nickte heftig. »Du bist die Erste, der ich das erzähle.« Ich kicherte.

»O Gott, das tut mir ja so leid. Ich hatte mal eine Tante. Warte. Echt? Bist du echt ehrlich zu mir?«

»Schau mir ins Gesicht.« Sie gehorchte. »Meine Lungen sind voller Müll, und ich werde demnächst abtreten. Heute Morgen habe ich es erfahren.«

»Oh. Mann, ey. Ich hatte eine Tante, die hatte Krebs. Hat sie aufgefressen. War am Ende nur noch Haut und Knochen.«

»Ich will eigentlich nicht darüber reden. Und schon gar nicht will ich, dass du mich damit vollquatschst. Du wirst mich nicht lange genug erleben, als dass du was dafür geben würdest.«

Ich zündete mir die nächste Zigarette an, und ihre Augen weiteten sich.

»Hey. Solltest du nicht …?«

Ich stieß einen Rauchring aus. »Warum sollte ich jetzt noch aufhören?«

»Wow. Du bist echt hart, Mann.«

Ein Besoffener mit Brandnarben im Nacken nickte uns sabbernd zu, während er zur Klotür stolperte.

»Du hast nicht … ich meine, hast du keine Freundin oder Familie oder sonst wen? Ich meine, denen du das sagen solltest?«

»Nein. Und habe ich nicht gerade gesagt, du sollst mich nicht damit vollquatschen?«

»Tut mir leid. Verdammt.«

Sie kicherte leise in sich hinein. Wenn sie lachte, leuchtete ihr Gesicht auf, ihre Augen funkelten, und ringsum bildeten sich kleine Fältchen.

»Was?«, fragte ich.

»Das war wohl ein echt höllischer Tag für dich, Mann.«

»Der höllischste.«

Ich dachte an Sienkiewicz' Haus, die Männer in der Diele, Angelos Schädeldecke, aber eigentlich dachte ich daran, wie schnell ich reagiert hatte, wie quecksilberschnell und glatt meine Gedanken und Bewegungen funktioniert hatten. Als ob der sichere Tod allen Ballast weggebrannt, mich schneller und entschlossener gemacht hätte, reinster Instinkt, wie die Cowboys und Schwertkämpfer in meinen Lieblingsfilmen. Sogar jetzt, in der Bar mit ihr, spürte ich, dass ich mich veränderte, zu etwas anderem wurde. Sie klirrte mit dem schmelzenden Eis in ihrem Glas.

»Was hast du jetzt vor?«, fragte sie.

Ich ließ meine Flasche kreiseln und sah zu, wie die Kondenstropfen herabglitten.

»Wie wär's, wenn wir uns volllaufen lassen?«

»Aber hallo.«

Ich ging zurück zur Bar, und als ich mit den Drinks wiederkam, war sie allein, obwohl die Jungs am Billardtisch sie immer noch beäugten.

Wir prosteten uns zu.

»Und dann was? Was kommt als Nächstes?«, sagte sie.

»Morgen fahren wir weiter«, sagte ich schulterzuckend. Nichts schien so riskant, wie es eigentlich war. Als stünde ich unter einem besonderen Schutz, als hätte ich einen Lauf. Ich war so wach und empfindsam, dass ich beinahe jedes einzelne der Rauchatome ausmachen konnte, die über meine Haut rollten wie kleine Kieselsteine.

Sie nippte an ihrem Drink, und als sie den Mund zu einem Lächeln verzog, bildeten sich zwei Grübchen in ihren Wangen.

In ihrem Lächeln blitzte die Gefahr des Augenblicks auf, aber auch die Lust, Vollgas zu geben, ohne einen Plan zu haben.

Aber ich brauchte keinen Plan, musste nur in Bewegung bleiben. Denn wie der reinste Assassine war ich bereits tot.

Als wir die Bar verließen, glotzten uns die Leute nach, denn keinem von denen gefiel die Vorstellung, was wir wohl als Nächstes tun würden – ein Mann wie ich und ein Mädchen wie sie. Ich schielte mit zusammengekniffenen Augen durch die Windschutzscheibe, und Rockys Kopf kippte immer wieder auf die Schulter. Ich fuhr unter die Interstate, dort kannte ich ein paar Motels, aber sie wirkten allesamt irgendwie zu hell, deshalb steuerte ich Richtung Südosten in den schwarzen Teil der Stadt, wo ich für ein Motelzimmer bezahlte, das zwischen einer Brache und einem vernagelten

Stripschuppen lag. Starliter hieß es. Ich bezahlte bar, die alte Frau hinter dem Tresen war fast kahl, zog ständig Schnupftabak hoch und machte sich nicht die Mühe, nach einem Ausweis zu fragen.

Sie erinnerte mich an Matilda, die Frau, die im Waisenhaus gekocht hatte – Blutwurstmansche mit roter Beete.

Im Zimmer stand ein einzelnes Kingsizebett, und die Klimaanlage brachte die Jalousien zum Klirren. Während Rocky ins Bad ging, zog ich meine Stiefel aus, verbarg meine Pistole darin und schob sie zusammen mit der Kassette unters Bett. Ich zog meine Jacke aus und den Gürtel aus der Hose und ließ mich in den einzigen Sessel fallen. Die Füße auf dem Boden und die Augen geschlossen zur Decke gerichtet, wartete ich darauf, dass die Welt um mich aufhörte, sich zu drehen.

Die Badezimmertür knarrte, und ich öffnete einen Spaltbreit die Augen. Sie kam in Höschen und Oberteil heraus, das kurze Haar nass und zurückgekämmt. Die Glühbirne im Bad verlieh ihr das weichgezeichnete Aussehen eines edleren Centerfolds. Sie deponierte den Rest ihrer Klamotten unter der Handtasche am Kopfende des Bettes, aber ich machte die Augen nicht weiter auf, damit es aussah, als döste ich vor mich hin. Sie kam zu mir rüber, ich konnte sie riechen, blumiger Moschusduft, der die Luft erfüllte.

Plötzlich lag ihre Hand auf meiner Schulter. »Roy?«

Ich schlug die Augen auf. Ihr Höschen war hellblau, eines, das an der Seite geknotet wird, und ihre Hüftknochen zeichneten sich scharf unter den Strings ab. Ich war auf Augenhöhe mit dem kleinen gewölbten Hügel zwischen ihren Beinen. Ihre Finger strichen leicht über meine Schulter.

»Willst du nicht ins Bett kommen?«

»Ich fühl mich ganz wohl hier.«

»Schon okay, du kannst ruhig reinkommen.«

Ich setzte mich auf und blinzelte die Müdigkeit weg. Sie hatte den Kopf zu mir heruntergesenkt und schaute mich leicht verschlagen mit feuchten, offenen Lippen an.

»Und noch was«, sagte ich. »Zu dem, was wir in der Bar besprochen haben. Stolzier nicht im Höschen vor mir rum. Das möchte ich nicht.«

»Warum nicht?«, fragte sie, während ihre Hand über Schenkel und Hüfte glitt, bis sie sich den flachen Bauch rieb. »Nach allem, was heute passiert ist? Gefalle ich dir nicht?«

»Ich sag's nicht zweimal. Hör auf.«

Sie zog sich zum Bett zurück.

»Okay.«

Als sie hineinstieg, reckte sie ihre kleinen Arschbacken in die Höhe, bis sie rund und symmetrisch geteilt in der Luft schwebten. Arschbacken, von denen praktisch jeder weiße Mann, den ich kenne – mich eingeschlossen –, träumt. Zumal, wenn das, was links und rechts des seidenen Dreiecks herausragte, glatt und fest war wie ein Pfirsich.

Ich weiß nicht, was nicht mit mir stimmte. Als ich mich betrank, hatte ich an Carmen und an Loraine gedacht, mich gefragt, ob sie inzwischen geschieden war, und das, obwohl Rocky hübscher war als die beiden und die Vorstellung, Sex mit einem jungen Mädchen zu haben, für mich wie für die meisten Männer etwas höchst Unmoralisches hatte. Doch irgendwie stand ich nicht drauf.

Sie kuschelte sich unter das Laken, die Klimaanlage ächzte und ratterte, und die eisige Luft kroch mir in die Brust.

Sie hatte sich zur Wand gedreht und sagte, ohne sich umzuschauen: »Wenn du willst, kannst du hier schlafen. Du solltest ins Bett kommen. Ich tu dir auch nichts.«

Sie rollte sich unter der Decke zusammen. Ich stand auf und ließ mich aufs Bett sinken, die Matratze quietschte und gab nach. Ich lag, die Hände über dem Bauch gefaltet, flach auf dem Rücken. Ihr zusammengerollter Körper rückte ein Stückchen näher an mich heran, aber sie drehte sich nicht um und behielt die Hände eng an die Brust gepresst.

Ich schloss die Augen, ergab mich dem Rhythmus der Klimaanlage, und nach einer Weile spürte ich, wie sie tief und regelmäßig atmete. In der Dunkelheit musste ich an den Mann denken, dessen Apartment ich heute Nachmittag aufgesucht hatte, mit seinen Wettscheinen und leeren Flaschen und dem Foto von der Frau und dem Kind. Er brauchte sich keine Sorgen mehr zu machen, dass ich ihn heimsuchen käme.

Ich fragte mich, was er mit der geborgten Zeit anstellen würde.

Fragte mich, ob er abhauen würde.

Am Morgen schnarchte Rocky sanft neben mir, die Laken hatte sie mit ihren Gazellenbeinen weggestrampelt, das verschlissene, verblichene Höschen klebte an ihrem Hintern, ein String drohte sich jeden Moment zu lösen. Ich wachte auf und dachte an Mary-Anne. Meine Mutter hatte rotblondes Haar gehabt und ein hübsches, markantes Gesicht, ein Stummfilmgesicht, denn wenn sie kein Make-up trug, hatte sie Waschbärenringe unter den Augen, ihr einziger Makel, der aber ihrem Gesicht mehr Tiefe verlieh. Ein Gesicht, aus dem sie mit hastigen Blicken ständig alles abschätzte, immer auf der Suche nach Tand und Trödel. Sie hat John Cady wohl ab und an hintergangen. Das war offensichtlich, aber später kam ich zu dem Schluss, dass ihn das nicht gestört hat.

Manchmal blieb sie abends zu Hause, saß am Küchentisch und hörte, das Kinn in die Hand gestützt, ihre Hank-Williams-Platten. Trank Rumpunsch dazu, bis ihre Augen glasig und verhangen wurden. Manchmal wollte sie dann, dass ich mit ihr tanzte. Ich war schon immer hochgewachsen, sie konnte den Kopf auf meine Schulter legen, und der klapprige Ventilator fächerte ihre Gerüche, diese Mischung aus Schweiß und Seife, wärmend über mich, während die Haut ihrer Unterarme immer ein bisschen an meinem Nacken klebte.

In jenen Nächten pflegte sie mir dann oft eine Geschichte zu erzählen. Geschichten aus der Zeit vor mir, als sie in Beaumont für einen Mann namens Harper Robicheaux gearbeitet hatte, der einen Nachtclub betrieb. Sie redete gerne über ihn. Er war eine große Nummer gewesen, ein Macher, der gut zu ihr war. Sie erzählte, wie sie im Club für Leute gesungen hatte, die lange flitterbesetzte Kleider trugen und ihre Zigaretten aus Ebenholzspitzen rauchten. Wenn sie ins Schwärmen geriet, fing sie an zu singen, sie hatte eine volle, bebende Stimme, die fast zu tief für eine Frau war. Sie sang Sachen von Patsy Cline und Jean Shepherd, aber wenn sie dann endete, hatte ihr Lachen etwas Trauriges, Aufgesetztes, das mir beinahe Angst einjagte.

Sie erholte sich nie mehr richtig davon, dass John Cady von diesem Kühlturm gestürzt war, und fing an, sich mit Leuten abzugeben, die ich nicht kannte.

Ihre Leiche wurde auf Rabbit Island an Land gespült, einem verlassenen Flecken Wald mitten in Lake Prien, wo die I-10 übers Wasser führt.

Während ich erwachte, schwebten die Erinnerungen an Mary-Anne dicht unter der Oberfläche meines Bewusstseins. Feuchtes und trostloses Tageslicht drang durch das Fenster. Ich fühlte mich überhaupt nicht mehr wie am Abend zuvor. Das Vertrauen in meine Glückssträhne und die Selbstsicherheit waren verflogen.

Zwischen den kalten Wänden des Zimmers geisterte wabernd ein gebrochenes Versprechen umher. Verflossene Hoffnungen schlugen wie Geisterhunde in meiner Brust an, die alten Enttäuschungen, die alte Missgunst, es kotzte mich an, dass sie mir an diesem Morgen wieder im Nacken hingen, sie mich durch die Jahre immer wieder aufspürten.

Ich stand auf, um eine zu rauchen, und ließ Rocky zusammengerollt auf dem Bett zurück. Eine entwurzelte Pinie hing über dem Parkplatz und markierte den Beginn eines mit Unkraut überwucherten Felds, das zu einem seichten Flussbett voller zerbrochener Flaschen und aufgeplatzter Müllsäcke hin abfiel. Die Sonne war noch nicht hinter dem Horizont hervorgekrochen, ein perlgraues Licht erhellte den Himmel, warf die ersten Schatten auf den abblätternden Anstrich des Motels und enthüllte einen Wasserfleck, der sich um das ganze U-förmige Gebäude zog. Risse durchzogen den Asphalt bis an die Ränder, wo er in kleinen Klumpen abbröckelte.

Ich empfand das Wetter als persönliche Attacke gegen mich, spürte, wie es sich mit seiner schweren Luft wie eine riesige, klamme, warme und raue Zunge auf mich legte. Ich dachte an Stan und Carmen und fragte mich, ob sie gewusst hatte, was er mit mir vorgehabt hatte.

Ich schnipste meine Zigarette weg und ging wieder hinein.

Die Dusche plätscherte, und das leere Bett war völlig zerwühlt. Ich setzte mich auf die Bettkante und ballte die Fäuste, um das morgendliche Zittern in den Griff zu kriegen.

Sie kam aus dem Bad, von der Brust bis zu den Schenkeln in ein weißes Handtuch gehüllt, ihr glatt zurückgekämmtes Haar ließ ihr Gesicht hervortreten, als wäre ein Scheinwerfer darauf gerichtet.

»Hey«, sagte sie. »Ich zieh mich jetzt an. Ich komm nur meine Klamotten holen. Ich versuch auch nicht, dich anzumachen.«

Der Schäfchenton in ihrer Stimme irritierte mich.

»Was soll das nun wieder heißen?«

»Was?«

»Willst du sagen, mit mir stimmt etwas nicht, weil ich nicht mit dir ficken will?«

»Nein, nein.«

»Ich lass dich hier.«

»Was?«

»Ich habe die Schnauze voll von dieser Baby-Doll-Nummer, diesem Na-komm-schon-Süßer-Gewäsch.«

»Mann, spinnst du, oder was?«

Ich stand auf, und sie wich mit ihren Klamotten in der Hand ins Bad zurück. »Hör auf, Mann, du kuckst schon wieder so, wie du gestern Abend die Jungs angestarrt hast.«

»Ich schätze, du wirst jemanden anrufen müssen. Ich lass dir ein paar Scheine da.«

Sie wirkte verängstigt, und vielleicht weil sie die Haare zurückgekämmt hatte, sah ihr Gesicht dabei rein und unschuldig aus. Ich starrte auf meine Stiefel, schloss und öffnete die Hände.

»Hör mal«, sagte sie. »Ich habe nachgedacht. Ziemlich viel.Über das, was du gestern Abend gesagt hast. Du wirst jemanden brauchen, Roy. Ich hab gesehen, wie übel es den Leuten ergehen kann.«

»Halt die Klappe. Nicht das schon wieder.«

»Okay. Aber schau. Was du gestern gesagt hast. Und dann kommen wir hierher, und ich zieh so eine Show ab. Das tut mir leid. Echt. Ich weiß nicht, was mich geritten hat. Die Drinks vielleicht. Oder wie du mit mir geredet hast. Aber ich weiß das zu schätzen, Roy, ehrlich, dass du gestern so mit mir geredet hast.«

Ich betrachtete mich kurz im Spiegel. Meine Nasenflügel waren weiß, die Furchen auf meiner Stirn tief und blutleer.

»Ich wollte dir sagen, dass ich dir echt dankbar dafür bin. Für alles. Alles, was du getan hast. Du hättest mit mir machen können, was du wolltest, aber du hast mir geholfen. Dann habe ich versucht, was mit dir abzuziehen, ich weiß nicht einmal genau, was. Aber du hast mit mir geredet, Roy. Deshalb musste ich gerade im Bad wieder dran denken.«

Während sie redete, flackerte dieser seltsame Stolz von gestern Abend wieder in mir auf, das heldenhafte Gefühl. Sie setzte sich aufs Bett und presste ihre Kleider gegen die Brust.

»Und ich hab auch über dich nachgedacht, Roy. Was mit dir los ist, ich will dich nicht daran erinnern, nein, will ich nicht. Aber hör zu. Ich weiß, dass du mich nicht brauchst, Roy. Das weiß ich. Aber ich glaube … ich meine, so wie die Dinge stehen, könnte es vielleicht sein, dass du mich brauchen könntest. Irgendwann später einmal. Vielleicht ist es dann gut, einen Freund zu haben, der dir hilft, Dinge besorgt, wenn du sie brauchst.«

Sie starrte die Wand an und zog das Handtuch und ihre Kleider noch fester an sich. »Ich meine ja nur, wenn es so weit kommt, brauchst du jemanden, der sich um dich kümmert. Wenn du's auf die anständige Tour angehen willst, wie du gesagt hast, okay, dann spiel ich mit. Ich werde dich nicht anlügen. Und ich kann für mich selbst sorgen. Selbst bezahlen. Und wenn mich jemand suchen kommt, habe ich dich, der mir hilft. Und wenn's dir schlechter geht, oder du ... du weißt schon ... dann helf ich dir.«

Ich öffnete meine Fäuste und umklammerte meine Knie, spürte, wie mir die Gesichtszüge entglitten. Das war schon ein merkwürdiges Paar, das ich da im Spiegel sah.

»Okay, Rocky. Wir werden sehen, wie's läuft. In der nächsten Zeit.« Ich ließ den Kopf hängen und holte tief Luft. »Und nenn mich ab jetzt John. Das ist mein neuer Name.« In meinem Ausweis stand John Robicheaux.

»Du kannst dich auf mich verlassen, John.«

Sie stand auf und ging ins Bad. An der Tür drehte sie sich noch mal um. »Und ich verlass mich auf dich.«

Nachdem wir das Starliter verlassen hatten, kaufte ich als Erstes bei Kroger's eine *Times-Picayune* und eine Schachtel Donuts, die wir auf dem Parkplatz futterten und mit Kaffee hinunterspülten, während ich die Zeitung durchblätterte.

Ich schaute sie mir von der ersten bis zur letzten Seite genau an, aber nirgendwo fand ich eine Erwähnung der Morde in Jefferson Heights, und als ich darüber nachdachte, fiel mir auf, dass die einzigen Geräusche, die es gegeben hatte, die beiden Schüsse aus meiner 38er gewesen waren, und selbst die mochten durch die alten, dick verputzten Wände genug gedämpft worden sein, dass sie im allgemeinen Großstadtlärm untergegangen waren. Vielleicht hatten die Leute auch etwas gehört und sich nicht weiter darum gekümmert. So oder so dürfte Stan inzwischen alle Spuren beseitigt haben.

»Ich habe noch nie jemanden gesehen, der so viel Zucker in den Kaffee tut«, sagte Rocky. »Das war ja der halbe Topf.«

Ich stellte meinen Kaffee auf dem Armaturenbrett ab, griff unter den Sitz und zog den Ordner mit den Papieren hervor. Das getrocknete Blut auf der ersten Seite hatte die Farbe von Rost angenommen. Ich legte die Zeitung auf den Schoß, legte den Ordner darauf und öffnete ihn. Ladungsverzeichnisse. Aufzeichnungen über verlorengegangene Container. Eine lange, von Sienkiewicz unterzeichnete Erklärung. Der Namen *Ptitko* in Kursivschrift. Ptitko auf praktisch allen Blättern.

»Was ist das?«, wollte Rocky wissen und stopfte sich gierig Donuts in den Mund.

Ich klappte den Ordner zu und schob ihn wieder unter den Sitz. »Ich weiß noch nicht.«

Wir fuhren an einer Filiale der Hibernia vorbei, und ich räumte mein Bankkonto ab, noch mal sechshundert Dollar, die zu den drei Riesen dazukamen. Sie war richtig aufgeregt, als ich sie die Scheine auffächern ließ. Inzwischen waren ihre Haare zu einem federnden blonden, fast punkigen Schopf getrocknet.

Sie war von schlichter, unkomplizierter Schönheit. Und dass ihr Gesicht so hübsch war, hatte etwas Tröstliches.

Westlich auf der I-10. Sie fand ein Patsy-Cline-Tape und sang leise mit. Fast hätte ich sie gebeten aufzuhören, weil es Dinge in mir aufwühlte, ließ es aber bleiben. Die Landschaft, die wir durchquerten, teilte sich wie ein zersplittertes Lehmtableau in grasgrüne Inseln und die dunklen, schlammigen Wasser, die sich nach Süden hin bis zum Golf ausbreiteten. Das Sonnenlicht glasierte die sanften Wellen und Schlammgruben mit weißem Feuer.

Wir fuhren durch Sulphur an den Raffinerien vorbei, ein Königreich aus Beton, Röhren und giftigen Dämpfen. Rocky hörte auf zu singen und schaltete das Radio aus.

»Roy, fährst du jetzt nach Orange? Wie du gesagt hast?«

»Was? Reinfahren? Warum?« Meine Stimme überschlug sich fast. »Willst du, dass ich dich absetze?«

Sie schüttelte den Kopf. »Nein. Ich hab das ernst gemeint, was ich heute Morgen gesagt habe. Jedes Wort. Dass ich meinen Kram selbst bezahlen kann. Ich kann mir Geld besorgen.«

»In Orange, Texas?«

»Ich kann.«

»Wie?«

Sie verengte die Augen zu Schlitzen, starrte erst einen Moment geradeaus durch die Windschutzscheibe und dann auf die entwurzelten Zypressen, die wie braune Knochen aus dem Schlamm ragten.

»Da ist jemand, der mir Geld schuldet. Fahr einfach weiter und mach in Orange einen kurzen Stopp. Bitte!«

»Du willst also wirklich nach Orange?«

»Wir sind doch eh auf der I-10. Da ist es doch egal.«

»Wen willst du besuchen?«

»Den Typen, der mir Geld schuldet. Ist mir heute Morgen erst eingefallen.«

»Und du glaubst, er wird dich einfach so auszahlen?«

»Er wird zahlen. Da bin ich ganz sicher.«

Ihre Stimme war etwas tiefer geworden, ihr Blick auf einen unsichtbaren Punkt fokussiert. Ich dachte kurz nach.

»Du glaubst, ich rede ein Wörtchen mit ihm. Ist es das, was du vorhast? Ich soll es für dich eintreiben? Arbeite ich jetzt plötzlich für dich? Als dein Schläger?«

»Nein.«

»Nein?«

»Nein, verdammt noch mal. Ich brauche keine Hilfe. Ich will nur, dass du mich hinfährst.«

Ich ließ es mir durch den Kopf gehen. »Okay. Von mir aus.«

»Hättest du denn?«, sagte sie. »Ich meine, wenn ich gefragt hätte, hättest du es mir dann besorgt?«

Ich umklammerte das Lenkrad und verfluchte mich. »Könnte sein.«

»Ist aber okay. Du brauchst es nicht zu machen. Aber trotzdem danke.«

Die spillerigen Umrisse der nackten, in sich verdrehten Bäume wirkten wie Gehirnwindungen, und die weißen Fischreiher, die in einer umgeknickten Zypresse nisteten, schienen den Truck mit ihren Blicken zu verfolgen.

Rocky knetete das Futter ihrer Handtasche. »Ich rede selbst mit ihm.«

»Ist das ungefährlich?«

»Ja, verdammt, es ist ungefährlich.«

»Du willst das Risiko wirklich eingehen? Wir haben doch Geld. Ich meine, was ich gestern gesagt habe, habe ich nicht wirklich so gemeint. Du musst dir im Augenblick kein Geld besorgen. Wenn wir da sind, wo wir hinwollen, überlegen wir uns was.«

»Nein, ist schon okay. Ich muss das tun. Ich habe es jemandem versprochen.« Sie starrte mit einer kalten, abgebrühten Entschlossenheit durch die Scheibe, die ich bisher nicht an ihr wahrgenommen hatte.

»Würdest du mir vielleicht erklären, was zum Teufel du da redest?«

Sie legte den Kopf auf die Schulter. »Wenn du fragst, erzähle ich es dir, weil, das habe ich ja gesagt. Aber es wäre mir lieber, wenn du nicht fragst.«

Ein grünes Schild zeigte an, dass Orange noch acht Meilen entfernt lag.

»In Ordnung«, sagte ich. »Jedenfalls hoffe ich das.«

Sie faltete die Hände über ihrer Tasche und seufzte. Die mit Ranken, kahlen Bäumen und schwarzen Wassern durchsetzte Landschaft schien ihr etwas zu bedeuten, so wie sie auch mir etwas bedeutete, jedenfalls schaute sie andächtig aus dem Fenster. Für uns beide besaß diese Gegend eine besondere Anziehungskraft.

Sie zerrte an uns, brachte Vergangenes an die Oberfläche und erinnerte uns an die Menschen, die wir einmal waren.

Wir fuhren über eine unauffällige Geschäftsstraße, an der sich schäbige Fressbuden, eine Tankstelle und ein Credit-Union-Büro aneinanderreihten. Dazwischen stand hohes wild wucherndes Gras.

»Das Tastee Freez«, sagte sie. »Da sind wir immer alle zusammen hingegangen.« Aber sie redete nicht wirklich mit mir.

Die flache Prärie erstreckte sich bis zum Himmel, an den Rändern drängten sich buschige Bäume und nasses Unterholz, über allem lag ein Hauch von Ammoniak. Die Luft in diesen Breiten ist so klar, dass sie das Licht anzuziehen und zu bündeln scheint, und man muss die Augen zusammenkneifen, wenn man nur zu Boden schaut.

Sie dirigierte mich um ein paar Ecken, die Straßen waren nur spärlich bebaut, und die maroden Häuser standen weit zurückgesetzt im tiefen Schatten dräuender Eichen und Weiden. In diesem Klima suchen alle nur den Schatten, deshalb ist es ein grundlegendes Merkmal des tiefen Südens, dass alles halb im Verborgenen liegt.

Sie steuerte uns nach Südwesten durch rankenverwobene Senken, vorbei an roststrotzenden Trailern. Vor einer Tankstelle konnte man noch die Fundamente der Zapfsäulen erkennen, die man abgerissen hatte. Aus den scheibenlosen Fensterlöchern des Gebäudes rankten Unkraut und Kletterpflanzen. Wir kamen am Football-Feld der Highschool vorbei, und als wir aus der Stadt hinausfuhren, verabschiedete sie sich zünftig mit einer schwarzen Reklametafel, auf der in weißen Lettern HELL IS REAL geschrieben stand.

Nachdem uns die Sumpflandschaft wieder in sich aufgesogen hatte und wir auch die spärlich besiedelten Trailer-Parks hinter uns gelassen hatten, ließ sie mich ein paar Dutzend Meter von einer Holzhütte entfernt anhalten, die am Rand eines grasüberwucherten Unterholzes stand und von der Sonne so ausgedörrt war, dass sie die Farbe von Weizen angenommen hatte. Die runtergekommene Bude war kaum größer als eine Jagdhütte. Ein durchgerosteter

Wasserboiler lehnte an der Seitenwand, und im ungemähten Gras stand ein kunstlederner Punching-Ball mit Clownsfratze, die mit Schimmel überzogen war. Braune Reben wucherten über das Haus, und eines der Fenster war mit Zeitungspapier abgeklebt. Ein kaputter Chevrolet stand aufgebockt davor. Er war genauso zugewuchert wie das Haus, und so hatte es den Anschein, als würde das Feld langsam wieder alles verschlingen, auch den kleinen Schuppen, der sich windschief ans Dickicht schmiegte. Auch das zerfetzte Fliegengitter an der Tür fehlte nicht. Das ganze Anwesen sah aus, als würden Biker hier ihr Meth kochen.

Wir saßen da und sahen hinunter, während der Truck im Leerlauf vor sich hin tuckerte. Die Sonne hatte die Felder ausgebleicht, und ringsum war nichts als flirrende heiße Luft. Rocky knetete ihre Handtasche zwischen den Fingern und starrte die Hütte an, als könnte sie sie mit ihrem Blick einstürzen lassen.

»Bist du dir sicher, dass du das tun willst?«, fragte ich. »Warum soll ich nicht mit dir reingehen? Ich steh einfach nur da. Glaub mir, normalerweise reicht das.«

»Nein, danke«, erwiderte sie. »Da drin ist nichts, was mir Schaden zufügen könnte.« Aber es schien, als spräche sie mit jemandem draußen auf dem Feld. »Besser, wenn ich allein reingehe.«

»Wie du willst«, sagte ich, aber sie rührte sich nicht, und so saßen wir eine weitere Minute da. Das Gras war so trocken, dass es im Wind knackte.

»Schrei einfach, wenn etwas schiefläuft«, sagte ich schließlich. »Dann komme ich angestürmt.«

Sie öffnete die Tür und stieg aus. »Gib mir einfach zehn Minuten.«

»Bist du sicher, dass diese Person zu Hause ist?«

»Natürlich ist er zu Hause. Der geht nirgendwo hin. Die Leute kommen zu ihm, wenn sie was von ihm wollen.« Sie schlug die Tür zu und ging, die Handtasche unter den Arm geklemmt, vorsichtig den leichten Abhang hinunter, über den schrundigen Hof, auf dem plattgedrückte Aludosen zwischen den Grasnarben glitzerten. Das grelle Feld ließ sie klein und verloren wirken, und je näher sie der Hütte kam, desto kleiner schien sie zu werden. Anstatt durch die Vordertür hineinzugehen, folgte sie den das Grundstück begrenzenden Bäumen und verschwand hinter der Hütte. Vogelgezwitscher, Grillengezirpe und ein trockenes Rascheln zerrupften die Stille.

Ich zog den Ordner hervor und schlug ihn wieder auf. Vermutlich hatte Sienkiewicz gedacht, die Papiere wären eine Art Versicherung und böten ihm Schutz. Ich erwog mögliche Erpressungsvarianten. Aber es spielte keine Rolle mehr, denn bei dem, was mir bevorstand, ergab das alles wenig Sinn.

Kein Laut drang aus der Hütte, nicht das geringste Lebenszeichen war zu vernehmen, sie stand einfach nur da, das Holz gebleicht und verwittert wie die Prärie, die sie umgab.

Plötzlich gab es einen scharfen, unverwechselbaren Knall. Ein Schuss.

Ich sah mich um, aber der Feldweg zog sich verlassen die Anhöhe hinauf. Vielleicht jagte jemand in der Nähe Eichhörnchen oder Tauben. Im Haus bewegte sich nichts.

Ich sprang mit gezücktem Colt aus dem Truck, hastete über einen Graben und wollte über den Hof rennen, aber ich rutschte aus und landete mit den Knien im Dreck. Ich hob den Revolver wieder auf und rannte, von der Hitze versengt, keuchend weiter. Ich hatte ungefähr die Hälfte der Strecke zurückgelegt, als Rocky aus der Haustür trat. Ich schnappte nach Luft und stolperte erneut. Als ich wieder auf die Beine kam, war sie schon näher gekommen, und der nackte Schrecken ereilte mich.

Rocky hatte ein kleines Mädchen an der Hand und führte es zum Truck. Ein kleines blondes Mädchen.

Ich wirbelte herum und sprintete zum Ford zurück.

»Roy! Roy! Warte doch!«

»Warte doch selbst!«, brüllte ich zurück und stampfte wütend bergan. Ich knallte die Autotür zu, aber der Motor blubberte ein paarmal, ehe er ansprang, und so musste ich panisch mit ansehen, wie Rocky mit ein paar Matchbeuteln auf dem Rücken und dem Kind im Schlepptau laut schreiend übers Feld gerannt kam. Sie waren gerade über dem Graben, als ich endlich das Gaspedal durchtrat und Kies und Dreck sprühend davonschlitterte.

Der Motor jaulte auf, als ich ihn überdrehte, und im Rückspiegel sah ich die beiden auf der Straße stehen, Rocky schien noch zu winken, aber so genau konnte ich es durch den braunen Staub, der sie verschluckte, nicht erkennen.

Die Straße war kaum mehr als ein ausgewalzter Feldweg und schien noch tiefer in die Wälder zu führen, in die nackte Wildnis, wahrscheinlich ans Wasser. Ich versuchte mich an den letzten Außenposten der Zivilisation zu erinnern, an dem wir auf dem Weg zu dieser Hütte vorbeigekommen waren, um abzuschätzen, wie weit sie marschieren mussten.

Dann fing ich an zu bremsen.

Hämmerte mir ein, dass ich sie irgendwo sitzenlassen würde. Definitiv rausschmeißen. Aber erst mal brauchten sie eine Fahrgelegenheit und ein bisschen Bares.

Als ich zurückkam, standen sie am Straßenrand. Die Beutel hatten sie vor sich abgestellt. Rocky hatte die Hände in die Hüften gestemmt, und beide waren von einer feinen Schicht khakifarbenen Staubs bedeckt. Das Kinn hatte sie wütend nach vorn gereckt, aber irgendwie wirkte es auch so, als hätte sie gewusst, dass ich zurückkommen würde.

Zuerst hob sie das kleine Mädchen auf den Sitz, das Kind hatte tapfere grüne Augen, mit denen es mich länger ansah, als jedem Erwachsenen bekommen wäre. Es rutschte auf den mittleren Sitz und ließ mich nicht aus den Augen.

»Ähm«, grunzte ich.

»Wer bist du?«, fragte sie.

»John.«

Das Mädchen zog die Augenbrauen zusammen. »Nein, bist du nicht.«

»Tiff! Sei nett.« Rocky schlug die Tür zu und wischte sich den Staub von der Stirn. »Das ist Tiffany.« Die Matchbeutel lagen auf dem Boden zwischen ihren Beinen, und mit einer Hand umklammerte sie immer noch oder schon wieder ihre Handtasche. Mit der anderen zog sie Tiffany an sich heran. Dann schaltete sie die Klimaanlage ein, während das kleine Mädchen mich abschätzig musterte. Sie roch wie ein nasser Hund.

»Alles wird gut, Tiffany. Wir machen eine kleine Reise, *Tiffanninny.*«

Sie kitzelte das Mädchen, das anfing zu kichern, mich aber immer noch beobachtete. Rockys Blicke wechselten zwischen ihr und der Windschutzscheibe, und ich fuhr zurück auf die Interstate.

»Lass mich deine Handtasche sehen, Rocky.«

»Warum?«

»Gib sie mir, oder muss ich sie mir nehmen?«

Sie blies eine Strähne aus der Stirn, nahm die Tasche und schmiss sie mir in den Schoß. Sie war schwer.

Ich machte sie auf, und obenauf lag die Pistole. Sie hatte einem der maskierten Männer in Sienkiewicz' Haus gehört. Der Schalldämpfer war abgeschraubt und nach unten zwischen Taschentücher und Make-up-Utensilien gerutscht. Ich glaube, erst in diesem Augenblick fragte ich mich ernsthaft, was sie den toten Männern alles abgenommen hatte, als sie ihre Taschen durchwühlte. Die Pistole war noch warm.

Das Ganze kam mir wie ein unfassbarer Verrat vor.

»Verdammte Scheiße, Rocky?«

»Red nicht so vulgär daher, Mann.«

»Was?« Ich fuhr auf den Seitenstreifen. »Du spielst ein gefährliches Spiel, Mädchen.«

Die Kleine sah uns entgeistert an. Sie hatte zarte volle Bäckchen, an denen alter Dreck klebte, und sie zitterte heftig genug, dass ich meine Tonlage zurückschraubte. Sie sah aus, als wäre sie zu mager, und ihre Haare waren so blond, dass sie fast weiß wirkten. Rocky strich ihr über den Kopf und sah aus dem Fenster. Ein Fahrzeug des Sheriffs überholte uns.

»Das ist meine Schwester. Sie kommt mit uns. Wenn du sie nicht dabeihaben willst, kannst du uns irgendwo rausschmeißen, aber sie bleibt bei mir.«

Das Nachthemdchen der Kleinen hatte die Farbe von Gewitterwolken, und ihre Haut war von einer Schicht feinsten Flaums bedeckt, wogegen meine Haut aussah wie eine Mauer aus Lehmziegeln.

»Was wohl ihr Daddy davon halten wird?«, fragte ich. »Und was wolltest du mit der Pistole? Was war das für ein Schuss, den ich gehört habe?«

Sie schnaubte. »Dem geht's gut. Ich habe ihm nur Angst gemacht. Damit er kapiert, wozu ich fähig bin.«

Ich legte den Gang ein und fuhr zurück auf die Interstate. Langsam wurde der Verkehr dichter. Als sie nichts weiter sagte, konstatierte ich: »Du hast auf deinen Stiefvater geschossen?«

»Ich habe auf die Wand geschossen. Er hat noch mal Glück gehabt.«

»Heiliger Strohsack. Hast du keine Angst, dass er die Cops ruft?«

»Der ruft garantiert nicht die Cops. Das Letzte, was er will, ist, dass die Cops auf seinem Gelände herumschnüffeln.«

»Mein Gott, was für eine schwachsinnige Idee.«

»Mir wär's lieber, du würdest fluchen und mit diesem Heiliger-hier-Gott-da-Gerede aufhören. Seit wann stehst du so auf Gott, dass du seinen Namen so oft im Munde führst?«

Ein weiterer Streifenwagen lauerte auf einer Brücke und schien uns mit der indifferenten Neugier einer Eule zu beobachten.

»Du meinst nicht, dass du mir das hättest sagen sollen? Was du vorhattest? Wie war noch gleich das Wort, das wir gebraucht haben – aufrichtig?«

»Wenn du gefragt hättest, hätte ich dir es gesagt.«

»Du hast mich gebeten, dich nicht zu fragen.«

»Und ich bin dir echt dankbar, dass du es nicht getan hast.«

»Das nennt man Kidnapping. Die werden hinter uns her sein wie nichts Gutes.« Ich ertappte mich dabei, dass ich flüsterte. Bescheuert.

Tiffany sah uns abwechselnd an, wirkte aber in keinster Weise verängstigt oder verblüfft, plötzlich in diesem Auto zu sitzen.

»Das ist kein Kidnapping. Er wird niemandem etwas verraten. Sondern froh sein, weil er weiter die Schecks kriegt.«

Ich schüttelte den Kopf und behielt Straße und Rückspiegel im Auge. Falls die Cops doch noch auftauchten. Doch im Rückspiegel ballten sich nur Autos, Vans und Achtzehntonner, Chromleisten blitzten auf, und abgedunkelte Scheiben heischten Respekt.

»Und wie stellst du dir jetzt vor, wie's weitergeht?«, fragte ich. »Ich kapiere nicht, was die Nummer soll? Das ergibt doch keinen Sinn.«

»Na, sie und ich werden uns irgendwo für eine Weile niederlassen. Ich suche mir einen Job oder so. Ich kümmere mich jetzt um sie. Sie kommt demnächst in die Schule.«

»Schule? Bist du … mein Gott.«

Sie drehte sich zu mir und strich dem Mädchen übers Haar. »Weißt du noch, was ich gestern Abend erzählt habe? Über Vonda?« Rocky beugte sich zu ihrer Schwester. »Sie wird eine bessere Chance bekommen.«

Das kleine Mädchen beäugte mich misstrauisch. Ganz offensichtlich war es nicht dumm. Dann gähnte es und vergrub sein Gesicht in Rockys Körper.

»Du weißt, dass wir … was ich dir gesagt habe. Dass einiges passieren kann, dass Stans Leute nach uns suchen werden. Und jetzt ziehst du sie da mit rein. Hast du darüber mal nachgedacht?«

Sie wich meinem Blick nicht aus. »Du wirst mir einfach glauben müssen, wenn ich dir sage, dass es hier besser ist als da, wo sie herkommt. Und wie soll uns jemand finden? Schneid dir die Haare. Ich kann meine färben oder so. Und außerdem sind wir jetzt zu dritt. Wer würde schon *drei* Leute suchen?«

Als ein Streifenwagen vom Mittelstreifen auf die Fahrbahn wechselte, zogen sich meine Eier zusammen. Aber er überholte uns, und ich ging vom Gas und ließ ihn Abstand gewinnen.

»Okay, ich nehme euch mit. Aber das war nicht abgemacht. Ihr beide seid auf euch allein gestellt.«

»Wir können exakt das machen, was wir besprochen haben. Nur dass ich jetzt auf Tiffany achtgebe.«

»Du klingst ja so, als wäre das die einfachste Sache der Welt, besonders wenn man in Betracht zieht, wie hervorragend du bis gestern auf dich selbst achtgegeben hast. Für mich klingt es, als wüsstest du überhaupt nicht, wovon du redest. Als würdest du einfach nur hoffen, dass alles glattgeht. Aber wenn nicht, wird's dich treffen wie ein Schlag.«

Tiffany langte zu mir herüber und strich über die struppigen Spitzen meines Bartes. Dann schaute sie zu Rocky und sagte: »Wie beim Nikolaus.«

»Ja, mein Baby. Du hast recht. Genau wie beim Nikolaus.«

Das Mädchen drehte sich wieder zu mir. »Du bist aber nicht der Nikolaus.«

Das machte meine Laune nicht besser.

»Hast du jetzt überhaupt Geld?«

Sie runzelte die Stirn. »Nicht viel. Gary hatte so etwa achtzig Dollar bei sich. Die habe ich genommen. Aber sonst war nichts da. Nichts, was man hätte zu Geld machen können.«

»Und wer passt auf deine Schwester auf, wenn du deinem famosen Job nachgehst?«

Sie befeuchtete die Finger mit Spucke und wischte einen Schmutzfleck von der Wange ihrer Schwester.

»Vielleicht arbeite ich irgendwo, wo ich sie mitbringen kann. Außerdem kommt sie bald in die Schule. Verdammt, selbst die größten Blödmänner können ein Kind aufziehen.«

Ich umklammerte das Lenkrad. »Aber nicht richtig.«

»Weißt du was? Je mehr ich darüber nachdenke, desto weniger verstehe ich, was du dich hier beschwerst?«

Ich wollte losbrüllen, aber da dämmerte mir, dass alles, was ich sagte, meine Zukunft beträfe, und ich hatte nicht wirklich eine.

»Erinnerst du dich, was du gesagt hast?«, sagte sie. »Wir verschaffen dir eine *Gelegenheit*, Mann. Im Augenblick brauchst du uns nicht. Aber es kommt vielleicht die Zeit, wo du uns brauchst.«

Tiffany gluckste und machte es sich unter Rockys Arm bequem, um zu schlafen.

»Ich verlasse euch beide.«

»Von mir aus.«

Wir schwiegen eine Weile, während draußen der Wind in Böen gegen die Scheiben peitschte. Wolken ballten sich am Horizont, und ich fühlte mich, als wären wir Käfer, die am Abgrund der Welt entlangkrabbelten. Was wir genau genommen auch waren.

Ich hielt weiter Richtung Westen, wir hatten die Sonne im Rücken, und die Mädchen wurden schläfrig. Die alte Regel kam mir wieder in den Sinn. Du sitzt deine Zeit ab, nicht die von jemand anderem. Aber was, wenn deine Zeit abgelaufen ist? Ich schaute auf das Mädchen hinunter, es schlief und hatte seine kleine Faust unter dem Kinn geballt.

»Warum hast du den Schalldämpfer abgeschraubt?«

Rocky zuckte mit den Schultern und sah aus dem Fenster.

»Ich dachte, ohne würde es fieser aussehen.«

»Warst du schon mal in Galveston?«

Sie schüttelte den Kopf.

2

Manche Erfahrungen überlebt man nicht; selbst wenn man es schafft, nicht dabei draufzugehen, stirbt etwas, und man hört auf, ein intaktes Wesen zu sein. All das, was im Mai 1987 geschehen ist, ist noch so lebendig wie damals, nur ist es jetzt, zwanzig Jahre später, nur noch eine Geschichte. Wir schreiben das Jahr 2008. Ich führe am Strand meinen Hund aus. Versuch's zumindest. Ich kann weder schnell gehen noch besonders gut.

Heute Morgen habe ich eine Nachricht erhalten. Cecil schrieb mir, dass ein Mann nach mir sucht. Cecil besitzt das Motel, in dem ich ein Zimmer mit Kochnische bewohne und als Handlanger arbeite.

Von hier aus gesehen erscheint der bronzene Morgennebel endlos, die düstere Färbung, die sich von Süden her ausbreitet, lässt mich an Sandstürme denken, die vom Golf hereinwehen, als würde hinter dem Horizont eine Wüste liegen. Und wenn die Shrimp-Kutter, Bohrinseln und Supertanker daraus auftauchen, glaubt man, eine andere Welt würde über diese hier hereinbrechen und alles mit der Last der Geschichte erdrücken.

Die Lektion dieser Geschichtsstunde lautet, glaube ich, so: Du bist erst du, wenn du tot bist.

Aber ich lebe noch.

Sage rennt ständig um mich herum, bellt, aber ich bin nicht schnell genug für sie, deshalb werfe ich die Plüschgiraffe in die Brandung und sehe zu, wie sie ihr hinterherspringt. Sie hüpft und tollt durch die Untiefen, und ich bleibe allein am Strand zurück. Die Dämmerung entzündet den Nebel, das gedämpfte Geräusch kreischender Vögel und das tiefe Stöhnen der Nebelhörner setzt die Welt in Bewegung. Jetzt, im September, mitten in der Hurrikan-Saison, besteht der Himmel nur aus gewundenen, bleifarbenen Wolken, die an Zuckerwatte erinnern.

2008.

Was für ein unmögliches Jahr.

Mein linker Fuß knickt nach außen weg, als wolle er versuchen, vor mir wegzulaufen. Ich hinterlasse krumme Spuren. Der Sand in Galveston ist grobkörnig und grau mit gelben und orangefarbenen Einsprengseln, und am frühen Morgen sind die Strände meist verlassen, und Sage kann mit der Plüschgiraffe im Maul unbeschwert die Wasserlinie entlangrennen. Ich fahre mit der Zunge über das Keramikgebiss und drücke es gegen den Gaumen. Und denke an damals.

Der Zettel, den Cecil an meine Tür geklebt hat, ist ein kleines Post-it, die Nachricht schlägt über mir zusammen wie eine schwere Welle: *Roy – so ein harter Bursche hat nach dir gefragt. Hatte nen Anzug an. Seinen Namen hat er nicht gesagt.*

Ich könnte vermutlich in mein Zimmer zurückgehen, packen, mich davonmachen und weiter westlich neues Terrain erkunden. Es erscheint mir unwahrscheinlich, dass sie jetzt nach mir suchen, aber sonst gibt es niemanden mehr.

Und vielleicht kommt doch nach zwanzig Jahren irgend so ein Batschaker auf die Idee, in alten Geschichten zu wühlen und eine offene Rechnung zu begleichen. Vielleicht.

Ich befrage meine Vergangenheit und muss mir eingestehen, dass niemand, der sich anschicken sollte, nach mir zu suchen, freundliche Absichten hegt. Das Gewicht des alten Schuldscheins legt sich drückend auf meinen Magen.

Und die Nachricht treibt meine Gedanken noch heftiger zurück zu Rocky als sonst.

Ich erinnere mich, wie sie in einer Bar in Angleton von sich erzählt, während die grünen und gelben Spots von der Tanzfläche aus über ihre feucht schimmernden Augen gleiten. Und je mehr ich an sie denke, desto lebendiger wird ihr Gesicht. Es spricht Bände.

Sie erzählt, wie sie, als sie vier oder fünf war, mitten im Wald auf dem Rücksitz eines Autos geschlafen hat. Ein Mann war mit ihr und ihrer Mutter dahingefahren. Eine Menge Trucks standen um ein, zwei Trailer herum, und ihre Mutter kehrte erst im Morgengrauen mit verschmiertem Make-up zu ihr zurück. Danach stieg auch der Mann aus dem Trailer, fuhr sie beide nach Hause, und niemand verlor ein Wort darüber.

Sage streicht mir um die Beine und schüttelt sich das Wasser aus dem Fell.

Ich steige die Lücke an der verlassenen Pier hinunter, wo ich meine Krabbenfallen ausgelegt habe. Meine Beine sind steif, und die feuchte Luft verursacht mir Schmerzen in den Händen, die sich zu Klauen verkrümmen. Wenn ich irgendwo etwas bezahle, starren die Leute auf meine Hände. Die Finger sind verwachsen, die Knöchel treten hervor wie Geschwüre.

Ich könnte abhauen, es drauf ankommen lassen.

Doch den Trost, Sage spazieren zu führen und die Krabben einzusammeln, kann ich mir heute Morgen noch erlauben.

Dies sind dieselben Strände, an denen die Männer von Cabeza de Vaca zu Kannibalen verkamen, an denen die Piraten Aury, Mina und Lafitte sich dem Gesetz entzogen. Hier hat Lafitte ein Fort namens Campeche errichtet, von dem aus er als Gouverneur der Insel seine Huren, seine Saloons und seinen Sklavenhandel kontrollierte, ehe er flüchten musste, weil er auf ein amerikanisches Schiff gefeuert hatte. Doch vor seiner Flucht verpasste er der Insel noch eine viertägige Orgie mit Whiskey und Weibern. Wenn man am Morgen über die nebligen Strände spaziert und die Luft von Salz und Moder gesättigt ist, hat man den Eindruck, der Ort pflege immer noch den Kater von jenem Besäufnis.

Ich denke an Rocky, wie sie meine Hand hält und mir erzählt, wie sie als kleines Kind in diesem Auto gelegen hat. In diesem Punkt ähneln sich die Geschichte der Insel und Rockys Geschichte. Beide haben sich dem Ort anverwandelt. Ich habe mal einen

Schriftsteller gelesen, der meinte, Geschichten würden uns retten, aber das ist natürlich Blödsinn.

Das tun sie nicht.

Aber *etwas* vermögen sie doch.

Sie haben mir in den letzten zwanzig Jahren geholfen, eine Menge Zeit totzuschlagen. Mehr als die Hälfte davon im Gefängnis.

Weiter draußen ist das graue Zypressenholz der Pier verrottet, die Bohlen sind gebrochen und in den schwefelgelben Nebel gestürzt. Ein paar Möwen hocken auf den Überresten und plustern sich auf wie winzig kleine Präsidenten. Zu meinen Füßen wuseln Winkerkrabben davon. Das ruhige, rhythmische Rollen der Tide. Draußen im Golf kann man sehen, wie sich der Wind zusammenballt, der Himmel beginnt, sich in langsam ausgreifenden Wirbeln zu drehen. Bei diesem Wetter scheint es, als würden die Schrauben in meinem Kopf fester gezogen.

Ich stehe unter dem Kai, und so, wie die Pfähle zur Mitte hin zulaufen, wirkt die Pier wie eine geflutete Kathedrale. Vor Schmerz ächzend lege ich meine Finger um den Strick und hieve den Drahtkäfig hoch, während sich ein schaumiger Film über meine Tennisschuhe legt. Ich schnippe den Riegel auf und kippe vier blaue Krabben in einen Segeltuchsack, den ich mir über die Schulter gehängt habe. Verschließe den Käfig wieder und werfe ihn hinaus in die Strömung. Die Krabben zucken und stoßen von innen gegen den Sack, beulen das schwere Segeltuch aus, und ich ertappe mich dabei, wie ich an Carmen denke. Ich kann durch die salzige Luft hindurch sogar den Geruch ihrer Mentholzigaretten und ihres Charlie-Parfüms erahnen.

Ich klettere wieder hoch, oben mache ich mit Sage eine Pause, weil ich hinter der eingestürzten Pier direkt vor der hellen Nebelbank eine Schule Tümmler ausmache, die in geschmeidigen Bögen die Wasseroberfläche durchstoßen. Sage lässt ihr Spielzeug zu meinen Füßen fallen und schüttelt sich einmal mehr das Wasser aus dem Fell. Der Hund, ein rötlich brauner und weißer Australian

Shepherd mit blassgrünen Augen und ständig lechzender Zunge, hat eine neugierige, kokette Art. Wir verweilen eine Minute, weil ich hoffe, die Delphine noch einmal auftauchen zu sehen, aber sie bleiben verschwunden. Die Dünen sind von Brombeersträuchern und Disteln überwuchert, und eine Barkasse, die draußen durch den Nebel in Richtung Fahrrinne kriecht, schiebt sich an meinem guten Auge vorbei.

Ich frage mich, warum Cecil den Typen als »harten Burschen« bezeichnet hat. Und welche Fragen er ihm über mich gestellt hat.

Ich könnte abhauen.

Oder bleiben, wo ich bin, und abwarten. Den Tatsachen ins Auge sehen, wie man so schön sagt.

Mir schießt durch den Kopf, dies könnte ein guter Tod sein. Und ein längst überfälliger. Dann sorgen die Beschleunigung meines Pulses und meiner Gedanken für ein Gefühl völliger Wachsamkeit, als wäre ich aus dem Schlaf hochgeschreckt.

Ich werfe Sages Spielzeug in Richtung Land und drehe mich um, um meine schiefen Fußabdrücke zu begutachten. So gebeugt, wie mein Nacken und mein Rücken mittlerweile sind, würde man niemals glauben, dass ich einmal gut eins neunzig hoch aufragte. Immerhin, die Klappe auf meinem linken Auge verleiht mir eine oberflächliche Ähnlichkeit mit den Piraten, die einst diese Küste beherrschten.

Mein Schatten, der vor mich fällt, ist verdreht genug, um zu einem mutierten Krustending zu gehören, das aus den Fluten gekrochen, aus der Geschichte gefallen und ins Abseits getorkelt ist.

Nachdem ich die Krabbenkäfige geleert habe, gehe ich mit Sage über ein paar Parkplätze zum Donut-Laden. Die Luft im Finest Donuts ist so angespannt wie ich. Roger beugt sich nur kurz zu Sage hinunter, um sie zu kraulen, und auch das erst, nachdem sie unablässig ihre Schnauze an seinem Bein gerieben hat. Er schaut abwechselnd aufs Schachbrett und auf Deacons Gesicht. Der hockt mit entspannt offenem Mund und halbgeschlossenen Augen da, lässt seine langen Arme baumeln, die so schwarz sind, dass sie wie polierte Schuhcreme aussehen. Deacon hat sich die letzten Tage nicht blicken lassen, aber jetzt ist er wieder da, und ich kann den Gin und die Pisse schon von der Tür aus riechen.

Finest Donuts hat das letzte Lokal am Westende einer kleinen Einkaufszeile gemietet, die durch eine neuere und größere Mall im Süden vom Seawall Boulevard und den Stränden abgeschnitten wurde. Der Pizza-Service neben dem Finest hat schon vor Monaten geschlossen, jetzt sind nur noch ein kleiner, unabhängiger Drugstore und ein Tabakladen übrig. An den meisten Tagen sind auf dem vom Wind gepeitschten Parkplatz nur Sandverwehungen und weggeworfene Flyer zu finden. Wir haben gerade den siebten Jahrestag von 9/11 begangen, deshalb weht vor dem Laden noch eine kleine Flagge, auf der WIR WERDEN NIE VERGESSEN steht.

Ich schätze, das ist es auch, was wir hier drin machen. Rumsitzen und nicht vergessen.

»Und jetzt musst du wieder von vorne anfangen«, sagt Roger zu Deacon. »Bei null. Mit allem, was das bedeutet. Meinst du, dass es das wert war?«

Ich schaue zu Errol rüber, der am Tresen steht und den Dampf von seinem Kaffee bläst. Er hebt die Augenbrauen, um anzudeuten, dass es den ganzen Morgen schon so zuging. Eine der drei Kaffeekannen ist bereits leer, dafür sind die Aschenbecher ordentlich gefüllt, deshalb frage ich mich, seit wann sie wohl hier sind. Die Schachpartie sieht aus, als wäre sie unterbrochen, wobei Roger eine hübsche Sammlung von Deacons Figuren vorweisen kann.

»Du beginnst, indem du zugibst, dass du willenlos bist«, sagt Roger zu ihm, zündet sich eine frische Zigarette an und spült den ersten Zug mit einem Schluck Kaffee hinunter. Dann verschränkt er seine mächtigen Arme auf dem Tisch. Roger trägt einen kleinen Schnurrbart, den er exakt nach militärischen Vorschriften trimmt, und die Leichtigkeit, mit der seine Mimik Enttäuschung vermittelt, wirkt manchmal ein bisschen tyrannisch. Ich beneide Deacon, dessen

Augen feucht und erschrocken glänzen, nicht um seine Lage. Ich gehe rüber zu Errol und lege meinen Krabbensack auf den Tresen.

»Du fängst wieder von vorne an«, sagt Roger zu Deacon. »Immer wieder von vorne. Jedes Mal. Koste es, was es wolle.«

Deacon nickt geschlagen, eine Träne läuft ihm über die Wange. Er hebt seinen Kaffeepott mit beiden Händen und führt ihn langsam an die Lippen, als wäre es Messwein. Sein verwirrter, beschämter Blick erinnert mich an Rocky.

Deacons gebeugter Nacken spiegelt sich in der Vitrine im Vorderteil des Ladens, wo er den Schatten eines Büßers über die Donuts und Kuchen wirft, die sonst im Neonlicht erstrahlen. Ich denke wieder an Cecils Nachricht, an den Mann, der Fragen stellt, und wüsste gerne, ob sie mehr als einen geschickt haben, um mich aufzuspüren. Ich hätte es getan.

Errol schüttelt den Kopf und klappt eine Zeitung zu, die er neben dem Rennprogramm aufgeschlagen hatte.

»Ich geh nicht mehr ins Wettbüro«, sagt er zu mir. »Da begegnest du nicht einer Frau, die auch nur das Schwarze unter dem Nagel wert wäre.« Ich setze mich in eine Nische zwischen ihm und dem Schachbrett, Sage streicht in Achten um meine Beine, bevor sie sich zwischen meinen Füßen niederlässt. Deacon nickt mir zu, und ich bemerke einen blauen Fleck auf seiner Stirn und einen roten auf seinem Augapfel. Er ist hier aufgewachsen, hat ein Basketball-Stipendium für die Texas Tech vergeigt und war irgendwas bei Wal-Mart, aber Letzteres ist, so wie es heute Morgen aussieht, nicht länger der Fall. Manchmal nennt er mich wegen meiner Augenklappe Captain Morgan.

»Und selbst, Deacon?«, sage ich.

»Ganz gut, ganz gut.« Er bläst über seinen Kaffee. Der Gin-Geruch, den er verströmt, überdeckt Kaffee und Gebäck und sogar den Zigarettenrauch.

Wir sind hier alle im AA-Programm, obwohl ich eigentlich gar keine Wahl habe, ich kann einfach nichts trinken, ob ich nun zu den Meetings gehe oder nicht. Ich gehe trotzdem, wegen der Geschichten. Und weil ich so mal unter Leute komme.

Roger sieht auf die Uhr. »Warum fangen wir nicht an?«

Er geht die zwölf Punkte durch und fragt, ob jemand etwas mitzuteilen hat. Alle Augen richten sich auf Deacon. Er hebt an, beißt sich dann aber in die Faust und schüttelt den Kopf. Eine weitere Träne löst sich aus seinem Auge und fließt hilflos die Wange hinunter.

Schließlich sagt er: »Ich weiß nicht, ob ... jetzt im Moment, meine ich ...«

Ich helfe ihm aus seiner Lage und sage: »Ich fange an.«

Davon sind alle ein bisschen überrascht. Roger und Errol schauen mich ernst an.

»Mein Name ist Roy. Ich bin Alkoholiker. Ich bin über neunzehn Jahre trocken.«

Dann sagen alle »Hi« zu mir, als würden wir uns zum ersten Mal begegnen. Ich schaue Deacon an.

»Heute Morgen erinnerst du mich an jemanden, an ein Mädchen, das ich vor langer Zeit kannte. Ich glaube, ich denke heute schon die ganze Zeit über sie nach. Sie hatte ein hartes Leben.«

Der Segeltuchsack auf dem Tresen ruckelt und zuckt. Wir kommen hierher, um unsere Geschichten zu teilen, damit wir mit unserer Vergangenheit umgehen können, ohne von ihr verschlungen zu werden. Sie warten, dass ich fortfahre.

»Auch jetzt gerade denke ich an sie. Weil etwas passiert ist. Heute Morgen habe ich eine Nachricht erhalten. Deshalb musste ich an sie denken.«

Einen Augenblick lang denke ich wirklich, dass ich ihnen jetzt die ganze Geschichte erzählen werde, halte dann aber inne. Alle erwarten von mir, dass ich fortfahre, aber mehr als ein paar belanglose Anekdoten über Rocky kommen mir nicht über die Lippen.

Sie hatte mir einmal erzählt, wie lang ihr Heimweg von der Haltestelle des Schulbusses war und dass er durch eine alte, mit kranken Graffiti verunstaltete Unterführung führte, an deren Ende häufig ältere Jungs herumlungerten, die dort rauchten und tranken. Oft hatte sie in der Dunkelheit der Unterführung gewartet, bis sie gegangen waren und das Licht am Ende des Schachts von keinen Schatten mehr getrübt wurde. Einmal hatte es bis nach Mitternacht gedauert, und als sie nach Hause kam, merkte niemand, dass sie so spät kam. Da war sie dreizehn.

Ich nuschle und stammle mich durch die kleine Geschichte, und als ich fertig bin, sehen mich alle noch verwirrter an als vorhin. Aber sie bedanken sich. Offenkundig ist das eine Geschichte, mit der niemand etwas anfangen kann. Sie kapieren nicht, worum es geht.

Es geht darum, wie sie es mir erzählt hat, wie sie wegsah, wenn sie sprach, und nur ab und zu rüberschielte, um sich zu vergewissern, dass ich noch zuhörte. Und um die bedächtige, überlegte Qualität ihrer Sätze.

Ich weiß, dass unsere Zeugnisse uns allen hier, im Finest Donuts Chapter der AA, erlauben, unsere Erinnerungen zu bündeln, Jahre der Schuld und Entwürdigung zu handlichen Ballen zu schnüren, die wir ins Regal stellen, ab und zu herausnehmen und in der Geborgenheit unserer Geschichte betrachten können.

Meine wahre Geschichte habe ich nie erzählt.

Errol berichtet jetzt, wie er am Wochenende einen Haufen Geld auf der Rennbahn verloren hat. Wir danken ihm.

Schließlich findet Deacon den Mut, uns zu erzählen, wie er bei der Arbeit diesen alten Freund getroffen hat, der ihn auf einen Drink eingeladen hat, und als er sein Geständnis beendet und sich die Tränen aus den Augen gewischt hat, danken wir auch ihm.

Als wir durch sind, stehen alle auf und holen frischen Kaffee. Ich erinnere mich an das Buch in meiner Jackentasche. Ich hole das schmale Paperback heraus und reiche es Roger. Ein Roman über zwei Boxer in Kalifornien, den ich ausgeliehen habe.

Das scheint Deacons Interesse zu wecken, denn er rutscht hinter dem Tisch vor und liest den Text auf der Rückseite. Roger schnaubt.

Wenn er bis zu den Ellbogen mit Mehl und Zucker bestäubt ist, kann man das Marine-Tattoo auf seinem linken Vorderarm nicht erkennen, im Augenblick ist es ein verschwommener, grünlich blauer Fleck unter einer Matte dichter Haare, der vage an einen Anker erinnert.

»Ich würde sagen, wir sollten uns überlegen, wie wir ein paar Bräute auftun können«, meldet sich Errol plötzlich zu Wort. »Wir müssen uns endlich wieder in die Parade einreihen. Wer ist dabei?«

Deacon hält Roger das Buch hin und fragt: »Worum geht's da?«

»Boxen.«

Errol schüttelt den Kopf, zieht sich den Schirm seiner Truckermütze in die Stirn und schlägt seine Zeitung auf. Errol tauchte heute kurz nach mir bei dem Treffen auf. Er schien direkt aus den Dünen zu kommen und erzählte davon, wie er Achtzehntonner durch menschenleere Wüsten oder in Kanada übers Eismeer gefahren hat und dass er jeden verdammten Highway im Südwesten kannte. Wenn er mit einem redet, kann er es nicht lassen, an seinen Fingernägeln zu kauen, sein Blick ist zu Boden gerichtet, als wolle er sich damit für seine schlechte Angewohnheit entschuldigen. Ich habe seine Zugmaschine gesehen, kann mich aber nicht erinnern, wann er das letzte Mal einen Hänger dran hatte.

Errol klappt seine Zeitung wieder zu und sagt: »Man muss eine Aura von Freundlichkeit und Geborgenheit schaffen. Vor allem brauchen sie das Gefühl, dass du ihnen zuhörst, selbst wenn es sinnloses Gebrabbel ist.«

Roger sagt: »Ich denke, ab einem bestimmten Punkt will man allein sein.«

Roger hat drei Exfrauen und den Donut-Laden 1992 gegen Ende seiner letzten Saufphase erworben. Er und Errol unterhalten sich über einen Hurrikan, der sich schon vor Wochen über Kuba gebildet hat und seitdem die mexikanische Küste entlangtänzelt. Jeder Zweite bekommt einen Männernamen, der hier heißt Ivan oder Izzy oder so ähnlich.

»Der wird übel.«

»Vielleicht nicht.«

»Hast du nicht in den Nachrichten gesehen, wie er aussieht?«

Dann ertönt die Ladenglocke, und Leon kommt durch die Glastür gerauscht.

»Tut mir leid, dass ich zu spät bin. Wer von euch ist mit seinen Alimenten im Rückstand?«

»Sei so nett und dreh das Schild um«, bittet Roger, und Leon dreht es auf GEÖFFNET. Als er sich wieder umwendet, sagt Roger: »Ich dachte, deine Ex hätte wieder geheiratet.«

»Der schulde ich auch nichts. Aber es sieht so aus, als würde einem von euch Jungs demnächst etwas zugestellt.«

»Was?«, fragt Errol.

Leon lehnt sich gegen die Donut-Vitrine, genießt seinen Informationsvorsprung und streckt die Beine.

»Da draußen ist einer, der den Laden beobachtet. Vom anderen Ende des Parkplatzes aus. Hab ihn gesehen, als ich die Straße hochkam.«

Ich ziehe mich hoch, und Sage folgt mir zum Fenster.

»Schuldgefühle«, sagt Leon und nickt mir zu.

Durch das Fenster kann ich am anderen Ende des Parkplatzes einen einsamen schwarzen Jaguar erkennen. Drinnen sitzt ein Mann, der eine Sonnenbrille trägt und eindeutig den Laden beobachtet. Etwas anderes gibt es heute Morgen nicht zu beobachten.

»Was ist?«, fragt Roger.

Ich ziehe mich vom Fenster zurück.

»Er hat recht. Ein Typ, der den Laden beobachtet.«

Ich gehe zum Tresen und nehme meinen Krabbensack.

»Was ist mit dir?«, fragt Leon.

»Nichts. Muss früher los heute. Streiche gleich das Haus vom Boss.«

Ich schnalze mit der Zunge. Sage packt ihr Spielzeug und wedelt zu meinen Füßen mit dem Schwanz.

Alle Augen sind jetzt auf mich gerichtet.

»In ein paar Tagen kann der Hurrikan zuschlagen«, sagt Errol. »Und der Typ will sein Haus gestrichen haben?«

Ich zucke mit den Schultern, gehe um den Tresen und durch die Küche zum Hinterausgang. Mein Schädel pocht. Cecils Nachricht durchglüht meine Gedanken.

»Wo willst du hin?«, fragt Roger.

Ich bin bereits durch die Schwingtüren und in einen leichten Trab gefallen, wende mich noch einmal kurz um und rufe zurück: »Heute durch den Hinterausgang.«

Als ich durch die Gasse hinter dem Finest Donuts hechle, schlägt mir das Herz bis zum Hals. Ich haste die Sandverwehung hoch, die mich von der nächsten Mall trennt. In der schwülen Luft ächze ich. Ich erinnere mich, wie ich vor zwanzig Jahren aus Stans Laden gehumpelt und durch ein Feld gerannt bin, während hinter mir die Rufe lauter wurden und wie ich fast an meiner eigenen Zunge erstickt wäre. Ich versuche mir einzureden, dass ich keinen Grund habe anzunehmen, dass der Mann im schwarzen Jaguar mir folgt, trotzdem fürchte ich mich, über die Schulter zu schauen.

Ich weiß noch nicht, wie ich mit dieser Paranoia umgehen soll. Bleiben oder abhauen.

Rocky sorgt dafür, dass ich bleiben will.

3

Abseits der Städte verwandelt Texas sich in eine grüne Wüste, die darauf angelegt ist, dich mit ihrer unermesslichen Weite zu erschlagen. Ein mit Himmel gefüllter Granatwerfer. Die Mädchen bestaunten sie wie ein Feuerwerk.

Die I-45 führte über den Damm auf die Nordseite der Insel: regenbogenfarbene Segelboote, die sich in den Häfen drängten, Fischkutter, deren Netze von den Klüverbäumen hingen wie Zypressenmoos. Penner, die sich in die Schatten von Palmen und Telefonmasten duckten. Den Palmen hatte man die Blätter abgeschält, so dass sie aussahen wie abgenagte Rippchen, die man in den Dreck geworfen hatte. Ein abgemagerter Hund mit verfilztem Fell trottete über den Gehweg, vielleicht war er auf dem Weg nach Pelican Island. Halbwüchsige Mädchen in engen Zweiteilern hockten auf Motorhauben, die Sonne spiegelte sich auf ihren Zahnspangen, auf dem aufgemotzten Chrom, in den Kronkorken, die um die Reifen lagen, und den plattgetretenen, in den Asphalt gestampften Bierdosen. Ältere Typen lungerten um sie herum und verteilten High-Life-Dosen und Lone-Star-Flaschen.

Der Golf war tiefblau, die riesige Sonne, die am Horizont hervorlugte, sprenkelte ihn mit Napalm. Die Luft flirrte so stark, dass sie die Sonne vergrößerte und ihre Strahlen zu Schwerterklingen zusammenschob. Die Sonnenbrillen der Leute waren mit Logos verziert.

Nur mit Bikinis bekleidete Mädchen liefen auf der Seawall-Promenade Rollschuh, eine Gruppe Skateboarder schrammte über Bordsteine und brachte Treppengeländer zum Klingen. Im Schatten der großen Resorts flogen Strandbälle durch die Gegend. Man konnte den im Freien stattfindenden Fischmarkt riechen, mit seinen Garnelenkörben und den Kesseln, in denen die Flusskrebse gekocht wurden, während unter den Tischen die alten Strandköter um Schalen und Gekröse bettelten.

Spuren der Geschichte: alte, von der Hitze ausgedörrte spanische Kirchen, weißer Stein und hellrote Ziegel, Stucco und Adobe. Ein Dreimaster aus dem 18. Jahrhundert, der sich prahlerisch im Seaport Museum spreizt.

Man könnte hier die Zukunft verschachern, seine Erinnerungen in das weiße Licht des Golfs schleudern wie Blätter in ein Leuchtfeuer.

Die Kleine hatte die Hände auf den Fensterrahmen gelegt und starrte mit offenem Mund hinaus. Flüsterte, als gälte es, ein Geheimnis zu bewahren: »Was ist das?«

Rocky neigte sich an ihr Ohr. »Der Ozean, Baby.«

»Was ist das?«

»Wasser, Schätzchen, unendlich viel Wasser.«

Die braunen Strände waren mit angeschwemmtem Seetang übersät, ein langgezogener Streifen, der die Flutlinie markierte. Rocky betrachtete die Leute, die um rauchende Grills herumstanden, beobachtete die fast nackten Mädels und die Jungs, die ihnen wie verhungernde Hunde hinterhertrotteten. Man sah förmlich, wie sie über ein anderes Leben nachgrübelte. Unzählige andere Leben. Viele in ihrem Alter glaubten, ewig zu leben und ein Geburtsrecht auf endlos gute Zeiten zu besitzen.

Ich habe die Dinge nie so gesehen und sie auch nicht. Das konnte man spüren.

Hin und wieder wirkte sie – wie viele junge Menschen – von ihren eigenen Möglichkeiten überwältigt, dann schlich sich eine Selbstvergessenheit in ihren Blick, ihr Gesicht vergaß, seine Rolle zu spielen; sich unbeobachtet fühlend, spiegelte es die ganzen Gewissensbisse, die ganze Verwirrung wider, bis ihr Hinterwäldlerstolz, der solche Gefühlsduseleien nicht gestattete, erneut die Kontrolle übernahm. Auch davon wusste ich ein Lied zu singen.

Ich wusste nicht, was ich mit ihr machen sollte.

Ich wusste nicht einmal, warum ich überhaupt hier war, dafür aber umso genauer, dass ich nicht bleiben würde.

Vernünftig, ja sogar zuvorkommend wäre es, ihnen ein Motelzimmer zu besorgen, ein paar Tage im Voraus zu bezahlen und meiner Wege zu gehen. Aber die Kleine anzuschauen, ohne einen Stich zu verspüren, und den Drang, etwas großzügiger zu sein, war hart. Aber das sind die Stiche, die am Ende nach hinten losgehen und damit enden, dass du Rechnungen bezahlst, die dich nichts angehen.

Männer, weit über vierzig, joggten mit Surfboards unter dem Arm vorbei. Hinter jeder Ecke lauerten Touristenbusse.

Als ich mit Loraine hier gewesen war, war es anders. Längst nicht so entwickelt. Wir hatten ein auf Pfählen errichtetes Haus hinter den Dünen gemietet, und alles wirkte noch ziemlich kleinstädtisch. Wir grillten Shrimps im Bierteig und stießen mit Tequila an. Lagen zusammen in der Badewanne und rauchten Gras. Sie meinte, wir verstünden uns am besten, wenn wir das mit der Beziehung nicht so eng sähen, und dass es überhaupt keinen Grund gäbe, uns ohne Not einzuengen. Ich schätze, ich habe ihr nie wirklich geglaubt. Einmal erklärte sie mir, die Ehe sei ein soziales Konstrukt, das Vergnügen in eine geschäftliche Angelegenheit verwandle. Ich versuchte es cool zu sehen. Sie war um einiges jünger als ich, neun Jahre. Für sie erwog ich, ein normales, geregeltes Leben zu versuchen, als Schweißer vielleicht, und mit ihr eine Familie zu gründen. Aber sie sagte nur: »Verdienst du da genauso viel?« Und: »Warum etwas kaputtmachen, was gut läuft?«

Manchmal frage ich mich, wie das wohl gewesen wäre. Abends nach Hause kommen. Gemeinsam essen. Ein, zwei Zwerge in die Welt setzen, zusehen, wie sie aufwachsen. Inzwischen denke ich, ich hätte nichts dagegen gehabt, es einfach mal auszuprobieren, dem normalen Leben eine Chance zu geben.

Jetzt schauten beide Mädels aus dem Fenster, und ab und zu juchzte die Kleine, ruckte ihr Näschen Richtung Rocky und zeigte auf etwas.

Wir fuhren den Seawall runter, bis ganz ans westliche Ende, und auf dem Rückweg begeisterten sie sich für dieselben Dinge mit doppeltem Enthusiasmus. Ich versuchte die Stelle ausfindig zu machen, wo Loraine und ich vor ewigen Zeiten das Haus gemietet hatten, aber ich glaube, es musste einem Hotelpalast aus Stein und Marmor weichen. Vielleicht habe ich es aber auch einfach nicht gefunden.

Ich entschied mich für ein Motel an der FM-3005, ein paar Blocks nördlich von einem kleinen Strandabschnitt. Es hatte die Form eines L, das um einen Parkplatz gebaut war, der von dichten Schachtelhalmnestern und anderen Gräsern durchzogen war. Die Mauern des Baus bestanden aus alten, babyblau gestrichenen Ziegeln, er war eingeschossig, hatte ein Flachdach, und das kurze Ende des L mündete in ein verglastes Büro, neben dem sich ein alter Carport erhob, der die Form einer Malerpalette hatte. Ein Schild verhieß WOCHENTARIFE, und ein weiteres, größeres, das sich senkrecht darüber erhob, verkündete den Namen: EMERALD SHORES. Vor dem Parkplatz nahe der Straße bog sich eine abgeschälte Palme über ein paar Wedel gelblichen Farns Richtung Boden.

Ich stellte den Motor ab und sagte zu Rocky: »Ihr beiden seid meine Nichten, klar?«

Sie nickte. »Du bist der Bruder meiner Mutter.«

»Wo ist die?«

Sie dachte kurz nach. »Vegas.«

»Wo steckt dein Vater?«

Sie zuckte mit den Schultern. »Auf einer Bohrinsel draußen verunglückt. Kabel hat ihn über Bord geschleudert. Ich hab mal von jemandem gehört, dem das passiert ist.«

Der Parkplatz war so gut wie leer; zwei Autos mit abgebrochenen Antennen und verrosteten Zierleisten, ein Kombi auf zwei Ersatzreifen und ein Motorrad, das in einer dunkel schillernden Öllache stand, verloren sich auf dem Gelände. Eines der Zimmerfenster war mit Alufolie abgeklebt. Kurz, es war ein Ort für Menschen, die nichts anderes mehr hatten, ein Motel, in das ab und zu einer eincheckte, um Selbstmord zu begehen, ansonsten war es von Leuten bevölkert, die viel zu sehr mit ihrem eigenen Versagen beschäftigt waren, als dass sie sich groß um uns gekümmert hätten.

Ich hielt den Mädchen die Tür zum Büro auf. Drei Ventilatoren zielten auf den Tresen, ihr Brummen mischte sich mit dem schabenden Dröhnen einer kastenförmigen Klimaanlage, die man in eine Öffnung in der Wand geschraubt hatte. Rocky hielt ihre Schwester an der Hand, und zusammen betrachteten sie die Touristenbroschüren, die in einer Auslage gestapelt waren.

Aus dem Nebenzimmer hörte ich das Geräusch eines Radios oder Fernsehers, jemand zog über die Liberalen her. Ich drückte auf die Klingel, die auf dem Tresen befestigt war.

Tiffany drehte den Kopf hin und her, sah sich alles genau an, die fleckige Decke, die verblichene Tapete, den abgetretenen, ehemals rosafarbenen Teppichboden. Ich wettete, so eine Klimaanlage hatte sie noch nie gesehen.

Eine Frau kam aus dem Nebenzimmer, ihre Haut war so faltig und dehydriert, dass man hätte meinen können, sie sei fachmännisch geräuchert worden. Ihre sonnenverbrannte Haut hatte die Farbe goldbraunen Eichenholzes und hing schlaff über ihren spitzen Knochen. Sie hatte mausgraues Haar, und ihre Brille wurde von einem Stückchen Klebeband am Nasenbügel zusammengehalten. Jetzt schob sie sie die Nase hoch.

»Ja?«

Sie schaute über meine Schulter hinweg auf die Mädchen. Die beiden harten Falten, die ihren Mund einrahmten, schienen bis auf den Knochen zu reichen.

Ein an die Wand geheftetes Stück Papier verriet die Preise, der Tarif für eine Woche betrug einhundertfünfzig.

»Wir nehmen zwei. Beide je eine Woche.«

Sie legte den Kopf schräg. »Ihre?«

»Von meiner Schwester. Nichten.«

»Nun, das ist ja mal ein süßes Mädchen.« Rocky trat an den Tresen und bedeutete Tiffany, sie solle Hi sagen, doch das kleine Mädchen verkroch sich zwischen den Beinen seiner Schwester.

»Wie heißt du denn, Goldschätzchen?«

»Sag ihr deinen Namen, Süße.«

Das Mädchen lachte verschämt.

»Tiffany«, sagte Rocky.

»Wie alt ist sie?«

»Dreieinhalb.«

Das Lächeln der Frau ließ ihr Gesicht beinahe bersten. Ich fragte mich, wie sie wohl ausgesehen haben mochte, ehe die Sonne sie ausgedörrt hatte.

Von nebenan dröhnte das Radio. Inzwischen war ich mir sicher, dass es ein Radio war, denn die Stimmen klangen nach einer dieser Call-in-Sendungen. Ein Mann referierte über die Neue Weltordnung und das Zeichen des Tiers. Die Zeiger an der einem Seestern nachempfundenen Wanduhr waren zwanzig nach elf stehengeblieben.

Sie wollte meinen Führerschein sehen, also schob ich ihr den gefälschten sowie zwei Hunderter und fünf Zwanziger über den Tresen.

»Da kommen noch 24,67 Steuern dazu.«

Ich gab ihr zwei weitere Zwanziger und sah zu, wie sie die Anmeldekarte ausfüllte. Ihre Hand zitterte, während sie sich mit dem Bleistift abmühte, und ich hatte den Eindruck, als lausche sie mit einem Ohr dem Radio nebenan.

»Ich schätze, wir werden klarkommen«, sagte sie und reckte den Kopf Richtung Nebenzimmer. »Immerhin sind wir der souveräne Staat Texas. Wenn die UNO einmarschiert, werden wir diejenigen sein, die zurückschießen.«

»Wir sind aus Louisiana.«

»Tja.« Sie wandte sich wieder der Karte zu. »Louisiana gehört den Katholiken.«

Ich warf einen Blick auf Rocky, und an die Frau gerichtet, sagte ich: »In Ordnung.«

Sie händigte mir die Quittung und zwei Zimmerschlüssel aus, die an Gummisurfbrettern hingen.

»Nummer neunzehn und zwanzig. Direkt da draußen über den Parkplatz. Ich bin Nancy Covington. Falls ihr etwas braucht, ich bin immer da.«

Ich bedankte mich, aber ihr Gesichtsausdruck verriet, dass sie noch nicht fertig war.

»Nur damit ihr Bescheid wisst. Ich kenne jede Menge Polizisten. Gute Freunde. Wie gesagt, nur damit ihr Bescheid wisst. Passt also auf, was ihr da drüben in dem Zimmer treibt.«

Rocky und ich tauschten Blicke, dann lächelten beide Mädchen die Frau an.

»Guter Gott. Das ist aber wirklich ein bewundernswertes Ding. So ziemlich das Süßeste, was je hier abgestiegen ist.«

»Hoffen wir, dass das so bleibt«, erwiderte Rocky, und beide kicherten.

Unsere Zimmer lagen nebeneinander und waren beide identisch ausgestattet: dunkelgrüne Allwetterteppichböden, ein Ölgemälde vom Strand an der Wand, eine Kommode und ein Nachttisch aus Holzimitat sowie ein kleiner Tisch. Es roch nach Sonnenmilch und Schweiß. Die Tapete hatte dasselbe pfirsichfarbene Muschelmuster wie im Büro, und in meinem Zimmer hatte sie sich an den Stößen gelöst und angefangen aufzurollen. Der Hahn über dem Waschbecken wackelte und röchelte eine Weile, eher er Wasser ausspie, in den Ecken breiteten sich bräunliche Wasserflecken aus, und unter den Fenstern befanden sich riesige Klimaanlagen. Die Vorhänge waren dick, dicht und marineblau, der Plastiküberzug schloss die Sonne zuverlässiger aus als eine Ziegelmauer. Es gab sogar Kabelfernsehen.

Tiffany saß auf dem Bett und wurde schnell von einer Sendung mit Marionetten und Pappkulissen gefesselt. Ich sah zu, wie Rocky ihre Matchsäcke auspackte und die Kleider ihrer Schwester in den Schubladen der Kommode verstaute. Wenn sie sich hinhockte, presste sich der Stoff ihres Rocks an ihren Arsch, und bei diesem Anblick vollführte mein Puls vor Freude und Bewunderung Bocksprünge.

Aber irgendwas an unserer Inszenierung wirkte nach wie vor unecht. Als würden wir beide uns etwas vorspielen und scheuten uns davor, darüber zu reden.

»Was nun?«, fragte sie.

Ich überlegte einen Augenblick.

»Was hältst du davon, ein bisschen shoppen zu gehen?«

»Hm!«

»Mach dir keine Sorgen. Ich habe genug dabei.«

Ein stumpfes Gefühl regte sich in mir. Alte Alarmglocken, ausgelöst durch die Erinnerung an gewährte Geschenke, die zu Gefälligkeiten ermuntert hatten.

»Du solltest nicht für uns zahlen, Roy.«

»Tja, was soll's, mitnehmen kann ich nichts.«

Es schien, als wäre ich unfähig, es sein zu lassen. Außerdem hatte ich dringend einen Drink nötig, wahrscheinlich, um zu verdrängen, dass es besser wäre, meine Brieftasche bei mir zu behalten und mit dieser Schauspielerei aufzuhören. Lass sie jetzt in diesem Moment sitzen. Hau ab! Jetzt!

In einer Mall entdeckten wir einen JCPenney. Ich wartete, bis sie sich ein paar Kleider ausgesucht hatte. Malls machen mich nervös, alle dort wollen unbedingt etwas kaufen, und außerdem hatte ich den Eindruck, dass die Fetten von Tag zu Tag mehr wurden.

Ich beobachtete Rocky, wie sie einen Rock und eine Bluse aneinanderhielt, während fette Weiber sich zwischen den Kleiderstangen durchzwängten, sich durch die aufgehängten Kleider wühlten, Preisschilder checkten, Hosen von den Hängern rissen und zusammengeknüllt auf den Vitrinen liegen ließen. Und alle wirkten sie aufgedunsen, unglücklich und geil darauf, ihr Geld zu verprassen.

Ich habe festgestellt, dass alle schwachen Menschen eine grundlegende Besessenheit teilen. Sie sind darauf fixiert, Befriedigung zu erlangen. Egal, wo man hinkommt, Männer und Frauen sind wie Elstern, die von glitzernden Objekten angezogen werden. Für manche sind diese glitzernden Objekte andere Menschen, aber dann wäre man als Junkie besser dran.

Wenn etwas zu angenehm, zu stimmig, zu schön wird, hängst du schneller am Haken, als dir lieb ist.

Das ist mir mit Loraine passiert, und ein Stück weit, denke ich, auch mit Carmen. Das stank mir. Und zwar gewaltig.

Rocky suchte sich einen Rock und eine Bluse aus, dazu einen zweiteiligen Badeanzug, und als ich sie ermunterte, packte sie auch noch zwei Oberteile und ein Paar Jeans ein. In einem K&B Drugstore kauften wir Zahnbürsten und Hygienekram, und ich besorgte mir noch einen elektrischen Bartschneider. Zum Mittagessen gingen wir in einen Laden in der Nähe des Motels, fast direkt am Seawall. Er hatte vom Salzwasser ausgebleichte hölzerne Außenwände, aber immerhin einen eigenen Wellenbrecher aus solidem Zement, auf dem sich ein verblichenes Wandgemälde mit allerlei Meeresgetier befand. Wir aßen im Patio, während ein paar Teenager sich an dem Wandgemälde versammelten, rauchten und sich aufspielten. Rocky zog die Schultern ein und setzte sich so, dass sie ihnen den Rücken zukehrte. Von ihrem Cheeseburger aß sie nur ein paar Bissen.

Tiffany verzehrte ihre Pommes geradezu manierlich, und Rocky schaute ständig zwischen ihr und den Teenagern hin und her. Es schien, als wollte sie nicht rüberschauen, könnte aber nichts dagegen tun. Sie schob ihr Essen auf dem Teller herum, linste zu den Kids rüber und malte mit einer durchgeweichten Fritte Muster ins Ketchup.

Ich spülte zwei Burger mit einem Budweiser hinunter, lehnte mich ein Weilchen zurück und sog die heiße, salzige Luft in meine Lungen.

»Was meinst du?«, fragte ich sie.

»Hä?« Sie ließ die Fritte fallen. »Ich meine, äh, danke.«

»Was du von der Gegend hier hältst? Sieht doch okay aus.«

»Ja, ganz okay.«

»Ich wette, der Strand wird ihr gefallen.«

»Klar.« Sie verschränkte die Arme vor der Brust und sah zu Tiffany hinunter, aber ihr Lächeln wirkte verhuscht und steif.

»Ich wette, du findest irgendwo einen Job als Kellnerin. Du bist nicht auf den Kopf gefallen. Die stellen dich ein.«

»Vielleicht.«

Ein Kellner in ausgebeulten Shorts räumte unsere Teller ab und fragte Rocky, ob er ihren auch mitnehmen sollte. Sie sagte nein, aber ich sagte, er solle alles mitnehmen. Er zog ab, aber sie hob kaum den Kopf und fing an, das gewachste Tischset herumzuschieben.

Ich besah mir den Patio, an den Wänden hingen Fischernetze, in denen Plastikkrabben und -flusskrebse zappelten. Über der Tür war ein schwerer Marlin montiert, im Flur gerahmte Zeitungsartikel über den Hurrikan von 1900. Die Vergangenheit offenbarte sich an allen Ecken und Enden. Überall erodierende Oberflächen.

»Was ist los mit dir?«, fragte ich.

Sie sah mich verletzt an. »Was meinst du damit?«

»Du schmollst doch wegen etwas.«

»Keine Ahnung. Ich meine, es überkommt mich manchmal.«

Als sie das sagte, leuchteten ihre Augen auf. »Ich meine, mir ging's gut, hab nicht zu viel nachgedacht. Aber alles ist so … Verstehst du?«

»Schon klar.«

»So … Seit gestern Abend.«

»Alles wird gut. Niemand wird uns finden.«

Tiffany reckte ihren Kopf und schnippte mit dem Finger an meinem Bart. »Ich habe *dich* gefunden!«

Rocky drehte sich zu mir. »Ich glaube, du hast recht. Aber alles ist so … Manchmal denke ich darüber nach. Es ist einfach nicht fair.«

Sie wischte sich die Augen und kaute auf ihrer Lippe.

»Ich frage mich, ob ich irgendwann auf etwas anderes hoffen kann.«

Ich dachte über ihr Problem nach und schüttelte eine Zigarette aus der Packung und klopfte sie auf der Tischplatte fest. »Es kommt einem unfair vor, weil alles zufällig passiert. Aber genau deshalb ist es fair. Verstehst du? Fair wie eine Lotterie.«

»Scheiße, Roy. Und das hilft mir weiter?«

Ich zündete meine Zigarette an und rutschte vom Tisch weg, damit ich meine Beine ausstrecken konnte.

»Ja.«

»Mir nicht.«

Ihre Nase und ihre Wangen röteten sich, und sie musste blinzeln, um die Tränen zurückzuhalten.

»Sieh mal, es funktioniert in beide Richtungen. Morgen könntest du reich werden und dich verlieben.«

Das habe ich selbst zwar nie geglaubt, trotzdem versuchte ich, überzeugend zu klingen.

»Oh, ja, sicher.«

Sie begann, ihr Set zusammenzufalten und wieder glattzustreichen, und schaute dabei über den Damm aufs Meer. Vor dem Hintergrund des goldenen Himmels mit seinen langen purpurfarbenen Wolkensträngen wirkte sie besonders klein, zu jung und zu zerbrechlich. Ich schaute Tiffany zu, wie sie mit ihren Fingern im Ketchup herummalte. Sie sah mich an, dann ihre verschmierten Hände, lutschte sie ab, lachte und steckte sie wieder in das Ketchup.

Auf dem Heimweg kaufte ich eine Zeitung, damit Rocky die Anzeigen durchsehen konnte. Ich wollte, dass sie sich wieder Gedanken über die Zukunft machte, vor allem, weil es dann einfacher für sie sein würde, wenn ich sie verließ. Als wir wieder im Zimmer waren, schlief Tiffany sofort ein, und auch Rockys Augenlider begannen zu flattern. Die Erschöpfung überwältigte sie, deshalb ging ich in mein Zimmer.

Neben dem Bordstein stand ein leerer Sixpack-Behälter, als wartete er auf den Bus. Auf der anderen Seite des Parkplatzes saß ein Mann auf den Stufen vor seinem Zimmer und hatte den Kopf in die Hände gestützt.

Ich schloss die Tür. Ehe ich den Bartschneider einstöpselte, nahm ich mein Messer und säbelte mir die Matte in meinem Nacken ab. Überrascht, wie lang sie war, behielt ich sie einen Augenblick lang in der Hand und merkte, dass ich soeben etwas von mir verloren hatte, das mir vielleicht wichtiger war, als ich gedacht hatte. Dann ließ ich die Strähnen in den Papierkorb fallen und schaltete den Apparat an. Ich schob einen Vier-Millimeter-Kammaufsatz über die Klingen, und schor damit meinen Kopf und meinen Bart.

Dann stellte ich mich meinem Spiegelbild. Es sah so aus, wie ich es erwartet hatte, aber gleichzeitig anders als erhofft. Es wirkte brutal, die großen Flächen nackten Fleischs, die kleine gebogene Nase, der schmale Mund und das breite quadratische Kinn. Es schien, als hätte ich mein ganzes Leben damit verbracht, darauf zu hoffen, einmal etwas anderes zu sehen als diese ernste, harte Maske, die Loraine einmal mit den Gesichtszügen auf einem Choctaw-Totempfahl verglichen hatte. Schon als ich jung war, stimmte der Vergleich, und jetzt, da ich eine höhere Stirn, tiefe Geheimratsecken, eingefallene Augen und hängende Wangen hatte, traf er es noch mehr zu. Meine Augen fand ich schon immer komisch. Dunkelbraun und weit auseinanderstehend, wirkten sie ohne die Haare ringsum noch größer. Aber ich war auch schon immer davon überzeugt gewesen, dass mein wahres Gesicht nie richtig zum Vorschein kam, dass in mir ein anderes Gesicht existierte, eines mit ebenmäßigeren, reineren Zügen, einem markanten Kinn und einer römischen Nase, die Büste eines Zenturios, der die antike Welt erobert hat. Vierzig Jahre lief ich jetzt mit demselben Gesicht herum, und trotzdem erwartete ein Teil von mir immer noch, einen anderen Kerl im Spiegel zu sehen.

Ich strich mit der Hand über meinen geschorenen Schädel und musste an Chemotherapiepatienten denken.

Ich ließ den Fernseher ausgeschaltet und streckte mich auf dem Bett aus. Wasserflecken sprenkelten die Decke wie winzige Kontinente, die noch niemand erobert hatte, und ich stellte mir vor, aus meinem Brustkorb würden Algen sprießen und in einer Kettenreaktion aufblühen.

Ich fragte mich, wie schlimm es noch werden würde, und ob ich in der Lage wäre, damit umzugehen, wenn es übel wurde.

Ich hatte meinen Colt und die Pistole, die Rocky mitgenommen hatte, zusammen mit dem Geld in der Kassette eingeschlossen, die ich ganz unten in meinem Seesack aufbewahrte. Eine Kugel wirkte verlockender als die Krankheit, aber das Problem mit dem Selbstmord ist, dass, wenn man ihn dann endlich begeht, der Schaden bereits angerichtet ist. Und um ehrlich zu sein, der Gedanke daran erschreckte mich, und das, obwohl ich eine Menge Dinge getan hatte, die mir Angst eingejagt hatten.

Mich in Mexiko zu Tode zu trinken hatte ebenfalls seinen Charme.

Doch in beiden Fällen nervte mich die Ironie der Geschichte. Ich war der Einzige, der überlebt hatte. Und warum sollte der einzige Mann, der dieses Haus lebend verlassen hatte, derjenige sein, der sich ausmalte, wie er ihm ein Ende setzen konnte?

Das Seltsame war, ich hatte kein echtes Verlangen nach Rache. Was mir überhaupt nicht ähnlich sieht.

Ein Teil von mir war vielleicht sogar froh, dass ich mit allem fertig war, mit den Spielern, den Junkies, mit Stan Ptitko und den Armeniern, und es konnte gut sein, dass es mir unterschwellig schon eine ganze Weile lang so gegangen war, vielleicht war das sogar der Grund, weshalb ich mir diese andere Identität überhaupt besorgt hatte.

Ich war *draußen*.

Jenseits des Zimmers summten die Insekten, die Welt wurde dunkler und düsterer, rotes und blaues Licht sickerte durch die Vorhänge, Farben, die in mir eine Straßenecke in Hot Springs heraufbeschworen, vor vielen Jahren, und die Brummer und das gedämpfte Rauschen des Meeres verschmolzen mit dem Geräusch der Klimaanlage. Die Stimme einer Frau wehte durch das Fenster, ein Lachen entfernte sich, und irgendwo zerbrach eine Flasche.

Ich schloss die Augen, und da war Carmen. Sie lächelte mir über die Schulter zu. Loraine krallte sich in meine Hüfte. Dann war ich wieder an die Straßenecke in Hot Springs, mit ihrem rotblauen Licht, Licht, das sich in einer Pfütze spiegelte, und ich saß auf dem Bordstein, wie der Mann draußen auf dem Parkplatz. Die Knie angezogen, den Kopf dazwischen vergraben, mit blutigen Knöcheln.

Meine Jahre in der Besserungsanstalt: Wenn man eine Zahnbürste über einem entzündeten Streichholzheft erhitzt, lassen sich die Borsten abziehen und eine Rasierklinge in das weiche Plastik schieben.

Als ich siebzehn war und im Robicheaux hinter der Bar aushalf, sah ich, wie ein kleiner alter Mann stumm den ganzen Abend über trank, mit niemandem auch nur ein Wort wechselte, bis er gegen Mitternacht ansatzlos von seinem Hocker kippte. Sich den Schädel einschlug und vor den Füßen der anderen Gäste starb.

Ich schlug die Augen auf.

Hier hat nichts Bestand. Das Salz kriecht überallhin, löst die Farbe ab, lässt die Stoßstangen rosten, zerfrisst die Mauern. Ich konnte seinen satten Geruch hier im Zimmer riechen, und in den Wasserflecken an der Decke erkannte ich kristallene Städte und erodierende Felder.

Du bist hier, weil der Ort existiert. Auf den Straßen japsen Hunde. Das Bier bleibt nicht kalt. Der letzte neue Song, der dir gefallen hat, kam vor langer, langer Zeit heraus, und im Radio wird er längst nicht mehr gespielt.

Ein schüchternes Klopfen an meiner Tür. Ich wälzte mich vom Bett auf die Beine. Rocky stand im kalten Natriumlicht, sie trug ein T-Shirt und ein Paar kurze blaue Shorts, die sie bis zur Leiste hochgekrempelt hatte. Sie hatte ihre Arme um den Körper geschlungen, ihre Nase und ihren Wangen waren gerötet, und ihre Augen voller Tränen.

»Roy.«

Sie kam herein, ich schloss die Tür, schaltete die Lampe an und setzte mich ihr gegenüber aufs Bett. Sie nahm auf dem Sessel Platz und zog die Knie an. Den Anblick, der sich mir bot, konnte ich nicht ertragen, deshalb musste ich aufpassen, dass ich sie nicht direkt anschaute. Sie schniefte und umfasste ihre Knie.

»Was ist los?«

»Sieh dich an. Deine ganzen Haare sind ab.«

»Was ist passiert?«

»Nichts. Ich habe nachgedacht.«

»Sieh mal einer an.«

»Doch.« Sie kicherte und wischte sich eine blonde Locke aus der Stirn. »Ich habe nur so nachgedacht … Ich meine … Wie alt bist du?«

»Vierzig.«

»Ich meine, ich bin *achtzehn.* Das ist doch gar nichts. Oder? Ich meine, ganz egal, was bisher passiert ist.«

»Achtzehn ist gar nichts. Da kannst du noch zwei- oder dreimal ein neues Leben anfangen, wenn du willst.«

Als ich das zu ihr sagte, fühlte ich mich zum ersten Mal zu jung zum Sterben. Das dümmste Gejammer. Ich dachte daran, dass alle dasselbe sagen, wenn ich mit übergestreiften Handschuhen und gezücktem Schlagstock vor ihnen stehe. *Halt, warte,* sagen sie. Warte doch.

Ihre Augen waren feucht, und sie hatte sich die Nase wund gerieben. Sie starrte zum Fenster, wo Harfensaiten aus blauem und rotem Licht sich um die Vorhänge wanden, aber ihre Augen waren auf etwas gerichtet, das jenseits davon lag.

»Rede mit mir, Roy. Ich muss eine Stimme hören, Mann.«

Ich sagte nichts. Mein Blick blieb immer wieder an ihren Beinen hängen. Auf ihren Schenkeln. Begierde ist immer irgendwie erniedrigend.

»Was hast du gemacht, als du achtzehn warst, Roy?«

Ich zog eine Zigarette heraus und bot ihr auch eine an. Zündete beide an.

»Ich habe in einer Bar gearbeitet und im Süden Wetten frisiert, hauptsächlich Louisiana, Arkansas und Mississippi.«

»Wie macht man das?«

»Man setzt Geld auf Pferde, um die Quoten des Buchmachers zu drücken.«

»Aha.«

Von draußen drangen wieder Geräusche herein, unsere Rauchsäulen lösten sich auf und brachen sich an den farblosen Inseln der Decke. Musik erscholl aus Autoradios, die noch mindestens einen Block entfernt waren. Auf dem Gehweg brüllte eine Frau einem Mann etwas über Ver – ant – wor – tung hinterher und spuckte tatsächlich jede Silbe einzeln aus.

»Wie bist du da reingeraten?«

Ich zuckte mit den Schultern. »Eigentlich sollte ich zu den Marines.«

»Echt?« Sie schlug die Beine unter und sah mich an. Ihre Nase und ihre Wangen waren mit blassblonden Sommersprossen gesprenkelt, und die Feuchte ließ ihre Augen größer wirken. »Wie das?«

»Als ich siebzehn wurde, nahm ich den Bus und wollte zum Rekrutierungsbüro fahren. Hab ich auch gemacht. Saß ein paar Stunden drin und habe gewartet. Da waren jede Menge Jungs da. Mit ihren Müttern oder ihren Vätern, und ihre Jeans waren genauso voller Flicken wie meine. Gestopfte Hemden. Schwielige Hände von der Farmarbeit. Die Mütter und Väter, die nicht einmal den ganzen Dreck abgeschrubbt gekriegt hatten. Ich beobachtete die Männer, die mit den Eltern sprachen. Genau das taten sie. Mit den Jungs sprachen sie so gut wie nicht. Erklärten den Eltern nur: *Wir bringen ihm dies bei, er wird jenes lernen und als Mann zurückkehren.* Verstehst du. Mir gefiel nicht, dass sie nur mit den Eltern redeten. Und ich mochte nicht, wie die anderen Jungs nur dumm rumstanden wie Pferde bei einer Auktion. Und ich hatte mir eh schon überlegt, etwas anderes zu machen. Etwas ganz anderes.«

Ich brach ab, hielt die Zigarette senkrecht, sah zu, wie der Rauch hochkräuselte. Er sah aus wie die Raffinerietürme auf der anderen Seite des Sees, wo ich aufgewachsen war.

»Was?«, fragte sie. »Was wolltest du machen?«

»Es gab da diesen Laden in Beaumont, wo meine Mom gearbeitet hat, bevor ich geboren wurde. Sie hat viel darüber geredet. Robicheaux hieß die Bar. Und Harper Robicheaux, ihren Boss, hat sie angehimmelt. Ein richtiger Mann unter Männern sei das gewesen. Sie hat wohl ab und zu dort gesungen. Und immer, wenn sie mir von ihm erzählte, fing sie wirklich an zu singen. Im Haus. Vor mir.«

»Konnte sie denn singen?«

»Sie konnte. Ich nehme an, sie hat es aufgegeben, als ich unterwegs war.«

»Und was hast du gemacht?«

»Ich bin aus dem Rekrutierungsbüro marschiert und hab den Bus nach Beaumont genommen. Das Robicheaux war leicht zu finden. Es hieß eigentlich Robicheaux's-on-the-Bayou. Ich ging rein und fand den Mann, von dem sie erzählt hat. Harper. Der Laden gehörte ihm. Ich musste auf ihn warten. Er war einer dieser mächtigen, zwielichten Typen, aber ganz freundlich. Er hatte jede Menge Freunde. Ich erzählte ihm, wer meine Mutter war. Er schien interessiert. Fragte mich, wie es ihr gehe, und war betroffen, als ich ihm erzählte, dass sie gestorben sei. Er fragte, was ich wolle, und ich sagte, einen Job. So fing alles an. Ich arbeitete eine Weile in seiner Bar, und als er feststellte, dass ich smart war, setzte er mich auf das Wettgeschäft an.«

Sie rauchte und pulte an ihrem Zehennagel.

»Bevor du in diese Bar gegangenen bist, bei wem hast du da gewohnt?«

»Mr. und Mrs. Beidle. Sie haben das Waisenhaus geleitet.«

»Und deine Mutter ist gestorben.«

»Schon Jahre vorher. Sie ist krank geworden.«

»Hat sie das Gleiche gehabt wie du?«

»Kann sein, weiß nicht.«

Ich drückte meine Zigarette aus und folgte mit den Augen der blutroten Linie, die der Salzschimmel auf der Fußleiste gezogen hatte. Mary-Anne war nicht krank geworden, jedenfalls nicht so wie ich. Als ich zehn war, erzählten mir die Leute, die dabei gewesen waren, sie hätten noch versucht, sie zu fassen, aber sie hätte einfach das Geländer der I-10-Brücke losgelassen. Sie habe keinen Laut von sich gegeben, sagten sie. Einer oder zwei seien noch ans Geländer gerannt und hätten sie fallen sehen. Ihr Kleid habe sich über ihr aufgebläht wie ein Fallschirm, während sie in die Tiefe fiel.

Ich habe mir immer vorgestellt, wie es wäre zu fallen. Und die Höhe, von der aus sie gesprungen war, schien mir zu gewaltig, um ohne einen Ton in den Tod zu stürzen.

»Und was ist mit deinem Vater?«, fragte Rocky.

»Er war in Ordnung. War bei den Marines. Korea. Starb. Nicht in Korea. In der Raffinerie.« Ich zuckte mit den Schultern. »Das ist lange her.«

Ich war schon über zwanzig, als ich endlich draufkam, dass John Cady herausgefunden haben musste, dass ich nicht von ihm war. Er war eins fünfundsiebzig, und ich war, als ich fünfzehn wurde, schon über eins neunzig. Hatte auch nicht sein oder Mary-Annes dunkles Haar, und auch mit der Kinnpartie haute es nicht hin, trotzdem wollte er nie etwas anderes als Dad von mir hören.

»Dieser Robicheaux? Du hast ihn gemocht, was? Hab ich gemerkt. So wie du über ihn redest.«

»Tja, ich schätze, ja, ich mochte ihn. Als er mich das erste Mal sah, war er ganz schön überrascht.«

»Warum?«

Ich rollte mit den Augen, seufzte, aber es störte mich nicht, ihr diese Dinge zu erzählen, die ich sonst niemandem erzählte. Ich zog die Stiefel aus.

»Also gut«, knurrte ich dabei. »Er war ein ziemlicher Hüne. So wie ich. Und er sah eigentlich auch genauso aus wie ich. Das gleiche Gesicht. Er war überrascht, als er sah, dass wir das gleiche Gesicht hatten.«

»Er sah so aus wie du?«

»Genau wie ich.«

Sie dachte einen Moment nach, und ich glaube, sie hat es nicht begriffen.

»Komisch. Wie war er so?«

»Clever. Die Leute mochten ihn. Machte gute Geschäfte mit den Italienern. Die ganze Küste hoch bis nach New Orleans, und auch mit einer Menge Bikern in Arkansas und Texas.«

»Oh. Und was ist mit ihm passiert?«

»Jemand hat ihn in die Luft gejagt.«

»In die Luft gejagt?«

»Hab ich doch gesagt.«

»’tschuldige, Roy.«

»Schon gut.«

»Tut mir leid.«

Sie drückte ihre Zigarette aus, schob die Hände unter die Schenkel und streckte die Beine von sich, ihre Muskeln traten hervor wie Schiffskabel.

Ich kratzte mich am Knie und berührte mein neues Gesicht, strich mir über das glatte Kinn.

Sie sagte: »Ich glaube, ich habe so ziemlich alles vermasselt.«

»So musst du das nicht sehen.«

Ich stand auf und ging zum Waschbecken, trank einen Schluck Wasser und spülte mir die Augen aus – im Spiegel schien mir mein Gesicht fast schon vertraut.

Sie sah über die Schulter zu mir rüber.

»Hast du davor auch schon Leute umgebracht, Roy? Ich meine, vor den Männern in dem Haus da.«

Ich trocknete mir das Gesicht ab und ging zurück.

»Ein paar.«

»Und wie fühlt man sich da?«

»Jetzt lass mal gut sein.«

»'tschuldigung.«

Die Enttäuschung in ihrem Blick versetzte mir einen kleinen Stich. Der Tod machte all meine Gewohnheiten und Prinzipien überflüssig. Mein Verhalten begann sich zu ändern. Zum Beispiel redete ich jetzt wie ein Wasserfall.

»Ich sehe das, wie es ein Soldat sehen würde. Die Leute, die ich beseitigt habe, waren keine unschuldigen Zuschauer. Da war keiner dabei, der sich nicht selbst in die Lage gebracht hat, in der er steckte. Ich sehe es so: Sie haben etwas heraufbeschworen, und ich war dafür zuständig, es zu regeln. Sie haben es alle darauf angelegt.«

Sie schniefte und atmete durch den Mund. Zog an ihren Zehen.

»Ich glaube, du willst uns hier zurücklassen.«

Darauf erwiderte ich nichts. Ich blieb stehen, damit sie vielleicht auf die Idee kam, wieder in ihr Zimmer zu gehen.

»Wenn ja, kannst du es mir ruhig sagen. Ich meine, ich kapier's schon. Ergibt ja Sinn. Auch wenn du krank bist. Ich meine, es bringt ja nichts, noch weiter hier abzuhängen. Ich bin auch nicht sauer oder so.«

»Du findest einen Job. Kümmerst dich um Tiffany. Ziehst das große Los.«

»Vorhin, als ich sie so angeschaut habe, habe ich mir fast gedacht, dass du uns verlässt, und was für einen Schlamassel ich angerichtet habe. Schon dass ich diesem Toby hinterhergelaufen bin. Er war schwul. Ich dachte, es wäre alles in Ordnung. Was für eine Scheiße.«

Sie betrachtete die glimmende Zigarette.

»Aber weißt du was, Mann, es war schon immer eine riesengroße Scheiße. Von Anfang an.«

»Ich breche noch nicht direkt auf.«

»Okay«, seufzte sie. »Es ist nicht deine Scheiße, Alter, es ist meine.«

»Du wirst es schon richten.«

»Da draußen hat sich nie was geändert, verstehst du? Es war immer nur heiß. Dasselbe Feld, dieselbe Wiese. Nix zu tun. Ich meine, ich konnte mein Leben an mir vorbeiziehen sehen. Tagein, tagaus, immer das Gleiche.«

»Ich hatte mal so was Ähnliches.« Aber als ich es sagte, zuckte ich zusammen. Wurde wütend auf mich, weil ich mich einfach so mit ihr unterhielt, vor allem aber, weil ich zu gerne über die brachen Felder und die sengende Sonne geredet hätte, über Loraine und über Carmen. Ich wollte etwas über sie sagen, wusste aber nicht, was.

»Als ich heute die Kids am Strand gesehen habe, da dachte ich, ich hätte auch gern ein echtes Leben.«

»Echt ist es immer.«

»Ja, aber du weißt, was ich meine. Ich möchte, dass Tiffany auch so aufwächst. An einem normalen Ort.«

»Dann wird es auch so kommen.«

Ihre Tränen waren jetzt getrocknet. Sie grinste und kniff die Augen zusammen.

»Ohne deine Haare siehst du ziemlich komisch aus.«

»Ich habe mich selbst nicht wiedererkannt. Ich schätze, das ist gut so.«

»Jetzt siehst du nicht mehr wie ein Psycho aus.«

Ich drehte die Klimaanlage auf, und ihr Geklapper schwoll an, und die Fensterscheibe begann leicht zu klirren.

»Du hast ein bisschen Schlaf nötig. Morgen überlegen wir, wie's weitergeht.«

Sie streckte eine Hand aus, damit ich ihr aufhalf, einen Moment lang setzte sie ihren Schlafzimmerblick auf, und das nervte mich. Sie merkte, dass sie mich nervte, und ließ es sein. Sie ging langsam zur Tür, und ich konnte nicht anders, als auf ihre Shorts zu starren, die ihr, während sie saß, in die Ritze gerutscht waren.

Sie blieb stehen und sagte: »Es ist okay, wenn du wegwillst. Ist schon in Ordnung. Du hast eine Menge für uns getan, Roy. Du kannst gehen. Wir kommen zurecht.«

Ich öffnete ihr die Tür. »Vielleicht bin ich tatsächlich demnächst weg.«

Bevor sie hinausging, drehte sie sich noch einmal zu mir um, biss sich dann aber auf die Zunge und sagte nichts.

»Wenn ich morgen früh noch da bin, heißt das, dass ich noch nicht losgefahren bin.«

Ich schloss die Tür. Als ich allein war, überkam mich eine ungewohnte Rastlosigkeit. Ich zappte mich vier-, fünfmal durch sämtliche Kanäle. Faltete meine ganzen Klamotten zusammen und legte sie einzeln in die Kommode. Dann holte ich sie wieder heraus und packte sie zurück in den Seesack. Ich nahm meine 38er auseinander und reinigte sie mit einem Bleistift und einem Waschlappen. Ich spürte, dass mir etwas fehlte, etwas, das schwer zu beschreiben war, sich aber in seiner Abwesenheit bemerkbar machte.

Ich hatte das Gefühl, mich verraten zu haben, weil ich so viel gequatscht hatte.

Es sah so aus, als würde das Emerald Shores ein paar Dauergäste beherbergen. Der Kombi mit den Ersatzreifen gehörte einer Familie in Nummer 2. Der Typ mit dem Motorrad war der, der in Nummer 8 seine Fenster mit Alufolie zugeklebt hatte. Zwei ältere Frauen teilten sich Nummer 12, ihnen gehörte der neue Chrysler mit den kaputten Stoßdämpfern, dessen Kühler sich nach vorne senkte wie ein Dragster. Als ich am Morgen vor die Tür trat, briet ein Typ gegenüber Würstchen auf einem niedrigen Holzkohlegrill, dessen scharfer, fettiger Rauch den ganzen Parkplatz verpestete. Er saß in einem Klappstuhl und winkte mir zu.

Er war ein älterer, schlaksiger Bursche, der ein Stirnband und Jesuslatschen trug sowie ein ärmelloses T-Shirt, mit dem er Werbung für Corona machte. Der Duft machte mich hungrig, ich ging zu ihm rüber und sah, dass er einen kleinen Stapel Pappteller neben sich stehen hatte.

»Das ist mehr oder weniger das Frühstück, das das Haus anbietet. Ich bin Lance.«

Er nahm einen Teller und ließ zwei Würstchen darauffallen.

»Arbeitest du hier?«

»Nicht wirklich. War mal mit Nancy da drinnen verheiratet. Die Frau, die euch eingecheckt hat. Sie lässt mich hier wohnen. Dafür will sie, dass ich morgens das Frühstück für die Gäste mache. Und da es keine Küche gibt, benutze ich den Grill.«

»Alles klar. Danke.«

»Sie sagte, du wärst mit ein, zwei Mädchen da. Die können auch welche haben, wenn sie wollen.«

Ich hörte, wie eine Tür aufging, und die beiden Kinder aus Nummer 2 kamen mit ihrem Vater heraus. Seine Haare standen wirr vom Kopf ab, sein Gesicht war geschwollen und gerötet, seine Augen knallrot und wässrig.

Als Erstes musterte er mich von Kopf bis Fuß.

Dann schlug er dem Jungen auf den Hinterkopf.

»Drängel dich nicht vor deine Schwester. Lass sie zuerst ran.«

Die Kinder wirkten verschlafen und blinzelten im Sonnenlicht, als wären sie gerade in einer Höhle geweckt worden. Lance grinste sie an und verteilte je zwei Würstchen auf ihren Tellern. Erst das Mädchen, dann der Junge.

Ich war mit meinen bereits fertig. Der Mann sagte zu den Kindern: »Geht jetzt wieder rein.«

»Mom meinte, wir sollen ihr welche mitbringen.«

»Die braucht keine Würstchen. Sagt ihr, ich hätte das gesagt.«

Er ließ sich von Lance einen Teller geben und sah den Kindern hinterher, die wieder in ihr Zimmer gingen. Er hatte ein großes Gesicht, länglich, aber auch breit, einen Kieselstein als Kinn und einen fetten, glatten Hals, der sich über seine Kieferpartie wölbte. Seine Haare waren länger nicht geschnitten, er trug ein Feinripp-unterhemd Marke Frauenverprügler, miefende Jeans, die fast von seiner Kanonenkugelwampe gesprengt wurden, die seinen Rücken nach innen wölbte.

»Morgen«, sagte Lance.

»Ist es«, erwiderte der Mann. Er biss sein Würstchen in zwei Teile. Total abgebrüht – zumindest wollte er das allen weismachen. Er hatte einen paranoiden, treuherzigen Blick. War einmal der größte Köter in einem kleinen Hof, doch mittlerweile waren seine Arme schlaff geworden und hatten die Form eines Frauenschenkels angenommen.

»Nichts mit der *Kestrel,* wie ich gerade herausgefunden habe«, sagte er zu mir. »War wohl ein Schuss in den Ofen.«

Ich sah Lance an, dann den Mann.

»Keine Ahnung, was das sein soll.«

»Eine Bohrinsel da draußen. Offshore. Wir sind hier runtergekommen, weil es hieß, ich solle auf so einem Ding arbeiten. Für Cities Services. Doch als ich hier ankomme, sagen die, sie hätten mich nie eingestellt. Ich sage, ich habe aber einen Brief. Aber die sagen, in dem Brief steht nicht drin, was drinsteht.«

Er sah Lance an, als erwartete er, dass der ihm beipflichtete.

»Aber ich zieh das durch.«

Er schlang seine Würstchen hinunter und stellte den Pappteller auf dem Parkplatz ab. Sah, dass ich nach meinen Zigaretten langte.

»Haste eine übrig?«

Ich gab ihm eine.

»Wo bist du her? Ich schätze, du arbeitest auch auf einer Bohrinsel.«

»Nä. Mache Urlaub.«

»Von wo?«

»Louisiana.«

»Wo da?«

»New Orleans.«

»Mann, du tust mir leid. Bin dort gewesen. Nichts als Regen, Katholiken und Nigger.«

»Manche gehen unter da, stimmt«, sagte ich. »Man muss schon wissen, was was ist.«

»Ich kannte so ein Jüngelchen aus New Orleans. Hat sich selbst ins Bein geschossen. Mann, war das ein Idiot.«

»Deshalb haben sie ihn wohl rausgejagt.«

Er legte die Stirn in Falten und versuchte zu kapieren, was ich meinte. Inzwischen war noch ein Typ rausgekommen, der mit dem Motorrad aus Nummer 8. Er war jung und dürr, hatte lange Haare, hielt sich ein bisschen im Hintergrund und beobachtete uns durch die Gläser seiner Sonnenbrille. Der andere starrte mich immer noch an und versuchte herauszufinden, wie genau ich ihn beleidigt hatte.

»Wie viele Kinder hast du in dem Zimmer da?«, fragte ich leicht spöttisch.

»Bloß die zwei. Und eine Frau.« Er schüttelte den Kopf. »Wird jeden Tag fetter.« Als eine Art Geste guten Willens fing er an, über seine Frau zu reden. Vor ein paar Tagen hatte er ihr wegen des Badeanzugs den Kopf waschen müssen, und seitdem habe sie das Zimmer nicht mehr verlassen.

»Tut so, als hätte ich ihre Gefühle verletzt. Du weißt doch, wie sie sind.«

Ich schnipste meine Zigarette weg und ging zurück in mein Zimmer. Der Junge aus Nummer 8 hatte sich hinuntergebeugt, um Lance etwas zu fragen, der andere stand bloß da und drehte sich hin und her, perplex, dass ihm niemand zuhörte, wie er über seine Frau herzog.

Als ich die Tür schloss, sah ich, dass der langhaarige Junge mich beobachtete. Ich sah ihn an.

Er grinste, als wären wir alte Kumpel. Formte mit den Fingern eine Pistole und schoss auf mich.

Als die Mädels aufwachten, aßen sie und zogen sich an, aber wir wussten nicht so recht, was wir mit uns anfangen sollten. Ich dachte, die Kleine sollte den Strand kennenlernen. Also zog ich ein paar abgeschnittene Jeans an, kombinierte sie mit einem grellen Hawaiihemd, das ich tags zuvor zusammen mit ein paar Sandalen erstanden hatte, und ging mit ihnen zum Strand. Es gab keinen vernünftigen Grund, warum ich das tun sollte, aber ich hatte ja noch etwas Zeit totzuschlagen, außerdem wollte ich wissen, wie die Kleine den Ozean und den Sand fand. Ich war neugierig.

Der Vater aus Nummer 2 stand mit einem Michelob vor seiner Tür und nickte mir zu. »Nettes Hemd«, rief er und reckte das Kinn.

Wir gingen die fünf Blocks zu Fuß und überquerten einen Grünstreifen, der zum Strand führte. Alte Zeitungen, weggeworfenes Einwickelpapier und was der Wind sonst noch ins Büffelgras geweht hatte, säumte neben haarigen Büscheln Liebesgras den sandigen Abstieg hinunter zum Meer. Tiffany rutschte munter lachend neben Rocky her und zeigte mit den Fingern auf alles, was ihr neu war. Der Ozean schwappte an den Strand und breitete sich in unendliche Ferne aus.

Rocky zog sich Rock und Bluse aus; als sie bemerkte, dass ich hinsah, schaute ich schnell weg. Ihr Bikini war ziemlich knapp, vier dreieckige rote Stofffetzen, bei deren Anblick ich tief Luft holen musste. Trügerische Rundungen und zarte Linien, Tänzerinnenmuskeln, die sich dort, wo die Sonne sie gewärmt hatte, rötlich gefärbt hatten. Auch ihre Wangen und ihre Nase waren rot, und die Sonne, die sich in ihrem blonden Haar fing, warf weiße und goldene Blitze zurück. Sie hockte sich hin, faltete ihre Kleider und legte sie mit einer Züchtigkeit im Sand ab, die ich hochgradig erotisch fand. Für ihre Statur hatte sie breite Schultern, und ihr Rücken war eine hügelige Fläche von Muskeln, die man sich hart erarbeiten musste.

Ich setzte mich auf eine flache Sandverwehung. Ich hatte zwei Büchsen Coors mitgebracht und riss eine auf, während Tiffany übermütig Richtung Brandung rannte und dabei fast über ihre eigenen Füße stolperte. Rocky begleitete sie ins Wasser, wo sie von den brechenden Wellen gejagt wurden. Ihr Lachen tönte glockenhell zu mir herüber, ein Ausdruck reinster Freude und Aufregung, dem nichts Albernes anhaftete.

Als Rocky nass wurde, klebte der Stoff an ihr wie feuchtes Klopapier, und ich konnte ihre Nippel und die Ritze ihres Pos erkennen. Sie winkte mir zu, während sie mit ihrer Schwester in der Brandung stand und die Wellen über ihnen zusammenschlugen und sie mit ihrer Gischt einnebelten. Die Kleine lachte kieksend. Hinter ihr waren die purpurblauen Wogen schaumüberzogen, so dass man sich in die Zeit zurückversetzt fühlte, in der der gesamte Planet nur aus Wasser und Himmel bestanden hatte. Aber dann kreuzte ein Boot, das einen Wasserskifahrer zog, den Horizont, und durch den Dunst im Osten konnte man draußen eine Ölplattform ausmachen.

Die beiden kamen zurück an den Strand. Rocky setzte sich mit Tiffany in den Sand und zeigte ihr, wie man eine Sandburg baute. Tiffany deutete hinaus auf den Golf und fragte: »Wo fließt das hin?«

»In den Ozean.«

»Was ist das?«

»Mehr Wasser.«

»Wo fließt das hin?«

»Ach, still jetzt«, sagte Rocky und kitzelte die Rippen ihrer Schwester. Rocky hatte die Beine von sich gestreckt, während sie den nassen Sand auftürmte, und es fiel mir schwer, nicht darauf zu starren, deshalb sah ich mich am Strand um, entdeckte ein Büschel Dünengras, in dem etwas glitzerte. Ein paar fette kleine Jungs, die in die Brandung walzten. Möwen, die sich von der Thermik tragen ließen, herunterstießen und mit ihren Schnäbeln die Wasseroberfläche aufrissen. Einen regenbogenfarbenen Drachen, den jemand am anderen Ende des Strands steigen ließ, jemand, den ich nicht sehen konnte. Der Drachen flatterte, tänzelte und schlug Kapriolen. Tiffany sah ihn und zeigte mit dem Finger darauf.

Eine Meute Jungs zog vorbei, sie warfen sich einen Football zu, doch als sie Rocky sahen, wurden sie urplötzlich still und starrten sie an. Rocky bemerkte sie, wandte sich aber Tiffany zu und zeigte ihr weiter, wie man Sand auftürmt.

Ich zog mein Hemd aus und legte mich bäuchlings in den Sand.

»Wo hast du die Narben her?«, fragte Rocky.

»Welche?«

»Die runden, in deiner Seite.«

Ich strich über die pickelige Haut und schloss die Augen, um die Sonne zu vermeiden.

»Schrot.«

»Von einer Schrotflinte?«

»Der Schuss ging weit daneben. Hab nur ein paar Körner abgekriegt.«

»Und die andere? Auf deiner Schulter.«

»Messer.«

»Das muss aber ein großes Messer gewesen sein.«

»War es.«

»Und die an deinem Bein.«

»Hund.«

»Dachte ich mir. Sieht man, dass es von einem Hund ist. Hast du ihn umgebracht?«

»Den Hund?«

»Ja.«

»Weiß ich nicht mehr.«

Ich wusste es wohl.

Ich wartete ab, ob sie noch etwas sagte, aber als nichts mehr kam, spähte ich durch die Lider und sah, dass sie sich wieder Tiffany widmete.

Nachdem ich meine Biere geleert hatte, döste ich eine Weile lang immer mal wieder ein paar Minuten weg. Als ich aufwachte, hatte Rocky sich neben mir auf dem Rücken ausgestreckt und sonnte sich. Kleine Perlen aus Wasser und Sand klebten an ihrer Haut, und ihr Schweiß hatte rund um den Nabel eine kleine Pfütze gebildet. Ich musste weg davon und trottete ins Wasser.

Tiffany stieß kleine Freudenschreie aus und rannte hüpfend neben mir her. Der Regenbogendrachen stand immer noch am Himmel und zerteilte mit kleinen Stichen und Hieben die blassgoldene Luft.

An der Brandungslinie blieb die Kleine stehen, streckte ihre Arme hoch, als könne sie so meine Schultern erreichen. Ich hob sie hoch, hielt sie über die Wellen und tat so, als wollte ich sie hinaus ins Meer werfen. Sie kreischte und lachte. Am liebsten hätte ich mit ihr mitgekreischt, ließ es aber bleiben. Ich zwickte sie in die Nase und warf mich mit ihr in die Wellen, hielt sie hoch, während ich unterging und das salzige Wasser mich überschwemmte. Sie lachte, spuckte und rang verblüfft und einen Moment lang verunsichert nach Luft, wollte dann aber, dass ich es noch einmal machte.

Den Rest des Tages spürte ich ihr Gewicht in meinen leeren Händen, leicht, aber gedrungen, wie sie strampelte und zappelte. Ich ging mit ihr zurück den Strand hoch, dabei blieb sie ein paarmal stehen, um wie eine Dame ihr nasses Haar hinter dem Ohr auszuwringen oder mit ernstem Gesicht ihren Badeanzug zurechtzuzupfen.

Rocky lag auf der Wehe und strahlte uns an.

Ich erinnerte mich an einen Kumpel, der einmal gesagt hatte, dass jede Frau, die du liebst, gleichzeitig die Mutter und die Schwester ist, die du nie gehabt hast, und dass du in Wahrheit immer nur nach dem weiblichen Teil in dir suchst, das weibliche Tier oder so was Ähnliches. Der Typ kam mit seinen Sprüchen durch, weil er ein Junkie war und Bücher las.

Als wir uns auf den Heimweg machten, war es unmöglich, nicht ein Stück zurückzufallen und Rocky in ihrem Bikini zu bewundern, trotzdem glaube ich nicht, dass ich sie wirklich hätte anfassen können.

Am späten Nachmittag aßen wir mit Shrimps und Austern gefüllte Po'Boys-Sandwiches, und ich nahm sie mit zu den Buden an der Pier. Dort spielten sie Whac-A-Mole und Ms.-Pac-Man und warfen ein paar Ringe. Ich schlenderte ein bisschen an der Pier entlang, ließ sie aber nie aus den Augen.

Ein paar Schwarze hockten auf der Pier und angelten, unten lag ein umgedrehtes Ruderboot am Strand, der mit Tausenden weggeworfener scharlachfarbener Losröllchen übersät war. Das Boot hatte ein Leck, und ich konnte hören, wie drinnen eine Katze miaute.

Abends sahen wir uns einen Film mit – so glaube ich – Richard Boone im Fernsehen an. Als ich schließlich in mein Zimmer ging, sahen sie müde und zufrieden aus, und ich merkte, wie gut mir das tat.

In meinem Zimmer war ich froh, sie so zurückgelassen zu haben.

Doch dann nagte etwas an mir, das ich nicht in Worte fassen konnte. Als hätte ich etwas Wichtiges vergessen, wüsste aber nicht, was.

Ich ging nach draußen und schaute in die besternte Nacht, der heiße Wind raschelte in den Palmen und verlor sich in der Milchstraße. Ich ging los.

Alte Getreideaufzüge und Lagerhäuser aus den Tagen des Baumwollexports standen am Südstrand, und ein paar der Aufzüge waren beleuchtet. Salziger Regen und der Geruch von Austern- und Shrimp-Käfigen hingen in der Luft. Ein Mann half seinem Kumpel geradeaus zu gehen, indem er ihm einen Arm um die Schultern legte.

Meine Stiefel klickten wie vorrückende Uhrzeiger auf dem Asphalt. Eine rauchgraue Katze lief eine Weile auf der anderen Straßenseite mit mir mit. Auf einer Bank an der Bushaltestelle trank ein bärtiger alter Mann etwas aus einer Papiertüte und weinte dabei. Er erzählte mir, er sei glücklich. Sei heute aus dem Knast entlassen worden.

Als ich in mein Zimmer zurückkehrte, war es so still, dass das Ticken des Weckers im Zimmer nachzuhallen schien. Das leise Geräusch sagte mir, dass es spät war, später wurde und noch später.

Zeit war vergangen. Ich war alt.

Am Morgen war ich vor den Mädchen auf den Beinen und schaute zu, wie die Dämmerung über der Bucht heraufzog, wie das Wasser sich leicht gelblich färbte und die Shrimp-Kutter ausschwärmten, kleine Schoner mit knochigen Aufbauten und ausladenden Netzen. Langsam und behäbig krochen die Kutter aufs Meer hinaus, als handelte es sich um einen koordinierten Prozess natürlicher Migration. Abendsonne und Morgensonne tauchten den Himmel gleichermaßen in ein Meer hysterischer Farben, Grün und Purpur, leuchtende Rot- und Orangetöne, irreal wie die Wolken in den alten MGM-Filmen.

Gemächliche Bewegungen. Wechselnde Farben.

Ich bemerkte Veränderungen.

Rocky meinte, sie wolle sich nach einem Job umsehen, aber ich sagte, wir sollten besser alle noch mal zum Strand hinuntergehen, und das taten wir.

Am Abend lernten wir noch zwei andere Dauergäste kennen, die beiden alten Frauen, die sich den Chrysler teilten. Sie hießen Dehra und Nonie Elliot, zwei Schwestern mit identischem borstigen, grauen Haar, das sie zu identischen Blumenkohlfrisuren aufgetürmt hatten. Auch ihre steifen dunklen Kleider, die an Pastorinnen erinnerten, ähnelten sich, und beide trugen sie dicke Kruzifixe um den Hals.

Lance hatte ein paar Burger gegrillt, und ich hatte ein Sixpack Coors mitgebracht. Die Mädchen gesellten sich ebenfalls dazu, und nachdem sie Tiffany vom Fenster der Nummer 12 aus in Augenschein genommen hatten, kamen Dehra und Nonie heraus, um das Kind kennenzulernen.

Sie beugten sich zu ihr hinunter und schüttelten ihr die Hand, während Tiffany ernst auf ihrem Daumen kaute.

Die Schwestern schauten sie sanft lächelnd an, sie trugen die Last ihrer gebeugten Rücken mit Würde. Die, die Dehra hieß, trug eine Brille und schien die Wortführerin zu sein.

Wenn man bereit ist, auf Leute zuzugehen, wirkt man weniger verdächtig.

»Wir haben noch vier Schwestern, die als Josefsschwestern in Houston leben«, erklärte Dehra. »Wir kommen eigentlich aus Denton, aber wir haben das Haus unserer Eltern verkauft. Wir haben überlegt, ein Haus in Florida zu kaufen, aber eigentlich gondeln wir nur so in Texas herum.«

»Nun, wir wollten auch in der Nähe unserer Schwestern sein«, warf Nonie ein.

»Das stimmt. Aber jetzt sind wir schon drei Wochen hier.«

»Aber wir wollen eigentlich immer noch etwas Dauerhaftes suchen.«

»Ich weiß auch nicht. Irgendwie bringen wir nicht die Energie auf, etwas zu finden.«

Sie hatten etwas Mädchenhaftes an sich, und ihre sanften, asexuellen Gesichter waren bar jeder Arglist.

»Geht ihr oft an den Strand?«, fragte ich.

»Ach Gottchen, nein. Wir machen uns nicht so viel aus der Sonne.«

Während sie das sagte, versuchte ihre Schwester, Tiffany einen Clove Gum zuzustecken, aber das Mädchen drückte sich schüchtern an Rockys Beine und konnte dem Angebot des altmodischen, streng nach Nelken schmeckenden Kaugummis wenig abgewinnen. Ich hatte das starke Bedürfnis, den Frauen von meiner Lunge zu erzählen.

Lance hatte einen Klapptisch aufgebaut, Nancy brachte einen Beutel Burger-Brötchen, Ketchup, Senf und zusätzliche Pappteller heraus. Sie stellte alles auf dem Tisch ab und musterte mich argwöhnisch.

»Vorgestern hattest du doch noch jede Menge Haare. Und schau dich jetzt mal einer an. Hast du Angst, jemand könnte dich wiedererkennen?«

»Hier unten ist es zu heiß für Bart und Haare.«

Lance drehte die Burger um und sagte: »Ich wette, die sind so gut wie die in Austin. Greenbelt Grill. Weißt du noch, Baby?«

Nancy zog die Augenbrauen hoch und sah ihn an.

Lance wandte sich an mich: »Das ist dieser Laden, wo wir immer hin sind. Futtern wie bei Muttern.« Er wandte sich an Nancy. »Weißt du noch?«

Sie seufzte übermäßig laut und verdrehte die Augen, als würde sie sich für seine Peinlichkeiten schämen. Dann ging sie zurück ins Büro.

Tiffany kicherte inzwischen mit den Schwestern und brachte sie zum Lachen.

»Früher war sie ganz anders«, sagte Lance. »Was mich betrifft, ist sie ziemlich kühl und nüchtern geworden, vielleicht treibt sie es ein bisschen weit damit, kann schon sein. Ich weiß, was du denkst, aber ich sehe Nancy nicht nur, wie sie jetzt ist, verstehst du, ich sehe die ganze Nancy, die, die ich kannte, und glaub mir, sie hatte jede Menge Facetten. Und sie mag es, dass ich mich an all diese Dinge erinnere, auch wenn sie so tut, als wäre sie genervt.«

Inzwischen war auch der Bursche aus Nummer 8 herausgekommen. Er hatte lange rote Haare, war zart gebaut und wirkte wie jemand, der sich am liebsten hinter Büchern verschanzte, die zerfetzte Jeans und die Bikerstiefel sahen auch deshalb ziemlich lächerlich an ihm aus.

Er fing an, sich mit Rocky zu unterhalten, sie lehnten sich an die Wand zwischen den Zimmern, er sagte etwas, und Rocky lachte. Der Junge trug ein langärmliges graues T-Shirt und hatte die Schultern hochgezogen. Die Hände steckten in den Taschen.

Er merkte, dass ich ihn beobachtete, und winkte mir zu. Rocky wirkte nervös.

Der Vater aus Nummer 2 kam heraus. Schlüpfte durch einen Spalt in der Tür und schloss sie sofort wieder. Er beäugte die Klopse auf dem Grill und leckte sich die Lippen. Kam herübergeschlendert und sah in die Runde.

»Wir lechzen nach Hamburgern wie ausgehungerte Hunde«, sagte er zu niemand Besonderem, achtete aber auf die Reaktion der anderen. Als keine kam, tat er so, als wäre er in Gedanken versunken.

»Ich bin Tray«, sagte der rothaarige Junge zu mir und streckte mir die Hand entgegen. Seine Augen leuchteten aus ihren gräulichen Höhlen. Rocky schnappte sich eins meiner Biere und trank.

Ich gab dem Jungen die Hand.

»Tray Jones«, sagte er, und seine Blicke hasteten über meine Unterarme. Dann schaute er mir in die Augen, es schien, als wollte er mir etwas sagen. Er war so mager, dass ich das Gefühl hatte, die Last seines Hemdes würde ihn erdrücken.

»Die meisten nennen mich Killer«, sagte er.

»Aber sicher doch.«

Der Vater nahm sich die nächsten drei Hamburger. Ich wollte schon etwas sagen, aber als ich sah, dass er sie mit ins Zimmer nahm, ließ ich es ihm durchgehen, weil ich froh war, dass er sich verzog.

Er hatte sie auf einem einzigen Teller gestapelt und sah immer wieder über die Schulter zu mir rüber, während er zu seinem Zimmer ging, aufschloss und sich wieder durch einen nur schmalen Spalt hineinzwängte.

Tray Jones stand immer noch vor mir. »Hast du die Kinder von dem alten Knaben da gesehen? Die sehen aus, als hätten sie eine ganze Weile nichts mehr zu futtern bekommen.«

Ich nickte. Rocky saß auf den Stufen und sah den alten Damen zu, wie sie sich mit Tiffany unterhielten.

Tray kramte eine Schachtel Mentholzigaretten hervor und bot mir eine an. Ich lehnte ab.

Er zündete eine an und fragte: »Wo hast du gesessen, Kumpel?«

»Was?«

»Schon okay, Mann. Ich kann sehen, wenn einer gesessen hat. Die Art, wie du deine Würstchen gegessen hast, Alter.« Er kicherte. »Alles klar?«

Ich schüttelte eine meiner Zigaretten heraus.

»Nirgends.«

»Ah, so? Okay.« Er bot mir Feuer an. Seine Nägel waren bis aufs Fleisch abgekaut, das T-Shirt bis über die dünnen Handgelenke gezogen. Ich nahm an, dass er Einstichspuren an den Armen hatte.

»Bin in Rowan, Oklahoma, eingefahren«, sagte er. »Tu dir bloß einen Gefallen und bleib im Süden.«

»Wie alt bist du?«

»Sechsundzwanzig. Letzten März.«

»Und was hattest du in Rowan verloren?«

»Ach.« Er hob die Schultern und zog an seiner Kippe. »Ein paar Jobs erledigt. Für den alten Sack, mit dem ich unterwegs war. Mein Partner. Wir kamen gut klar, bis er in dieser Bar dort in eine Schlägerei geriet. Sie kamen ihn holen. Wollten einen Blick in seinen Wagen werfen. Ich weiß nicht einmal, wie es losging. Hab gepennt, auf dem Rücksitz.«

»Aha.«

»Ich hab wieder drei«, verkündete Lance.

Ich sagte den Mädchen, sie sollten schon mal essen. Die alten Damen geleiteten Tiffany an den Tisch und halfen ihr, ihren Burger zu bestücken. Tray stand immer noch vor mir.

Ich fragte mich, was das Bürschchen von mir wollte.

»Ich hab jetzt ein paar Leute hier klargemacht«, sagte er. »Typen, die ich kenne.«

Ich sagte nichts und trank mein Bier aus.

»Weißt du, an wen du mich erinnerst, Mann?«, sagte er.

Ich zog die Augenbrauen hoch und riss eine frische Büchse auf.

»An diesen Typ aus dem Kino. Wie hieß er noch? Er war in dem Film mit den Hahnenkämpfen. Und in noch einem. Über so nen Typen, der mit einem Kopf im Kofferraum durch die Gegend fährt.«

»Der Kerl sieht aus wie ein Pferd.«

»Aber trotzdem nicht übel.«

»Da.« Ich drückte ihm ein Bier in die Hand und nahm den Rest des Sixpacks mit in mein Zimmer. Ich hatte keinen Hunger.

Der Himmel war bodenlos rot, und über den geplatzten Asphalt huschten Schatten.

Nach Mitternacht knackte ich eine neue Flasche Jameson, weil ich nicht mehr schlafen konnte, wenn ich nicht geladen war. Ich war längst bei der zweiten Hälfte angelangt, und die Zeit begann langsam, mich zu umspülen und überall kleine Pfützen zu bilden, verlorene Momente, Einbildungen, die sich öffneten und schlossen wie japanische Puzzleboxen. Deshalb fällt es mir schwer, mich an den genauen Ablauf der Ereignisse zu erinnern. Aber ich weiß noch, dass ich irgendwie manisch wurde. Hätte am liebsten laut losgeheult, schaffte es aber nicht. Als ich zum ersten Mal die Röntgenbilder gesehen und das Wort *kleinzellige Lungenkarzinome* vernommen habe, bin ich Hals über Kopf aus dem Sprechzimmer des Doktors gerannt.

Jetzt aber wollte ich wissen, wie viel Zeit ich noch hatte. Ich schätze, ich habe bei der Auskunft angerufen und nach der Privatnummer des Arztes gefragt, erinnere mich dunkel, dass ich ziemlich zugeknallt war und geflucht habe und dass der Mann am Telefon geklungen hat, als hätte ich ihn aus dem Schlaf gerissen, während im Hintergrund eine Frau herumquäkte. Ich glaube, ich musste ihn daran erinnern, wer ich war und wer mich an ihn verwiesen hatte.

Ich glaube, ich sagte etwas wie: »Wie lange noch? Wie lange habe ich noch?«

Er sagte, das könne er nicht sagen, das wisse er nicht, und versuchte mich von der Notwendigkeit weiterer Untersuchungen zu überzeugen. Biopsien oder so. Aber ja, die Chancen waren hoch, dass ich kleinzellige Lungenkarzinome hatte. Ich glaube, er wollte mich überreden, noch mal in seine Sprechstunde zu kommen.

»Letztes Mal sind Sie einfach davongelaufen. Wir hatten nicht einmal Gelegenheit, über Behandlungsmöglichkeiten zu reden.«

Ich glaube, ich fühlte mich von seiner Unfähigkeit, meine Fragen zu beantworten, zutiefst beleidigt, hatte den Eindruck, er rede mit mir wie mit einem kleinen Kind, und empfand plötzlich einen gewaltigen Hass auf diesen Mann. Ich gebe zu, einige grundlegende Schlüsse habe ich damals nicht gezogen. Aber ich erinnerte mich noch lebhaft an den frisch geschrubbten Eindruck, den er machte, das graue, akkurat geschnittene und gescheitelte Haar, die kalte, routinierte Art, wie er mir meinen Tod verkündete.

Für einen Augenblick sah es so aus, als hätte ich mitten in der Nacht in diesem dunklen, salzverkrusteten Motelzimmer, schwer in den Hörer atmend, den wahren Schuldigen entlarvt, den Erzfeind, der mich mein Leben lang heimgesucht hatte.

Und mittlerweile denke ich, dass ich einfach nur wollte, dass er Schiss bekam. Wie ich.

»*Du verfickter knochensägender Quacksalber!* Du Wichser!«, fuhr ich ihn an. »Willst du wirklich, dass ich wiederkomme? Dann komme ich. Und dann werden wir sehen, ob ich eine klare Antwort kriege.«

Er verwahrte sich gegen meinen Zorn und beharrte auf seiner Unschuld.

»Ich habe die Adresse hier vor mir, du Schwanzlutscher. 2341 Royale. Sicher ein hübsches großes Haus. Aber klar doch.«

»Was? Nein, nein, nun hören Sie …«

»Weiß deine Frau von deinen Zockertouren? Weiß sie, wie tief du drinsteckst? Du verkommener Drecksack.«

»Also. So hören Sie doch, hören Sie mir doch bitte erst …«

Ich schätze, da habe ich dann einfach den Hörer auf die Gabel geknallt. Das ganze Telefon durchs Zimmer geschmissen, denn am nächsten Morgen lag es in kleine Stücke zerschellt am Boden vor der anderen Wand.

Als ich aufwachte, stand die Sonne schon einigermaßen hoch, und im Zimmer war es brütend heiß. Ich lag mit nacktem Oberkörper da, und meine Brust war voller roter Striemen, als hätte etwas Wildes mich zerkratzt. Die Flasche lag auf dem Boden, und ich fragte mich stumpf, wieso das Telefon nicht mehr an seinem Platz stand.

Ich durchlebte den düsteren Schrecken, der sich bei einem Kater einstellt, der so groß ist, dass man sich fragt, was genau abgegangen ist und was man sich eingebrockt hat.

Aber ich erinnerte mich nicht, irgendwelche Anrufe getätigt zu haben. Das Telefon verbuchte ich als einen der üblichen Kollateralschäden, die zerbrechliche Objekte ereilen, wenn man so säuft wie ich.

Ich kaufte Zeitungen. Ein Lokalblatt wegen der Kleinanzeigen, den *Houston Chronicle* und *The Times-Picayune* aus New Orleans.

The Times-Picayune brachte einen kurzen Artikel, in dem stand, dass Sienkiewicz gesucht wurde, weil man ihn im Rahmen einer laufenden Untersuchung vernehmen wollte.

Was heißen sollte, dass er die Stadt verlassen hatte.

Keine Erwähnung von Stan Ptitko. Nichts über Angelo oder die anderen Männer, auch nichts über die Frauen, die sich zufällig in Sienkiewicz' Haus in Jefferson Heights aufgehalten hatten.

Ich grübelte darüber nach, was Stan im Schilde führte. Ob er Leute auf uns angesetzt hatte, und wenn ja, wie viele, und wie weit sie ausschwärmen würden. Aber letztlich war es egal. Unterm Strich waren wir die Nadel im Heuhaufen.

Ich hatte immer noch den Ordner, den ich aus Sienkiewicz' Haus mitgenommen hatte, wusste aber nicht recht, was ich mit ihm anfangen sollte. Vielleicht schickte ich ihn an den Staatsanwalt, bevor ich mich nach Mexiko absetzte.

Ich redete mir weiterhin ein, dass ich sie verlassen würde. Erst hatte ich mich davonmachen wollen, als ich ihnen das Zimmer besorgt und für ein paar Tage bezahlt hatte. Dann beschloss ich zu warten, bis Rocky einen Job gefunden hatte.

Ich breitete den Anzeigenteil auf dem Bett aus.

»Da ist eine, die suchen eine Hostess. Und da noch eine. Babysitter. Das könntest du machen.«

Sie ging nervös vor dem Fenster auf und ab. Hatte wieder diese knappen Shorts an. Nancy hatte im Büro noch ein paar alte Brettspiele gefunden, und Nonie und Dehra hatten gefragt, ob sie ein paar Stunden auf Tiffany aufpassen dürften.

»Was?«, fragte ich.

»Ich meine, was muss ich da machen?«

»Du ziehst dir was Hübsches an und fragst nach einem Bewerbungsformular. Das füllst du dann aus. Vergiss nicht, einen Stift mitzunehmen.«

»Aber das meine ich ja. Was schreib ich da rein? Ich hatte noch nie einen Job.«

Darüber musste ich nachdenken.

Ich nahm den Schreibblock aus der Nachttischschublade, klopfte mit dem Bleistift an meine Zähne und schrieb die Namen von einer Bar in Morgan City und einem Barbecue-Schuppen in New Orleans auf. Beide waren in den letzten Jahren abgebrannt. Das wusste ich, denn ich hatte zugesehen.

Ich gab ihr den Zettel. »Da hast du gearbeitet. Überleg dir einen Zeitplan. Und sag einfach, beide Läden hätten geschlossen. Aber du hättest dort gearbeitet, bis sie zumachten, denn so wärst du nun mal. Loyal. Eine, die nicht ständig den Job wechselt.«

Sie saß auf dem Bett und schüttelte den Kopf, als wollte sie widersprechen.

»Ich weiß nicht, Roy. Ich weiß einfach nicht, was ich machen soll. Ich weiß nicht, wie ich das anstellen soll.«

»Tja, du wirst es lernen müssen.«

Ihre Augen wurden tränenfeucht und starrten ins Nichts. Ich fragte mich, was ich alles über sie nicht wusste, und was sie in Sienkiewicz' Haus getrieben hatte. Zumindest war es dumm und naiv, aber es konnte auch Schlimmeres dahinterstecken.

»Du brauchst nur nett und freundlich zu sein, wenn sie mit dir reden. Und wie man das anstellt, weißt du ja.«

Sie sah mich mit flackernden Augen an, hinter denen die Hysterie lauerte. Wie schnell ihr Lachen in Verzweiflung umschlagen konnte.

»Du musst es mal so sehen. Selbst die dümmsten Deppen finden einen Job. Du musst nur rausgehen und dir einen suchen.«

Sie nickte, wischte sich die Augen und blickte stumm auf den Vorhang.

Dahinter erschollen Sirenen, und als ich aufstand, quietschte das Bett.

»Du kannst ruhig ein Weilchen hierbleiben. Die Frauen passen auf Tiffany auf.«

Ich blieb an der Tür stehen, sie streckte die Beine von sich, setzte sich auf den Ellbogen auf. Wieder quietschte das Bett. Ich warf ihr einen warnenden Blick zu. Damit sie bleiben ließ, was sie gerade mit ihren Beinen machte.

Dann fing sie an zu reden. »Meinen Dad habe ich nie getroffen. Meine Mutter hat ständig neue Geschichten über ihn erzählt. Einmal war er im Gefängnis, ein andermal war er tot. Gary hat meine Mom in dem Club getroffen, in dem sie gearbeitet hat. Manchmal saß ich hinten auf dem Rücksitz, wenn sie mit jemandem loszog. Eigentlich möchte ich sagen, dass Gary schlecht war, aber er kam mir immer nur scheißfaul vor. Ein fauler, alter Sack. Jedes Jahr wurde er fetter. Kam schon ins Schwitzen, wenn er nur nach der Fernbedienung suchen musste. Ich schätze, wenn man so faul ist, ist man ein schlechter Mensch.«

Ich setzte mich wieder aufs Bett und bot ihr eine Camel an. Sie wartete bis nach dem ersten Zug, fuhr sich dann mit der Zunge über die Zähne.

»Meine Mutter ist vor vier Jahren abgehauen. So hat Gary es mir erzählt. Vielleicht stimmt es. Vielleicht ist sie eines Abends losgezogen und nicht wiedergekommen. Aber ich glaube, ihr ist etwas zugestoßen.«

Wir schnippten gleichzeitig die Asche ab, die Glut ihrer Zigarette zitterte.

»Was der alles gemacht hat. Einmal beschloss er, Kaninchen zu züchten. Er lebt von irgendeiner Invalidenrente, die ihm der Staat zahlt. Er hat mal in den Raffinerien gearbeitet und sich das Bein verletzt. Meine Mom hielt das mit den Karnickeln für keine gute Idee. Sie hat in einem Club in Beaumont gearbeitet. Es gab Nächte, da kam sie nicht nach Hause. Vielleicht ist sie tatsächlich abgehauen. Vielleicht musste sie an die Kaninchen denken.«

Sie schlug die Beine unter, und ich wandte meinen Blick erneut von ihr ab.

»Ich musste ihm helfen, diese Maschendrahtzäune aufzustellen und die ganze Wiese hinter dem Haus zu mähen. Mit einem dieser Rasenmäher, die man schieben muss, ohne Motor, und den musste er sich noch ausleihen. In der knallenden Sonne. Wir haben ein paar Wochen gebraucht, bis wir die Kaninchenställe fertig hatten. Er meinte, man müsse jetzt bloß diese Riesentümmler kaufen und da reinsetzen, füttern und Wasser geben. Zwei würden reichen, dann hätte man in ein paar Monaten einen ganzen Stall voll Kaninchen. Die wollte er in der Stadt verkaufen. Fleisch und Fell. Meine Mom und ich waren beide ziemlich geschockt. Ich glaube, ich war elf oder so. Wir hatten keine Katzen, auch keine Hunde, und am Ende fand ich es toll, die ganzen drolligen Viecher um mich zu haben. Sie waren riesig. Wenn man sie an den Vorderbeinen hochzog und auf Zehenspitzen stehen ließ, reichten sie mir bis zur Schulter. Schwarze, Weiße und Gefleckte. Am Küchentisch schrieb er irgendwelche Zahlen auf, rechnete aus, wie viel ihm der erste Wurf bringen würde, gab das Geld direkt schon aus. Aber das war, bevor es August wurde und die Hitze so unerträglich, dass das

Gras vertrocknete und die Wiese sich in ein steinhartes Feld verwandelte. Es waren zu viele, um sie alle zu füttern, deshalb wollte er die Hälfte verkaufen. Er nahm Mom und mich mit nach Lake Charles, um seine Fuhre loszuschlagen, einen Haufen Drahtkäfige, die er auf die Pritsche seines Trucks geladen hatte. Er hat aber nicht so viel dafür bekommen, wie er geglaubt hat. Nicht annähernd. Die Läden, die Fellmäntel verkaufen, haben ihm erklärt, dass es so nicht laufe. Sie sind dann alle beim Schlachter gelandet. Für kleines Geld. Deshalb war er wütend, und Mom war stinkwütend, weil er nicht so viel bekam, wie er gesagt hatte. Ich weiß noch, dass ich mich in diesem Schlachthof ganz elend gefühlt habe. Überall hingen abgezogene Tiere von der Decke. Er und Mom waren so angepisst, dass sie gesagt haben: ›Scheiß drauf, gehen wir einen trinken.‹ Ich hockte dann da, allein in diesem Zimmer. Ich weiß es noch, weil ich ein paar Tage lang in diesem Zimmer gesessen habe. Ich kuckte fern und holte mir morgens vom Frühstücksbuffet Cornflakes. Es war schrecklich, so lange warten zu müssen. Zwei Tage später kamen sie dann wieder an, sahen voll scheiße aus, die Klamotten, völlig abgerissen. Sie stanken wie die Pest. Alles, was sie an Geld hatten, war futsch. Also fuhren wir zurück nach Orange. Ich denke noch oft daran. Wie ich in diesem Zimmer saß. Und ebenso oft an die endlos langen Stunden auf dem Rücksitz eines Autos.«

Sie fummelte an ihrer Zigarette herum.

»Tja, aber Garys andere Kaninchen, also, das Erste, was wir sahen, als wir zurückkamen, waren die Vögel. Ein ganzer Schwarm Vögel, sogar zwei riesige Geier. Ich musste heulen. Bekam mich gar nicht mehr ein. Er schrie sie an und verjagte sie, und ich sah, wie einer der Geier einen Fetzen Fleisch abriss, bevor er davonflog. Die ganzen Kaninchen lagen verstreut auf dem Hof. Platt auf dem Boden, mehr als ein Dutzend. Angefressen und abgenagt. Sie waren verdurstet. Ich weiß noch, dass Mom mit der Handtasche auf Gary einschlug. Auch sie war so wütend, dass sie weinte. Und dann schlug unser Geheule um, und wir schrien beide auf ihn ein. Und er glotzte uns doof an: fett, verkatert und abgerissen. Aber egal, so war's eben. Ich glaube, es war das letzte Mal, dass er versuchte, Geld zu verdienen. Abgesehen von dem beschissenen Gras, das er hinter dem Haus anbaute und vertickte.«

Sie strich sich ein paar Strähnen aus der Stirn und sah mich an. Ihre Mundwinkel hingen herab, was ein wenig plump wirkte, und die Schwere, mit der ihre Lider auf den Augen lasteten, ließ erahnen, dass es da noch ganz andere Geschichten zu erzählen gab.

Ich stand auf und ging zur Tür. Ein Teil von mir wünschte sich, ich würde sie begehren, und was immer es war, was mich zurückhielt, war schwer in Worte zu fassen. Ich wollte auch nicht darüber nachdenken.

»Schlaf dich mal aus«, sagte ich.

Zurück in meinem Zimmer fiel mir auf, dass da was nicht stimmte. Wenn ihre Mutter sie vor vier Jahren verlassen hatte, war das vor Tiffanys Geburt gewesen. Auch darüber wollte ich nicht nachdenken.

Ich fuhr im Bett hoch. Rang nach Luft. Von draußen flackerten Blaulichter durch die Vorhänge und tauchten das Zimmer in rotblaues Licht. Sirenen waren keine zu hören, aber ich war sowieso taub vom Blut, das in meinen Ohren rauschte.

Ich rollte mich vom Bett, griff nach der Kassette und holte meine 38er heraus und lud sie durch. Ich hockte mich neben die Zimmertür, umfasste die Waffe mit beiden Händen und versuchte, meinen Atem unter Kontrolle zu bringen, tief und gleichmäßig zu atmen. Du bringst Kimme und Korn übereinander, bis das Korn von zwei parallelen Lichtstrahlen eingerahmt ist, und drückst den Abzug. Ausatmen und abdrücken, wie man eine Faust macht. Nicht ziehen.

Ich wartete auf das Klopfen. Von draußen drangen Stimmen herein. Leise, geschäftsmäßig, ich kroch zum Fenster und spähte durch den Vorhangspalt hinaus.

Zwei Streifenwagen standen vor Nummer 2. Ein dritter parkte auf der Straße und blockierte die Ausfahrt. Zusammen veranstalteten sie einen grotesken Karneval der Blaulichter.

Ein Krankenwagen war auch da.

Nancy stand mit vor der Brust verschränkten Armen im Bademantel vor dem Büro. Lance hatte ihr eine Hand auf die Schulter gelegt, gemeinsam schienen sie die violetten Schatten, die sein Zimmer umschwirrten, zu beobachten. Daneben stand die Tür zu Nummer 2 offen. Von dorther rührte die ganze Unruhe.

Nach einer Weile eskortierten zwei Deputys den Vater nach draußen. Er hatte kein Hemd an. Die Hände waren auf dem Rücken gefesselt, und seine riesige Wampe hing fett über den Bund seiner Jeans. Er wirkte weggetreten, niedergeschlagen und verängstigt, und es schien, als hätte er ein paar Schläge abbekommen.

Unmittelbar hinter ihm rollten zwei Sanitäter eine Bahre heraus, was darauf lag, war von einem Laken bedeckt. Doch ein Arm ragte hervor, und die dazugehörige Hand sah aus wie eine gewaltige Klaue am Ende eines dünnen Stiels. Die Haut blitzte blau und rot im Schein der Lichter.

Ich entdeckte die Kinder, die alles vom Rücksitz eines Streifenwagens mit ansahen. Das Trenngitter warf karierte Schatten auf ihre Gesichter. Ich ließ den Vorhang zurückfallen und entfernte mich vom Fenster.

Ich konnte nicht schlafen, zappte mich eine Stunde lang durch die Programme, konnte mich aber auf nichts konzentrieren. Dann waren die Blaulichter verschwunden. Ich ging nach draußen, um zu sehen, ob ich Nancy und Lance noch irgendwo fand, um herauszufinden, was in Nummer 2 passiert war.

Doch der Einzige weit und breit war der rothaarige Bursche. Killer Tray. Er stand neben seiner Tür, rauchte und nahm ab und zu einen Schluck aus einer Flasche Lone Star. Er hob die Flasche und prostete mir zu.

Schlafen würde ich nicht können, so viel stand fest, und die Aussicht auf ein kaltes Bier lockte mich an.

Er sagte: »Sie war schon eine ganze Weile so.« Dabei nickte er Richtung Tür, die von den Cops mit gelbem Flatterband versiegelt worden war. Er ging rein und kam mit einem Bier zurück, das er mir in die Hand drückte.

»Was hat er getan?«, fragte ich. Das Bier war nicht kalt genug, tat aber trotzdem gut.

»Hat ein Weilchen gedauert«, sagte er schulterzuckend. »Aber eines der Kinder hat sich Nancy anvertraut.« Mit einem sardonischen Grinsen zog er an seiner Zigarette, eine Gewohnheit, die er einstudiert hatte, aber noch nicht richtig beherrschte. »Die Cops haben die Kinder mitgenommen. Ihn auch. Nancy haben sie gesagt, ihr Bauch und Unterleib sei von blauen Flecken übersät gewesen.«

Was mir von dem Mann in Erinnerung geblieben war, war seine Hilflosigkeit gewesen. Und man hätte erkennen müssen, das die ihn brutal werden ließ.

»Diese Mädchen, sind das deine Nichten?« Die Stimme des Jungen klang schrill, er sprach mit einem seltsamen Drawl, als bemühte er sich um einen texanischen Akzent.

»Ja.«

»Und nur mal so auf Urlaub, was? Hab mit der Älteren gesprochen. Meinte, du wolltest mal mit ihnen ans Meer. Meinte, ihr Daddy wäre gestorben.«

Ich nickte. Eine warme Brise zerrte an den Flatterbändern, und die Palmwedel raschelten.

»Tut mir leid, das zu hören.« Er schnippte seine Kippe über den Parkplatz und strich sich mit den Fingern durchs Haar. »Ich bin auch auf Urlaub. Ein bisschen abtauchen.«

Ich sagte nichts dazu und nippte an meinem Lone Star.

»Wofür haben sie dich drangekriegt? Wenn ich fragen darf.«

Ich sah ihn eindringlich an und verdrehte die Augen.

»Okay, okay, kein Problem.« Er kratzte sich im Nacken. Seine Haut war striemig und hatte stellenweise die Farbe von Asche angenommen, was sie im fahlen, flackernden Licht durchlässig und porös wirken ließ. Er war nicht oft am Strand gewesen. Das lange rote Haar und seine schmächtige Statur wirkten weibisch, und in seinem Gesicht spiegelten sich Verkommenheit und alle möglichen Begierden. Aber vielleicht erweckte gerade das meine Sympathie, weil ich daran zurückdenken musste, wie sehr ich in seinem Alter daran gearbeitet hatte, mir mit antrainierter Härte zumindest ein wenig Respekt zu verschaffen und nicht als Feigling dazustehen.

»Der Grund, warum ich fragte, ist«, fuhr er fort, »ich frage mich, ob du vielleicht Arbeit suchst. Dir was verdienen willst. Während du, na ja, im Urlaub bist.«

Ich sah in sein teigiges Gesicht. Er zog eine Augenbraue hoch, und auch diese missglückte Geste verriet einiges. Aber letztlich wollte ich noch ein Bier.

»Spuck's aus, Killer.«

In seinem mit Alufolie verdunkelten Zimmer lagen ein Müllbeutel, aus dem Dreckwäsche quoll, und ein mit einer Kordel zuziehbarer Wäschesack, in dem sich schwere scharfkantige Gegenstände zu befinden schienen. Der Sack war mit einem Bungeeseil umwickelt, mit dem er ihn auf sein Motorrad schnallen konnte. Sonst gab es nicht viel zu sehen. Ein paar Skizzen auf dem Tisch und zwei Bücher. »Moderne elektronische Alarmsysteme« stand auf dem einen. Das andere war weiß und verhieß »777 und andere kabbalistische Schriften«. Gelbe, von einem Schreibblock abgerissene Blätter mit Kritzeleien, Zeichnungen und Diagrammen vervollständigten das Bild.

»Mann, ich wusste doch, dass du gesessen hast. Ich habe einfach ein Auge dafür.«

Ich hatte mir noch eins seiner Biere genommen und eine Zigarette angezündet. Ich sah ihm dabei zu, wie er affektiert und penibel seine Blätter auf die Bücher stapelte und beides akkurat am Winkel der Tischplatte ausrichtete. Er wirkte verschämt, fast als sei ihm bewusst, wie zwanghaft er handelte. Seine runde randlose Brille fügte den vom Drogenmissbrauch entstellten Gesichtszügen eine streberhafte Note hinzu.

»In Ordnung. Da haben wir's, Mann. Mr. Robicheaux. Die Sache ist die. Was glaubst du, was ich mache? Ich meine, wie meinst du, stelle ich es an?«

Ich zog einfach an meiner Zigarette und blies mir den Rauch übers Gesicht. »Ich habe nicht die leiseste Ahnung.«

»Okay, okay, also, es läuft folgendermaßen. Ich bin ein Dieb, und zwar ein verdammt guter.«

Ich gab keine Antwort und sah ihn mit zusammengekniffenen Augen an.

»Okay, okay, du denkst: ›Na und? Schön für dich.‹ Aber mein Ding ist es, keinen einzigen Tag mehr im Knast zu verbringen. Mein Ding ist es, ein Ding nur durchzuziehen, wenn es *bona fide* ist, wenn kein Risiko dabei ist und ordentlich was dabei herausspringt.«

Er zog ein paar der gelben Blätter aus dem Stapel, darauf befanden sich Zeichnungen von Zimmeranordnungen und grob skizzierte Straßenpläne. Eine Menge guter Diebe waren Junkies. Auf dem Zenit ihrer Sucht geben sie erstklassige Profis ab. Nur halten sie es nicht durch. Sie bleiben bewusst eine Weile clean, ziehen ein paar Jobs durch und übertreiben es dann mit den Drogen. Sie werden erwischt und fangen, wenn sie rauskommen, wieder von vorne an. Ich bemerkte, dass die Hautpartien zwischen seinen Fingern Rötungen aufwiesen, die vielleicht von Flohbissen herrührten.

»Ich hatte diesen Partner. Guter Mann. Verlässlich. Er war so eine Art ... also das, was du das Herz der Operation nennen würdest, mehr oder weniger. Er hat's mir beigebracht. Ist gefahren, manchmal hat er was vorfinanziert. Ein echter Arbeiter, ein wirklich guter Mann.«

Unsere Silhouetten spiegelten sich stumpf im matten Glanz der Alufolie. Ich fragte mich, warum er die Fenster zugeklebt hatte.

»Er ist Geschichte, aber wir waren ein klasse Team. Er ist tot. Ein paar Jungs von früher haben ihn in Alabama in einem Sumpf versenkt.«

Ich hatte ihn für einen halbgaren Herumtreiber gehalten, aber bei der Erwähnung seines Kumpels verdüsterte sich sein Blick. Der Junge war einsam, das war offensichtlich, und das erinnerte mich an mein altes Selbst. Er hatte noch nicht gelernt, damit umzugehen. Tat so, als wäre er über die Sache weg, war es aber nicht.

»Mittlerweile habe ich ein paar Sachen am Laufen. Neue Kunden.«

»Was habt ihr geklaut?«

Er verzog das Gesicht, als wäre allein die Frage bescheuert.

»Medikamente natürlich.«

»Ihr habt Ärzte ausgeraubt.«

Er zog die Schultern hoch, um das Offensichtliche zu betonen.

»Hör zu, Mann. Ich kann den Stoff binnen zwei, drei Tagen verticken. Maximal. Ich rede von dreißigtausend Dollar, Mann. Ich meine, ich weiß von diesem Typen, der am Broadway eine Klinik betreibt. Ich kenn da eine der Putzfrauen, Mann.«

Ich sagte nichts, was er als Ermunterung hätte auffassen können.

»Verticken kann ich's in Corpus und Houston. Drei Tage. Dreißig ist die Untergrenze, echt, ey. Dieser Typ, der ist der Arzt von praktisch allen, die hier unten ein Ferienhaus besitzen. Von ihren Weibern, den Hausfrauen. Er besorgt ihnen ihre Pillen. Hat einen richtigen Vorrat angelegt. Ich rede von Benzies, Dexies, Biphetamin. Amphetamin. Sogar Ecstasy. Kennst du das? Ich kenne den Laden aus dem Effeff, Mann. Meine Putzfrau hat mir die Infos über die Alarmanlage besorgt. Ich habe Polaroids. Ein Kinderspiel, Mann. Bewegungsmelder. Scheiße, so was schalte ich im Schlaf aus. Wie nix.«

»Wozu brauchst du mich dann?«

»Okay, in Ordnung.«

Er drückte seine Kippe aus und zündete eine neue an. Fummelte wieder mit den Blättern auf dem Tisch herum und zeigte mir dann eine grobe Skizze der Raumanordnung.

»Ich brauche jemanden, der einen Van besorgt, und ich brauche jemanden, der sonst alles klarmacht. Mir hilft reinzukommen, mir von draußen die Tür öffnet, wenn ich drinnen bin. Mir hilft, die Ware zu transportieren. Ich verstecke mich drinnen, warte, bis sie zumachen und alles abschließen. Dann komm ich raus, lege den Alarm lahm – einfach einen geschlossenen Stromkreis herstellen. Dann holen wir das Zeug raus. Muss aber schnell gehen. Von der Hintertür in den Van. Und was das Wichtigste ist: Ein Typ wie du könnte mir beim Verticken helfen. Ich habe die Abnehmer, aber du weißt ja, wie es ist. Die Typen, die dir den Stoff abkaufen, sind doch alle mehr oder weniger Abschaum. Denen kann man nicht trauen. Verstehst du? Wilson war da eine Bank. Großer, kräftiger Typ, so wie du. Immer ein Eisen dabei. Niemand hätte es gewagt, Wilson abzuziehen. Aber bei mir glauben sie, sie können's probieren. Also. Jetzt weißt du Bescheid. Ich schätze, diese Dinger laufen einfach geschmeidiger, wenn so ein riesenhafter Killermanjaro am Tisch steht, wenn der Deal über die Bühne geht. Einer wie du.«

»Und wieso glaubst du, du kannst mir trauen?«

»Ich weiß, dass du im Knast warst. Aber ich habe dich auch mit deinen Nichten gesehen. Wie du mit den Mädels umgehst. Du bist definitiv ein guter weißer Mann. Der seiner Familie was zukommen lassen will. Hast was Anständiges an dir, bist aber auch ein harter Typ. Kein Junkie. Das seh ich.«

Ich trommelte mit den Fingern auf der Tischplatte. Draußen pfiff ein heißer Wind.

»Und wie bist du in die Sache geraten, Tray?«

Er lachte in sich hinein. Seine winzigen Zähne klapperten.

»War in einem Waisenhaus in Houston. Bin mit fünfzehn abgehauen. Fing an zu klauen. Lief eine Weile ganz gut. Pennte, wo sich ein Platz bot. Ließ ein paar andere Kids für mich arbeiten. Eines Tages begegnete ich Wilson. Mit siebzehn. Da glaubte ich nicht mehr, dass ich die zwanzig schaffen würde. Es war in einer Maison-Blanche-Filiale. Ich wollte gerade ein paar Uhren klauen. Wenn ich heute darauf zurückschaue, war es wohl ziemlich offensichtlich. Aber damals dachte ich, ich wäre cool. Aber egal, ich hab also für ein oder zwei Hunderter Uhren einstecken, da kommt von hinten dieser große Typ an, klopft mir auf die Schulter und sagt: ›Nix, Kid.‹ Und geht weiter. Ich krieg echt Schiss. Also gehe ich zu den Klamotten rüber und seh zu, dass ich das ganze Zeug wieder loswerde. Und tatsächlich, beim Rausgehen halten mich zwei Wachmänner an, durchsuchen mich. Aber ich bin sauber. Draußen vor dem Laden wartet der Typ. Steht neben seinem coolen El Dorado und raucht. Sagt, er habe mich die ganze Zeit beobachtet. Meint, die Typen vom Wachschutz auch. Er wirkt wie ein Profi. Ich dagegen bin der Amateur. Fast acht Jahre bin ich mit ihm rumgezogen. War ne gute Zeit. Hab ne Menge gelernt von ihm.«

Er machte zwei weitere Biere klar.

»Aber wie gesagt. In Alabama haben sie Willie erwischt.«

Er schüttelte den Kopf und setzte die Flasche an den Mund. Der Waise in ihm war nicht zu übersehen. Die Verkommenheit auch nicht.

Ich stellte meine Flasche ab und beugte mich vor.

»Schau, Kid. Du scheinst ein cleveres Bürschchen zu sein. Aber du machst dir falsche Vorstellungen. Das ganze illegale Zeugs habe ich lange hinter mir.«

»Ach komm, Mann. Wer's glaubt ...«

»Ist aber wahr. Ich muss mich jetzt um die beiden Mädels kümmern. Und wir sind nur wegen der Sonne und der Wellen hier. Dann ziehen wir weiter. Mit dem, was du mir erzählst, kann ich nichts anfangen.«

Er starrte mich mit leicht geöffneten Lippen an. Bestürzung flackerte in seinen Augen auf. »Du verarschst mich doch.«

Ich schüttelte den Kopf, stand auf, trank mein Bier aus und stellte die leere Flasche neben die Bücher auf den Tisch.

»Ich wünsch dir Glück mit deiner Nummer. Halt die Ohren steif, Junge.«

Ich wandte mich zur Tür.

»Mit der Kohle könntest du dich um einiges besser um die Mädels kümmern. Willst du auf fünfzehn Riesen verzichten, Mann?«

Ich sah über die Schulter und sagte: »Da, wo ich hingehe, brauche ich die nicht.«

Dann bedankte mich für das Bier und ging hinaus.

Der Wind raschelte in den Bäumen, dahinter herrschte eine gewaltige Stille, die nur von kleinen Geräuschen, die sich wie Flitter über sie legten, durchbrochen wurde. Ich sah die Motelwand entlang, all die roten Metalltüren unter den summenden Lämpchen, das gelbe Flatterband an der Nummer 2, ein paar Autos und das Motorrad des Jungen. Selbst die frische Luft wirkte beklemmend.

Ein paar Tage später überzeugte mich ein Zeitungsartikel endgültig, die Mädchen loszuwerden. Rocky war in die Stadt gefahren, um sich einen Job zu suchen. Den dritten Tag hintereinander. Ich hatte sie zum Bus gebracht, weil ich wollte, dass sie lernt, sich allein in der Stadt zu bewegen. Nancy war zum Supermarkt gegangen und hatte für Tiffany ein paar Zeichentrickvideos ausgeliehen. Sie kam damit ins Zimmer der Mädchen und fragte, ob Tiffany auf dem Videorekorder bei ihr im Büro »Cinderella« sehen wolle. Die beiden alten Schwestern warteten draußen, und ich sah, wie Tiffany sich an ihre Rockschöße heftete, als sie den Parkplatz überquerten. Die beiden verbrachten eine Menge Zeit mit ihr. In Gegenwart der älteren Frauen schien die Kleine förmlich aufzublühen, und die beiden genossen jede Minute mit ihr.

Ich saß auf dem Parkplatz in der Sonne – ich hatte mir angewöhnt, meinen Oberkörper mit Sonnenlicht zu tränken, als ob ich damit mein Inneres hätte reinigen können. Ich schlürfte JW aus einem Pappbecher und durchforstete den *Houston Chronicle* und die *Times-Picayune*. Keine Nachricht darüber, dass die Feds im Hafen Ermittlungen eingeleitet hatten. Auch nichts über Stan Ptitko und das Haus in Jefferson Heights.

Ich trank mittlerweile mehr JW als gewöhnlich. Wartete nicht einmal mehr bis Mittag. Ein Schluck aus der Pulle brachte mich gleich morgens auf Trab. Ich dachte, so würde ich mich am besten bei Laune halten. Außerdem half es mir, beim Sonnenbaden still zu sitzen.

Am Ende der Polizeinachrichten des *Chronicle* fand sich folgende Notiz:

»Einsiedler erschossen aufgefunden – Frau und Töchter vermisst.

Die Leiche von Gary Benoit aus Orange, Texas, wurde am Donnerstag von zwei in der Nähe wohnenden Jungen in seinem Haus an der Big Lake Road aufgefunden. Der Gerichtsmediziner teilte mit, dass Mr. Benoit einen Bauchschuss erhalten habe und er wohl zunächst von einem Tier aufgestöbert worden sei. Deputys bestätigten, dass es mehrere Tage gedauert habe, bis die Leiche entdeckt worden sei, da der Verstorbene weder Nachbarn hatte, noch einer Beschäftigung nachging. Das Büro des Sheriffs hat keine weiteren Mitteilungen gemacht, aber Mr. Benoits Frau Charmane wird dringend als Zeugin gesucht. Außerdem wird um Hinweise über den Verbleib seiner kleinen Tochter Tiffany sowie seiner Stieftochter Raquel gebeten.«

Das Herz sackte mir in die Hose wie ein Stein. Rockys Tränen bekamen plötzlich eine völlig neue Bedeutung. Ich erinnerte mich an ihre abwesende Miene, als sie bei mir im Zimmer gesessen und von sich erzählt hatte.

Die flackernden Augen, das Stottern, der Schock. Mancher Leute Irrsinn ist schlimmer als der der anderen.

Deshalb stellt man Regeln auf, bleibt in Bewegung, immer bereit weiterzuziehen. Ich knüllte die Zeitungen zusammen und warf sie in das Ölfass, das als Mülltonne in einem Alkoven zwischen zwei Zimmern stand. Das bisschen, das noch von meinem zerschredderten Verstand übrig war, schrie mich an, abzuhauen, die ganze Geschichte hinter mir zu lassen.

Und genau das tat ich.

Ich stopfte meine Sachen in den Matchsack, schnappte die Kassette und den JW und sah durchs Fenster. Als die Luft rein war, warf ich meinen Krempel in den Truck und fuhr vom Parkplatz. Ich sah erst in den Rückspiegel, als das Emerald Shores außer Sicht war.

Mein Herz schlug, als würde ich einen Gefängnisausbruch wagen. Und mir krampfte eine schwer zu fassende Enttäuschung die Eingeweide zusammen. Ich musste mir eingestehen, dass sie etwas an sich hatte, das meine Fantasie beflügelte. Irgendwelche dummen Hoffnungen, die fehl am Platz waren. Dass alles gut würde. Damit war nun Schluss.

Ich redete mir ein, es spiele keine Rolle. Jetzt gab es nur noch mich und Texas. Mich und den Krebs.

Ein paar Blocks weiter bog ich in eine Sackgasse ein, wischte den Schalldämpfer ab und die Pistole, die sie benutzt hatte, schlug sie kaputt und warf die Einzelteile in verschiedene Müllcontainer.

Als ich den Highway erreichte, fuhr ich auf der I-45 nach Norden und tat so, als wüsste ich nicht warum.

Als ich die Stadt Teague erreichte, war ich ziemlich bedröhnt, und meine Gedanken überschlugen sich. Deshalb machte ich den Anruf, ohne richtig zu überlegen. Ich war seit Jahren nicht in Dallas gewesen, aber vor einiger Zeit hatte ich einen Ermittler beauftragt herauszufinden, wo sie wohnte. Die Info bewahrte ich in der Kassette auf. Ich weiß nicht, warum ich das tat, wirklich nicht. Als ich in Dallas ankam, sah ich im Telefonbuch nach und fand ihre Adresse bestätigt. Ihr Mann war gelistet. Damals hatte noch jeder so einen Eintrag.

»Ich bin gerade auf der Durchreise … Dachte, ich rufe mal an … Hab jemanden getroffen. Clyde. In Beaumont. Er sagte, du würdest hier wohnen. Hättest geheiratet – großartig. Wie gesagt, nur auf der Durchreise. Du stehst im Telefonbuch … Ja. *Überraschung* … Nein, das mache ich schon lange nicht mehr … Schweißarbeiten überwiegend. Bin bei ein paar Gewerkschaften eingetragen. Unten in Galveston, auf einer Plattform. Musste mal hochfahren. Da fiel mir ein, dass du hier wohnst. Hab ein bisschen Zeit totzuschlagen. Hör mal, was hältst du von einem Mittagessen? Nein, nein – nur so, um mal wieder hallo zu sagen … Nein, nein, damit ist Schluss.«

Ihre Nachbarschaft in Brentwood, Ölbranche und B-Promis, ein paar Vorstände, Politiker im Vorruhestand, Tennis spielende Ehefrauen. Ein ehemaliger Schwergewichtsweltmeister wohnte irgendwo in der Nähe.

Villen mit dekorativen Schießscharten und Zinnen thronten weitab der Straßen über akkurat modellierten Hecken und schmiedeeisernen Zäunen, gepflasterte Auffahrten mit eigenen Straßennamen wanden sich zwischen sanft ansteigenden, kurzgeschorenen Rasenflächen und granitenen Springbrunnen. Private Wachdienste patrouillierten durch die eichenbestandenen Straßen, auf denen sich das Sonnenlicht fing, das durch die belaubten Äste drang.

Die Autos der Sicherheitsfirma waren schwarz. Sie waren mit Blaulichtern ausgestattet. Als sie meinen Wagen passierten, verringerten sie das Tempo.

Ich fand die Adresse und parkte unter den tiefhängenden Ästen einer Eiche. Ein paar Kinder tollten zwischen den Sprinklern auf dem Rasen umher. Eigentlich sollten sie um diese Uhrzeit in der Schule sein. Ich trug meinen Cowboyhut aus Stroh und eine Sonnenbrille, aber das Licht blendete so heftig, dass ich die Augen zusammenkneifen musste.

Ihr Haus war eine Kaskade von roten Ziegeln und weißen Schindeln. Voluminöse Säulen flankierten die Eingangstür. Die Garage auf der rechten Seite war größer als das Haus, in dem ich in Metairie gewohnt hatte. Mein JW war alle, und ich bekam mich kaum mehr ein.

Könntest du hier wohnen?, dachte ich. Würdest du dann wissen, was du mit dir anfangen sollst?

Ich sah sie am Küchenfenster vorbeigehen, und es schnürte mir die Kehle zu.

Aus der Nähe betrachtet, hatten die Ziegel einen rosigen, fast rosafarbenen Schimmer, und die Fensterläden waren sorgfältig geschmirgelt, um ihnen Patina zu verleihen. Das Efeu, das die Wände hochrankte, war so akkurat geschnitten wie der Bart eines Professors. Meine Stiefel knirschten und scharrten über die Kiesauffahrt, die sich um ein steinernes Vogelbecken schmiegte, das groß genug für zwei Personen war.

Eine schwere, dunkelgebeizte Tür mit einem Messingklopfer in Form eines Adlerkopfes. Ich schlug die Faust gegen die Tür. Ich habe im Leben noch keinen Klopfer benutzt.

Flüssiger Mut, Schnapslogik. Irgendwo habe ich einmal gehört, Schweinswale würden mitunter Selbstmord begehen, aber ich weiß nicht, warum mir das durch den Kopf schoss.

Das Klackern von Absätzen auf Fliesen. Das gleitende Öffnen schwerer Schlösser. Ein Knarren. Loraine lächelte mich unverbindlich an, ihr Gesicht eine Maske, deren Kultiviertheit mir fast das Gefühl gab, ein Untermensch zu sein, ein Rohling.

Ich nahm meine Sonnenbrille ab. Als ich sah, wie ihr Lächeln gefror und verschwand, zuckte es unter meinem Lid.

»Holla«, sagte sie. »Ich habe mich schon gefragt …«

Sie hatte nicht zugenommen, nur am Hals war die Haut von kleinen Sonnenfalten durchzogen. Sie hatte Strähnen im Haar, in der Farbe herbstlicher Ahornblätter. Die dunkle Hose saß perfekt auf ihrer Hüfte, darüber ergoss sich sahnig eine weiße Bluse. Dazu eine Perlenkette und ein großer Ring über dem diamantenbesetzten Ehering. Während sie mein Gesicht musterte, ließ sie die Perlen durch ihre Finger gleiten.

»Du siehst völlig anders aus«, sagte sie.

»Hey, Loraine. Loraine, hey.«

Ihr Blick fiel auf meine Lippen, dann hinunter auf meinen Bauch und wieder nach oben. Ihre Wangen waren ein bisschen eingefallen, um ihre Lippen hatten sich kleine Fältchen gebildet, und ich wünschte mir, Frauen würden dem Drang widerstehen, sich die Haare kurz zu schneiden, sobald sie die dreißig überschritten haben.

»Roy. Na, so was. Guter Gott.« Sie sah unmerklich über die Schulter, als ob im Haus noch jemand wäre. »Ich habe dir doch gesagt, dass ich beschäftigt bin.«

»Ich will ja auch nur einen Moment mit dir reden. Wenn du willst, gehe ich wieder.«

»Ich sagte doch, ich bin beschäftigt.«

»Ich kann hier draußen stehen bleiben.«

»Also, was führt dich hierher?«

»Wollte mal mit dir reden«, stammelte ich. »Hören, wie's dir so geht.« Ich hob die Schultern, als wäre es eine Frage.

Sie musterte mich erneut und verzog halb genervt, halb amüsiert den Mund. Plötzlich spürte ich ihren Körper so heftig, als wäre die Berührung real, seine Wärme unter meinen Fingerspitzen, den Geschmack ihrer feuchten Zonen, die schlanke Einbuchtung ihrer Taille und wie sie sich zum Arsch hin verbreiterte, das Erröten ihrer Haut, wie verzweigte Flüsse und Seen auf einer Landkarte, nachdem sie gekommen war. Ihre Zehennägel in der Badewanne. Sie hatte ein breites Gesicht, das konisch auf ihr Kinn zulief, und ich erinnerte mich daran, wie es aussah, wenn sie die Augen zur Decke gerichtet hatte und erschöpft lächelnd keuchte. Die Erinnerungen zerrten an meinen Nerven wie das Jucken einer alten Verletzung oder eine Krankheit, die dich mit Schüttelfrost heimsucht.

Sie kontrollierte den Garten, checkte die Fenster der Nachbarn, und ich glaubte fast, die Ausbuchtung ihres Nackens zu riechen, ein frischer, sauberer Zitrusduft.

Man sah ihr förmlich an, wie sie nach dem einfachsten Weg suchte, mich loszuwerden. Aber ich hatte ihr etwas zu sagen. Ich war einigermaßen betrunken und musste ihr etwas mitteilen.

Sie lachte düster. »Großer Gott. Dann komm eben rein. Ich will nicht, dass du auf meiner Veranda herumstehst, du Gorilla.«

Sie öffnete die Tür und seufzte. »Aber nur für ein paar Minuten.«

Drinnen erstreckte sich unter hohen Decken eine langgezogene Diele, deren Parkett so poliert war, dass ich mich wie in einem klaren See von Kopf bis Fuß darin spiegelte. Ansonsten dominierten rote und goldene Akzente. Als ich hinter ihr herging, löste sich meine innere Anspannung, und während meine Augen die Form ihres Arsches aufsogen, entkrampfte sich mein Magen bei der Erinnerung daran, wie es war, sie von hinten zu nehmen und dabei den Daumen in ihrem engen Loch zu vergraben, genau so, wie sie es mochte. Es war mehr als eine Erinnerung, die sich im Kopf abspielte. Es war, als würde sich mein ganzer Körper erinnern, so heftig, dass ich es fast wieder spürte, ihren schlüpfrigen Griff und ihren Geschmack in meinem Mund. Ich hielt mir den Daumen unter die Nase, als erwartete ich, ihren Duft einzuatmen.

Über einer erlesenen Holzkonsole hing ein goldgerahmter Spiegel, und hier und da standen kleine Tischchen, auf denen sich Gefäße und mit scharlachroten Blumen bestückte Vasen befanden. Die Diele ging in ein riesiges Wohnzimmer mit gewölbter Decke über, von der ein Kronleuchter hing. Links führte eine Treppe nach oben. Schwere sand- und schlammfarbene Sofas waren mit zwei schokoladenbraunen Ledersesseln zu einer Sitzgruppe arrangiert. All diese Dinge beschämten mich, und als sie sich umsah, beschämte mich der Ausdruck auf ihrem Gesicht noch mehr.

Ich kam mir wie ein Idiot vor, weil ich die sanften weißen Lichtkegel störte, die durch die hohen Fenster einfielen, die sich zu einer eleganten Terrasse mit Pool und schmiedeeisernen Gartenmöbeln hin öffneten. Plötzlich begriff ich, was sie immer verkörpert und angestrebt hatte. Und wie wenig ich je Teil davon gewesen war.

»Ich schätze, du hast deine Ansichten über die Ehe geändert.«

»Tja, wenn man dem richtigen Mann begegnet.«

Ihr Lächeln blitzte leicht sarkastisch, und auf der Schwelle zum Wohnzimmer blieb sie stehen und verschränkte die Arme vor der Brust.

Ich starrte auf ihre Schuhe. »Ich bin auf der Durchreise. Ich war ... ich meine, ich wollte einfach wissen, wie es dir ergangen ist.«

»Ergangen ist? Wann? In den letzten elf Jahren?«

Sie setzte sich in einen der Ledersessel und spielte wieder mit den Perlen an ihrem Hals. Legte den Kopf schräg, als erwartete sie, amüsiert zu werden.

»Ja, sicher. Wie sind die letzten elf Jahre gewesen?«

»Mal sehen. Also ich würde sagen, wunderbar.«

»Gut siehst du aus.«

»Wann hast du dir die Haare abgeschnitten?«

»Erst vor kurzem.«

»Du weißt, dass du nicht so gut aussiehst, wie ich damals dachte.«

»Offen gestanden höre ich das öfter.«

»Das Alter ist dir nicht gut bekommen.«

»Warte, bis es dich einholt.«

»Bist du betrunken?«

»Äh. Nein.« Ich wurde rot. Sie glaubte mir nicht. Ich überlegte, ob ich, um mir ein paar Sympathien einzuhandeln, ihr von meiner Lunge erzählen sollte. Anschließend könnte ich das loswerden, wofür ich hergekommen war.

»Roy, du kannst nicht bleiben, ich habe zu tun.«

Meine Finger krallten sich in den Marmor einer Tischkante. Der wilde Teil von mir stellte sich vor, sie zu nehmen, direkt hier auf der Couch. Natürlich nicht, ohne vorher zu fragen. Aber so oder so.

»Ich bleibe auch nicht«, sagte ich. »Ich gehe weg.«

»Nun denn ...«

»Erinnerst du dich …« Ich erstarrte und hielt mich an einem Porzellanclown fest. Rückte ihn wieder zurecht. »Erinnerst du dich, als wir die eine Woche nach Galveston gefahren sind? Sechsundsiebzig, glaube ich.«

Sie verdrehte gelangweilt die Augen, schien meiner müde zu werden. Das erinnerte mich an Nancys Gesicht, wenn Lance alte Erinnerungen wachrufen wollte.

»Ich habe neulich daran gedacht. Es war eine schöne Woche. Du hast mir von deiner Schwester erzählt und von deinem Dad.«

»Ach Gott, Roy, wirst du jetzt sentimental? Bist du jetzt einer dieser rührseligen alternden Männer?« Sie schüttelte mitleidig den Kopf. »Es wäre mir lieber, wenn du noch der alte starke Kerl wärst. So hätte ich dich lieber in Erinnerung behalten.«

»Ich musste eben daran denken.«

»Und? Was hast du dir gedacht, dass ich sagen würde?«

Ich zuckte mit den Schultern. Hörte das Ticken der großväterlichen Standuhr in der Ecke, dessen Echo leise in dem hohen Zimmer widerhallte. Auf einer Entertainment-Konsole standen ein paar Bilder. Ihr Mann hatte ein dickliches Gesicht und dünner werdendes Haar, er wirkte freundlich, gutgenährt und verwöhnt wie ein Terrier.

»Hast du Kinder?«

Sie fing wieder an, an ihrer Perlenkette herumzunesteln.

»Wie kommt's, dass du so erinnerungsselig bist? Es ist doch nicht gut ausgegangen, Roy.«

»Nichts geht gut aus.«

Aber eigentlich wollte ich ihre Frage beantworten, indem ich ihr erzählte, wie die Dämmerung durchs Fenster gedrungen war, damals in unserem Zimmer in Galveston, und wie das blauweiße Licht auf sie gefallen war, als sie dort im Bett gelegen und ohne Leibchen auf dem Bauch liegend geschlafen hatte. Die Laken waren zu Boden gerutscht, und durchs Fenster wehte der Geruch nach Shrimps, Salz und der kühlen Luft des Golfes herein, verband sich mit dem scharfen, süßlichen Geschmack der Mojitos, von denen wir uns die ganze Woche über ernährt hatten, und wie *bedeutend* mir das damals erschienen war. Und dass es jetzt wieder unglaublich real für mich war, dass ich es fast riechen und schmecken und die Firne ihrer Wirbelsäule unter meinen Fingern spüren konnte.

Ich tat es aber nicht. Wusste, dass es dumm war und erbärmlich, dass ich keine besseren Erinnerungen hervorzaubern konnte.

Ich ging zu dem überdimensionalen Fernseher, um die Fotos zu studieren. Sie posierte mit ihrem Mann auf einem schneebedeckten Berg, lachend in ihrer Skiausrüstung. Die beiden, die Gläser zum Toast erhoben, an irgendeinem Strand, wo das Meer blauer und lebendiger wirkte als am Golf.

»Hast du ihm je von mir erzählt?«

»Nicht viel. Aber ja, er weiß alles über mich, Roy.«

»Ich muss an einen ganz besonderen Tag denken. Wir waren schon vor Mittag steif von den vielen Mojitos. Schlangen Krebsfleisch in uns hinein. Wurden den Geruch nicht mehr los. Fielen vor Lachen aufs Bett. Wälzten uns im Krebsfleischsaft. Duschten es ab.«

»Okay, Tex. Nun komm mal wieder runter.«

»Und später hat es geregnet, und wir sind die nächsten beiden Tage im Bett geblieben. Haben Kabelfernsehen gekuckt. Und all diese unauslöschlichen Ficks.«

»Ja, ja. Ich bin eine echte Sexbombe. Danke, Roy.«

Ich setzte mich in den anderen Sessel ihr gegenüber. Wenn ich mich auch nur einen Zentimeter bewegte, quietschte das Leder.

»Ich habe nicht den ganzen Tag Zeit«, sagte sie.

Ich verhaspelte mich, vergaß, was ich eigentlich sagen wollte.

»Es ist nur, dass … Ich gehe weg. Verlasse das Land. Und da bin ich ins Grübeln gekommen. Es gab mal eine Zeit … oder dass ich auf einmal etwas vermisst habe. Ich weiß nicht.«

Mir wurde schmerzhaft klar, wie betrunken ich war. Ihr Gesicht war zu einem Ausdruck bekümmerten Beileids zusammengefallen, bei dem ich mich klein und nutzlos fühlte. »Ich wollte nur noch einmal ein paar Erinnerungen wecken.«

»Was für Erinnerungen? Daran, wie weggetreten ich war? Dass ich zusehen musste, wie du einem armen Cowboy die Scheiße aus dem Leib geprügelt hast, nur weil er Hi zu mir gesagt hat? Dass ich in der Zeit mit dir so viel gesoffen habe, dass ich Blut gekotzt habe? Darüber willst du mit mir reden? Denn das ist es, woran ich mich erinnere.«

»Wir hatten auch gute ... ich glaube, wir hatten auch gute Zeiten.«

»Ja, ja, Roy ...« Sie schlug sich mit der Hand vor den Mund und schüttelte entschieden den Kopf. »Ich war froh, als du ins Gefängnis musstest, Roy.«

Ich sagte: »Mein Leben ist vorbei.«

Sie sah sich im Zimmer um, als wäre sie durch mich gedemütigt worden.

»Ich habe dir von Port Arthur erzählt. Die Schwatten in der Highschool. Ich habe dir alles von mir erzählt.«

Sie seufzte entnervt.

»Was hast du noch mal gesagt, wie du mich gefunden hast?«

»Clyde. In Beaumont. Er meinte, du würdest hier wohnen.«

»Und woher wusste er das?«

Ich zuckte mit den Schultern.

»Himmel. Meine Sünden holen mich ein.«

Das Ticken der Uhr klang wie eine Frau in Highheels, die langsam, aber stetig über einen Marmorfußboden geht.

»Ich habe eine Verabredung. Pflichten. Junior League, Roy.«

»Als wir die ganze Nacht in den Dünen durchgemacht haben.«

»Ach komm schon. Hör endlich auf.«

»Wie wir gelacht haben ... ich weiß nicht mehr, warum. Weißt du noch, was so lustig war?«

»Reiß dich am Riemen, Cowboy. Echt. Bewahr wenigstens ein bisschen Würde.«

»Eine Weile wollte ich die Schweißerei ernst nehmen. Du erinnerst dich. Ich wollte mit dem Club Schluss machen. Mit den Typen dort. Ich weiß, dass ich das wollte. Aber du wolltest nicht. Dir hat gefallen, was ich gemacht habe.«

»Na und? Ich war ein Teenie.«

»Die ganzen Ficks.«

»Erspar's mir.«

»Hey. Du warst doch diejenige …«

»Die Vergangenheit ist nicht real, Roy.«

Ich schwieg. Was sie gesagt hatte, irritierte mich.

»Hör zu, Roy. Die Vergangenheit existiert nicht.«

Das traf mich wie eine Axt in die Stirn.

Sie sagte: »Du erinnerst dich bloß an das, was du willst. Ich erinnere mich, wie du mit blutigen Klamotten nach Hause gekommen bist. Mich gebeten hast, eine Pistole zu verstecken. Du hast dich eine Woche lang ausgenüchtert und davon geredet, dass du dich ändern wirst. Dann warst du wieder drei Wochen lang besoffen. Am Stück. Du hast dich so aufgeführt, dass ich nicht in deiner Nähe sein konnte, ohne beschimpft zu werden. Was du alles zu mir gesagt hast. Du hast mich auch herumgeschubst. Erinnerst du dich? Erinnerst du dich, wie wir gestritten haben? Du warst auf alles und jeden eifersüchtig, Roy. Nachtragend. Du hast anderen Leuten sogar ihr Glück geneidet. Ich weiß noch, wie ich gedacht habe: *Das ist der furchteinflößendste Typ, den ich je getroffen habe*. Aber was soll's. Ich hab Schlimmere getroffen. Trotzdem war ich ein bisschen erleichtert, als du ins Gefängnis kamst.«

»Was hast du dann überhaupt an mir gemocht?«

Sie klopfte mit dem Fingernagel an ihr Kinn. »Ich weiß nicht mehr. Ein Gefühl der Macht, wahrscheinlich. Aber …« Sie seufzte. »Die Art Macht, mit der du nur so und so weit kommst.«

»Es hat nicht viele gegeben. Für mich.«

Sie stützte den Kopf in die Hand und bedeckte einen Teil ihres Gesichts.

»Ich weiß nicht, was du mit deinem verdrehten Hirn alles daraus gemacht hast. Ich war ein dummes Mädchen. Mehr nicht. Habe

Fehler gemacht. Der harte Bursche. Oh, war das cool. Ich war bescheuert. Ein Teenie. Ich liebe meinen Mann. Mein Mann ist ein guter Mensch. Ich liebe mein Leben an seiner Seite.«

Die finstere Miene, die sie dabei zog, wirkte genervt, nicht länger amüsiert, und sie vertrieb die Schönheit aus ihrem Gesicht. Dann schaute sie zum Fenster, und das hereinfallende Tageslicht verlieh ihrem Gesicht wieder sanftere Züge. Ich spürte wieder, was mich davon abhielt, mich davonzumachen. Versuchte, die Gefühle zu konservieren, indem ich daran zurückdachte, wie wir mit untergeschlagenen Beinen auf dem Bett gesessen und nackt Karten gespielt hatten, aber es funktionierte nicht. Ich wollte einen Weg finden, mit ihr über die Zeit zu reden, wie ihr Vergehen einen verwirrt und auslaugt und einen daran hindert zu bleiben.

»Was macht er eigentlich? Dein Mann?«

»Das reicht jetzt. Ich will, dass du jetzt gehst.«

Ich stand auf und ging zu ihr.

Sie sah mit einer müden, furchtbar gelangweilten Miene zu mir auf und zeigte mir eine Art Garagenöffner.

»Siehst du das, Roy? Das alarmiert die Halliburton-Jungs, die draußen herumfahren.«

Ich knickte ein. »Himmel, ich wollte doch nur tschüss sagen.«

»Aber klar doch.«

Sie folgte mir zur Tür, hielt aber ein paar Schritte Abstand. Ich machte sie auf und trat hinaus, wo mich das Licht wie ein Hammer traf. Auf der Veranda drehte ich mich noch einmal um.

»Ich sterbe«, sagte ich.

»Tun wir das nicht alle?«

Die Tür fiel ins Schloss.

Im Truck überfiel mich ein abgehackter Husten, der kein Ende nehmen wollte. Würgend ließ ich den Motor an und sabberte einen dünnen Rotzfaden auf den Sitz. Auf dem Weg zur Interstate begegnete ich zwei Autos der Wachfirma. Jetzt wusste ich, dass die

Vergangenheit nicht existierte. Sie war bloß eine Einbildung, und das, was ich berühren, spüren, woran ich mich anlehnen wollte, existierte ebenso wenig. Auch das war nur eine Einbildung.

Ich glaube, man muss ziemlich vorsichtig sein, wie man mit seinen Erinnerungen umgeht.

Das Problem war nur, nachdem ich mir das einmal eingestanden hatte, schien mir alles, was mir je widerfahren war, immer noch bedeutsam, ja sogar noch bedeutsamer als vorher. Immerhin war es das, was man sich mit seinem Leben kauft.

An der Kleeblatt-Auffahrt zur Interstate fuhr ich auf den Seitenstreifen, über mir schlang sich der Beton zu Knoten, der Lärm der Autos war laut, der Wind peitschte, und das weiße Rauschen verband sich mit öligen Abgasen und Benzindämpfen.

Ich überlegte, mir ein Zimmer zu nehmen und mich mit Whiskey zuzuschütten. Ich hätte mich in ein Motelzimmer legen und auf ewig rauchen und trinken können.

Der Wind trieb mir den Geschmack von Eisen in den Rachen, das erinnerte mich an Matilda, die alte schwarze Frau, die im Waisenhaus gekocht hatte. Matilda hatte ein Gesicht wie eine Walnuss gehabt, sie war wie eine dunkelbraune Spinne gewesen, die Bewegungen abgehackt, vom Leben gebeugt. Sie kaute Tabak, den sie selbst mit Schnaps versetzte und reifen ließ, machte riesige Blutwürste aus eimerweise schwarzem Blut, das die Jäger ihr großzügig vorbeibrachten. Ständig tauchten Männer und ihre Söhne mit Eimern voller Blut auf, das sie aus den erlegten Tieren abgelassen hatten. Ich sah diese Männer und dachte an die Jungen, die im dunklen Morgengrauen mit ihren Vätern loszogen, an die Tautropfen im Gras, und dass sie lautlos hinter ihren Vätern herschlichen.

Wir aßen eine Menge Blutwurst damals, und der Geschmack nach mit Sägemehl vermischten Eisenspänen haftete mir immer schwer am Gaumen, und später schmeckte ich den gleichen Geschmack, als ich das Rekrutierungsbüro verließ und in den Bus nach Beaumont stieg, und ich erinnerte mich, dass ich den

Geschmack noch immer im Mund gehabt hatte, als ich schließlich Robicheaux's-on-the-Bayou gefunden und nach Harper Robicheaux gefragt hatte.

Ich tastete mit der Zunge den Gaumen ab und beobachtete, wie vorbeifahrende Autos sich auf die Interstate einfädelten. Der Geschmack nach Wild brachte die Erinnerungen an das Sonnenlicht auf meiner Haut zurück, an die Schichten und Schichten üppigen Grüns, an das sanfte Zirpen, das Teil der Stille gewesen war, der Stille der Baumwollfelder. Ich musste an die Dornen denken, die einem die Hände aufrissen, und an die langen Tage, die wir gebeugt mit Pflücken verbracht hatten, blind vom staubigen Schweiß.

Tiffanys Lachen perlte durch meinen Schädel, ihr Glucksen, als ich sie in die Wellen warf. Rockys verängstigtes Gesicht, das an ein nachlässig aufgeschlagenes Zelt in einem peitschenden Hagelsturm erinnerte.

Eine Libelle umschwirrte meinen Kopf, als wollte sie mir etwas mitteilen, und die Luft der heißen Nacht war, als würde man Asche einatmen. In der Ferne konnte man die Autos vorbeirauschen hören, *wusch-wusch-wusch,* wie der Herzschlag eines gewaltigen Tieres, das mich verschlungen hatte.

Amarillo bestand aus Tankstellen und Einlagerhallen, billigen Stripschuppen zwischen Motels und pfeifenden Winden. Man konnte fahren und fahren und doch nichts anderes sehen als die Plains und die Wassertürme und die kleinen Öltürme, deren Pumpen wie Wippen auf und nieder schwangen.

Ich beobachtete, wie Trucker und Rastplatzhuren sich ihren Weg durch den Niesel bahnten, zwischen Waschsalon und Zapfsäulen hin und her wuselten, hinter denen die fetten Sattelschlepper aufgereiht unter den Halogenleuchten parkten. Eine Frau mit extrem aufgetürmten Haaren kletterte aus einem Truck und stieg direkt in den nächsten. Während ich am Fenster stand, machte das Mädchen bei mir im Zimmer ein zerknirschtes, um Entschuldigung flehendes

Gesicht. Sie hockte auf dem Bett, und ich konnte ihr Spiegelbild im Fenster sehen.

»Was ist denn, Mister? Sagen Sie mir doch, was ich tun soll. Sagen Sie mir, was Sie wollen.«

Ihr blasses Gesicht und ihr tintenschwarzes Haar waberten in der Scheibe. Ich stand nackt neben dem Vorhang und beobachtete den Parkplatz. Nippte meinen JW.

Als ich nicht antwortete, sagte sie: »Du bist einfach nur breit, Baby.«

Ich hatte nicht vorgehabt, mich mit ihr einzulassen, am Abend hatte ich mich in Amarillo wiedergefunden, nachdem ich einen Tag lang in die falsche Richtung gefahren war. Ein hell erleuchteter Außenposten, ein Lkw-Rastplatz, der eher an ein Dorf erinnerte, Waschsalon und Bar inklusive, dazu am Rande des gigantischen Parkplatzes ein flaches, langgezogenes Motel mit einfachen Zimmern.

Erst landete ich in der Bar, aber die Deko rings um Flaschenregal und Tresen war mir zu grell, und die schlitzäugige Kellnerin tauchte aus den Schatten aus wie ein Anglerfisch aus den schwärzesten Tiefen des Ozeans. Das Plärren des Fernsehers war von weißem Rauschen verzerrt, so dass die Stimmen klangen wie das endlose Rascheln zusammengeknüllter Zeitungen. Das Kinn des Barkeepers hing auf halb acht, und als er sich zu mir umdrehte, flackerte ein fieses blaues Licht über sein Gesicht, das offenbar noch nie von einem Gedanken angekränkelt worden war.

Ich ging wieder hinaus in den zunehmenden Niesel. Männer mit Nylon-Basecaps wurden von ihren aufgedunsenen Bäuchen hin- und hergezogen. Als ich am Waschsalon vorbeiging, bemerkte ich das Mädchen. Es war jung, wie alt genau, war schwer zu sagen, und es sah mir hinterher. Es stand mit verschränkten Armen neben einer Maschine und reckte den Hals vor. In dieser Haltung beobachtete mich das Mädchen wie eine Gottesanbeterin, während der leichte Regen am Fenster aufschlug und hinunterrann. Ich bekam das Gefühl, als würde etwas Gewaltiges über mich zu Gericht sitzen.

Der hintere Teil der Tankstelle beherbergte einen Donut-Laden mit ein paar Tischen und Nischen, wo sich ein paar Typen herumdrückten. Hochgewachsene, übergewichtige Männer, deren Körper die Form von Pinienzapfen angenommen hatten, gekleidet in Hosen, die tief auf arschlosen Hüften saßen, oder mit Overalls aus Jeansstoff. Trotz der Dunkelheit trugen sie Pilotenbrillen, und als ich hereinkam, sahen sie zu mir herüber. Niemand lachte, aber sie unterhielten sich leise und ernsthaft und unterstrichen mit ihren Zigaretten, was sie meinten. Einige begnügten sich mit Kaffee und Tabak, ein paar andere ließen eine Flasche Bourbon kreisen. Die, die den Bourbon ignorierten, konnten ihre Pfoten kaum von der Schachtel mit den Schmalzkringeln lassen.

Eine Zeitlang blieb ich einfach im Gang zwischen Kartoffelchips und Dörrfleisch zur Linken und rezeptfreien Medikamenten zur Rechten stehen. Das grelle Licht war gelb wie das Mondlicht, nur heller. Die Frau hinterm Tresen schien mir den Teufel an den Hals wünschen zu wollen. Da tauchte draußen vor der Scheibe das Mädchen auf, und seine Augen brannten sich durch das hinunterrinnende Wasser in meine. Es würde mich nicht davonkommen lassen. Würde mich um Kohle anhauen. So wie's eben läuft. Sie brauchen nur Blickkontakt herzustellen.

Aber ich sah zu den Männern am Stehtisch und der fetten Alten hinter dem Tresen und spürte, wie die schwüle, schwere Luft über mich hinwegblies. Als ich hinausging, wartete sie auf mich. Ich stand eine Weile vor ihr, und wir starrten uns an.

»Pussy kaufen?«, fragte sie.

Ich fragte sie, ob sie ein Zimmer hätte, und sie verneinte.

»Und einen Aufpasser?«

Sie schüttelte den Kopf und presste die verschränkten Arme vor die Brust. Der Regen ließ nach, und sie reckte den Hals in die letzten Tropfen.

»Nur ich«, sagte sie. »Also, was hältste davon?«

Ein Ausreißer. Sie würde das hier nicht lange machen, nicht bei all den Zuhältern, Psychos und Cops. Ich zog meinen Flachmann heraus, nahm einen Schluck und bot ihn ihr an. Wir sahen zu, wie die Männer zwischen den Zapfsäulen herumliefen und wie ab und an eine Frau aus einem der Lastzüge stieg. Oft reißen sie einfach aus und kapieren nicht, wo sie landen. Wenn sie können, laufen sie dann wieder nach Hause zurück. Aber dann ist es zu spät.

Ich ließ meinen Blick über sie schweifen und fragte mich, warum sie den Hals so gebeugt hielt. Sie hatte ein knochiges Gesicht, ihre Augen waren zu groß und lagen einen Tick zu eng beieinander, was ihr ein insektenhaftes Aussehen verlieh. Der Zustand ihrer Haut ließ auf mangelnde Ernährung schließen. Aber sie hatte kräftige Schultern und einen wohlgeformten Körper, der in einem schwarzen Top und einem Jeansrock steckte, unter dem eine rote Strumpfhose herausragte. Ihre große, knautschige Tasche baumelte wie bei einem Kind an der Hüfte.

»Na, komm schon.«

»Okay«, sagte ich. »Komm mit.«

Wie sich herausstellte, hatte ich absolut kein Verlangen nach ihr. Ich hatte nur nicht allein sein wollen. Ich versuchte mich mit ihr zu unterhalten, sprach diverse Dinge an. Aber sie war zu sehr Nutte, schwieg und ging mir gleich an die Hose. Sie war noch jünger, als ich gedacht hatte. Nach einer Weile, als ich angeödet war und ihr es peinlich wurde, stand ich auf, griff mir meinen Drink und stellte mich nackt ans Fenster. Es hatte wieder zu regnen begonnen.

»Sag mir einfach, was du willst.«

»Wie lange arbeitest du schon hier?«

Mir war nicht ganz klar, wo die Frage herkam. Vor einer Woche hätte ich sie noch nicht gestellt.

Ich sah, wie sie sich auf dem Bett ausstreckte, und in der Scheibe wirkte ihr weißer geschwungener Körper wie Rauch.

»Seit zwei Tagen. Gestern habe ich im Stehen geschlafen.«

»Die Mädels da draußen sind gefährlich. Die schlitzen dich auf. Oder ihre Typen tun's.«

Sie zog das Laken über sich. »Ich bleibe nicht hier. Ich will nach Westen.«

Das Spiegelbild meines Gesichts überlagerte ihre Konturen und blendete aus, was draußen war.

»Im Westen kann dir das Gleiche passieren.«

»Ich will keine Almosen. Ich verdiene mein Geld. Komm her und sag mir, was du willst.«

Als ich nicht antwortete und mich auch nicht rührte, drehte sie sich zur Seite, rollte sich ein und zog sich das Laken unters Kinn. Nichts an ihr erinnerte mich an Loraine oder Carmen, sie war einfach ein Kind, das ängstigte, in was es geraten war. Der Regen, der sanft aufs Dach klopfte und die Scheiben hinunterlief, versetzte mich in eine finstere Stimmung. Dieses Kind würde es niemals schaffen. Es brauchte nicht viel Phantasie, sich auszumalen, wie sein Leben in die Binsen ging. Ich zog mich an und wollte rausgehen, da blaffte sie mich ohne Vorwarnung an.

»Bezahl mich einfach.«

Ich ließ ein paar Scheine auf der Klimaanlage liegen und ging zu meinem Truck, fuhr los und überließ ihr das Zimmer, falls sie es wollte.

Du wirst geboren, und vierzig Jahre später humpelst du aufgeschreckt von deinen Wehwehchen aus einer Bar. Niemand kennt dich. Du fährst über nachtschwarze Highways und erfindest ein Ziel, denn es kommt darauf an, in Bewegung zu bleiben. Deshalb steuerst du auf das Letzte zu, was du zu verlieren hast, ohne eine Ahnung, was du damit anstellen sollst.

4

Auf der anderen Straßenseite schlängeln sich die Sandverwehungen wie Klapperschlangen. Sage sitzt aufrecht und aufmerksam, bis wir eine Lücke im Verkehr finden; wir überqueren den Parkplatz eines Kinderhorts, dann die Pabst Road hinüber zum Knight's Arms. Cecil vermietet hier wochenweise Zimmer, und der Trost, hier zu wohnen, ist die Gewissheit, dass es nicht von Dauer sein wird.

Ich lebe hier seit fünf Jahren in einem Studio mit einer kleinen Couch, die man zu einem Doppelbett ausklappen kann. Mein Fernseher hat vor ein paar Monaten den Geist aufgegeben, und entlang der Wand stapeln sich die Bücher wie Ziegel. So wie ich es im Gefängnis gelernt habe.

Ich lasse meinen Sack in den Ausguss fallen und füttere Sage. Nachdem sie gefressen hat, rollt sie sich auf ihrem Kissen neben der Couch ein. Ich denke immer noch über den Mann im Jaguar nach, ob er allein ist oder jemanden mitgebracht hat. Ich klappe die Küchenzeile hoch und mache das Licht aus. Um halb zehn bin ich vorne im Büro.

Cecil blättert das *Moderne Leben* von *USA Today* durch. Er lebt seit seiner Scheidung im Büro. Seine Exfrau ist vor kurzem nach Austin gezogen. Deshalb steht sein Haus jetzt leer, und er hat beschlossen, es zu vermieten, bis er eine neue Braut findet. Ich soll das Haus heute streichen.

Er ist zwanzig Jahre jünger als ich, hat ein weiches Kinn, und seinen Nacken ziert ein schwarzes Tattoo. Ende der Neunziger hat er oben in Washington ordentlich Kohle gemacht und ist dann wegen des Klimas mit seiner Freundin hierhergezogen. Die

Freundin wurde seine Frau, bis sie ihn für einen DJ aus Austin verließ. Jetzt sagt er, sie hätten nach Florida ziehen sollen.

Als er mich trotz meiner Knastvergangenheit anheuerte, meinte er: »Um ehrlich zu sein, ich habe nicht geglaubt, jemanden zu finden, der Englisch spricht.«

Er suchte jemanden, der auf dem Anwesen wohnt, deshalb gehört das Studio mit zur Vereinbarung, auch wenn er jetzt ständig hier wohnt und mich nicht besonders oft braucht. Er hat auch nichts gegen Sage, obwohl Haustiere im Motel verboten sind. Ich halte ihn für einen anständigen Kerl.

Er kaut auf seiner Wange herum.

»Was macht der Hurrikan?«, fragt er.

»Wie jeden September. Man weiß nie, wie sie sich entwickeln.«

»Kann sein. Aber die reden schon von Notstand und dass die Evakuierungspflicht in ein, zwei Tagen in Kraft tritt.«

»Ja, ja, und wenn alle weg sind, gibt's ein Windchen über South Padre Island.«

»Trotzdem. Seit New Orleans macht mich so was ganz kirre.«

»Hör mal.« Ich beuge mich über den Tresen. »Die Nachricht, die du an meine Tür geklemmt hast.«

»Ja. Hast du den Typen getroffen?«

»Nein. Was war das für einer?«

»Sah irgendwie amtlich aus. Anzug, professionell. Barsch. Fragte, ob du hier wohnst. Kannte deinen Namen. Fragte, ob Roy Cady hier arbeitet.«

Die Metallplatte in meinem Schädel fängt an zu drücken, und die versprengten Gedanken von heute Morgen nehmen unter Sirenengeheul in meinem Kopf Gestalt an.

»Ich war im Seahorse. Hab früher Schluss gemacht.«

»So was hab ich mir gedacht. Ich habe ihm nichts gesagt. Ich wusste ja nicht … Er wollte keine Nachricht hinterlassen. Das gefiel mir nicht.«

Er drückt mir die Hausschlüssel in die Hand.

»In der Diele klafft ein Loch. Wenn du Lust hast, kannst du es zumauern.«

Seine braunen Haare sind für die Billy-Idol-Frisur, die er trägt, zu dünn, und seine Tränensäcke machen ihn älter, als er ist.

»Im Wagen ist Farbe. Ich hab auch Gips gekauft. Falls du das Loch zumachen willst. Fänd ich gut.«

»Klar, kein Problem.«

»Ich hab mich gefragt, was der Typ wollte«, sagt er und klappt die Zeitung zu. »Irgendwas hatte er an sich. Eintreiber oder so was? Anwälte beschäftigen solche Typen. Deshalb habe ich ihm nicht gesagt, wo er dich vielleicht finden könnte.«

»Ich schulde niemandem Geld.«

»Umso besser für dich.«

Er schaltet den Fernseher hinter dem Tresen an.

Aber ich schulde andere Dinge.

»Wie sah er aus?«

»Wie gesagt. Untersetzt. Zurückgegeltes Haar. Typ harter Bursche. Soll ich ihm was ausrichten, falls er wiederauftaucht?«

»Hat er gesagt, er würde wiederkommen?«

»Als ich ihn fragte, ob er eine Nachricht hinterlassen wolle, meinte er, er würde es noch mal versuchen. Gefiel mir nicht. Seine ganze Art nicht.«

»Erzähl ihm nichts.«

Er sieht sich den Wetterbericht im Fernsehen an und kratzt sich am Kinn. Ich nehme die Schlüssel und will gehen, da fällt mir etwas ein.

»Sag ihm, ich sei eine Weile weg. Auch wenn ich da bin. Sag mir einfach, wenn er wiederkommt. Und versuch herauszukriegen, wie er heißt.«

»Jemand, den du kennst?«

»Ich habe keinen Schimmer, wer es sein könnte.«

»Okay. Aber denk an das Loch in der Diele.«

Ich gehe in den Lagerraum, schleppe zwei dicke Plastikplanen, ein paar Farbwalzen und Bottiche zu Cecils Truck. Er borgt ihn mir, damit ich sein Haus streichen kann. Ich denke an Eintreiber, bezahlte Schläger, Privatdetektive, den Mann im Jaguar, der seine Bosse anruft, um mitzuteilen, dass er mich gefunden hat. Frage mich wieder, ob sie noch jemanden schicken.

Bevor ich losfahre, drehe ich den Sprinkler im Innenhof auf. Der Sprühmechanismus ist wie eine Pistole geformt, und sein Anblick jagt mir einen Schauer über den Rücken.

Meine Hände zittern. Beide.

Ich trete hinter den Schuppen und rauche einen halben Joint, in der Hoffnung, dass er nicht meine Paranoia anheizt, sondern mich ein wenig beruhigt. Am Ende tut er beides, erinnert mich an mein unausweichliches Schicksal, das schmerzhaft sein wird und erniedrigend, aber er vermittelt mir auch eine Zen-mäßige Gelassenheit und gibt mir das Gefühl, dennoch allem gewachsen zu sein.

Vielleicht sollte ich eine Pistole kaufen.

Oben krame ich in meinem Schrank, bis ich das Remington-Jagdmesser finde, das ich vor fünf Jahren beim Pokern gewonnen habe. Es hat eine achtzehn Zentimeter lange Klinge, die unten gezackt ist. Ich fahre mit dem Daumen darüber. Sie ist stumpf, deshalb ziehe ich den Wetzstein aus dem Futteral und schleife sie, bis sie ohne Druck den Daumen blutig ritzt. Ich stecke das Messer in eine der Taschen meines Overalls, halte nach schwarzen Jaguars auf dem Parkplatz Ausschau und gehe hinunter.

In Cecils Truck lass ich Spanish Grant hinter mir und fahre an den Stränden von Point San Luis am westlichen Ende und an Lafitte's Cove vorbei. Stelle mir die kranke Kühnheit von damals vor, die Feuer am Strand. Und denke natürlich an Rocky.

Ich fahre weiter. Weiter bin ich in den letzten fünf Jahren wahrscheinlich nicht gekommen. Abgesehen von den seltenen Abenden im Finest Donuts oder im Seahorse, wo ich hingehe, wenn ich Leute um mich brauche, aber damit ich nicht in Versuchung komme und die fatale Flasche kaufe, bleibe ich meistens zu Hause. Selbst während der Hurrikan-Evakuierungen, die ich hier miterlebt habe, bin ich zu Hause geblieben und habe zugesehen, wie der Sturm Regen und Blätter durch die Straßen peitscht. Ich verdränge den Gedanken, mit Cecils Wagen hoch nach Montana oder Wyoming zu fahren. Oder nach Alaska.

Damit wär wohl entschieden, dass ich nicht abhauen werde.

Cecils Haus ist ein auf Stelzen gebauter Bungalow, den er in einem stumpfen Weizengelb hat streichen lassen. Sein Grundstück ist ungepflegt und überwuchert. Angesichts meiner schmerzenden Hände und meines kaputten Beins dauert es eine Weile, bis ich alles nach drinnen geschafft habe. Das Haus ist ausgeräumt, alle Vorhänge sind verschwunden, weshalb das Licht kalkweiß und in großen Rauten hereinfällt.

Ich lege die Plane aus, breite die Zeitungen darüber und klebe die Fußleisten im Wohnzimmer ab. Leer, wie sie sind, und noch verstärkt durch das pudrige Licht strömen die Zimmer eine seltsame Aura aus. Dieses komische, nackte, weiße Licht. Cecil hat ein richtiges Haus hier, definitiv zu groß für eine Person. Familien haben hier gewohnt. Ich gehe ein bisschen herum, durchquere die einfallenden Sonnenstrahlen, mein linker Fuß kratzt sandig über den Boden. Ich denke über das nach, was ich über den einen ode r anderen großen Maler gelesen habe. Dass die Qualität des Lichts alles verändert, nicht nur das, was man sieht, sondern auch wie man das, was man sieht, empfindet.

Ich habe auch gelesen, dass manche Schlaganfallopfer ein erbarmungslos gleißendes weißes Licht sehen. Ein Licht, das aus dem Innern ihres Gehirns strömt.

So würde ich die Helligkeit in diesen leeren Räumen beschreiben.

Den ganzen Tag warte ich auf sie. Jedes Mal, wenn eine Autotür zuschlägt, greife ich nach dem Messer, und als es Abend wird, fahre ich ein paarmal um das Knight's Arms herum, ehe ich die

Malutensilien ablade und Cecil den Schlüssel zurückgebe. Dann steige ich die Stufen zu meinem Studio hoch.

Wie immer ist es ein kleiner Kampf, den Overall abzustreifen, da mein linkes Knie sich nicht mehr richtig beugen lässt. Ich rauche die zweite Hälfte meines Joints, ziehe mir eine Windjacke über und gehe mit Sage an den Strand.

Auf halber Treppe mache ich kehrt und hole das Jagdmesser.

Bei diesem Wetter treiben sich nur wenige Gestalten am Strand herum. Ein Pärchen schaut zu mir rüber, wendet sich ab. Ich werfe Sages Giraffe in die Brandung, und sie springt hinterher. Ein paar Kids lachen und rennen ihr nach, als sie zu mir zurückläuft. Als sie mich sehen, bleiben sie stehen. Die Sonne steht jetzt tief hinter uns, und die Luft brennt nicht mehr. Die drei Kids beäugen mich vom Fuß einer Düne aus, ihre Blicke wechseln von Sage zu mir und wieder zurück. Ich schätze, sie überlegen, ob Sage es lohnt, mich anzusprechen.

Der Kleinste, ein strohblonder Junge, nähert sich. »Wie heißt dein Hund?«

»Sage.«

»Beißt er?«

»Es ist ein Weibchen. Manchmal beißt sie. Manchmal nicht.«

Er sieht zu seinen Freunden hinüber. Die beiden, ein Junge und ein Mädchen, die älter und größer sind als er, folgen ihm widerwillig. Die Leute verlassen den Strand, packen ihre Sachen ein, stopfen die Sandförmchen ihrer Kinder in irgendwelche Beutel. Die drei kauern sich neben Sage nieder, die ihnen der Reihe nach ihre Schnauze entgegenreckt, während alle drei gleichzeitig versuchen, sie zu streicheln. Ich sehe den Kindern zu und greife nach dem Messer in meiner Tasche, damit es mir nicht aus der Jacke rutscht.

Der blonde Junge fragt: »Was ist mit Ihrem Auge passiert.«

»Sutton!«, rüffelt ihn das Mädchen. »Das gehört sich nicht.«

Ich grinse sie an, muss an ein anderes Kind denken.

»Schon gut«, sage ich. »Ein Unfall. Schon lange her.«

»Ist da auch das mit Ihrem Gesicht passiert?«

»Sutton!« Das Mädchen versucht, Sage in die Arme zu schließen, aber die Hündin schüttelt sie ab und windet sich heraus.

»Derselbe Unfall. Ja.«

»Hat es weh getan?«, fragt der Junge.

»Weiß ich nicht mehr.«

Ich drehe einige Runden um das Knight's Arms, fange drei Blocks entfernt an und nähere mich dem Motel in konzentrischen Kreisen. Dabei suche ich die Straßen und Parkplätze nach dem Jaguar ab, nach Männern in Luxuskarossen, Männern mit Sonnenbrillen, nach allen, die das Motel beobachten könnten. Dessen Mauern sind aus beigefarbenem Stucco, das Erdgeschoss steht auf einem erhöhten Ziegelfundament. Im Studio öffne ich den Leinensack, werfe die Krebse von heute Morgen in kochendes Wasser. Die in den Schalen gefangene Luft pfeift wie zarte menschliche Stimmchen.

Als sie gar sind, schalte ich den Herd aus, habe aber keinen Hunger. Ich esse derzeit weniger und weniger. Ich scheine nicht mehr viel zu brauchen.

Ich drehe mir noch einen Joint und nehme den Roman über Bergsteiger zur Hand. Wenn es klappt, nimmt einem das Lesen die Bürde der Zeit ab.

Das Lesen, das ich mir in den letzten zwanzig Jahren zur Gewohnheit gemacht habe, hat keinen anderen Menschen aus mir gemacht. Es ist nur die beste Art, die Zeit zu verbringen, seit ich nicht mehr trinke.

Aber heute Abend funktioniert es nicht. Heute weckt das Buch mehr Erinnerungen, als es verdrängt. Ich spüre beinahe Rockys Rücken, habe die Situation haargenau vor Augen, sehe uns in diesem Cowboy-Schuppen in Angleton tanzen, im Licht der Scheinwerfer. Ich rauche meinen Joint auf und werfe einen der Krebse in Sages Napf. Draußen frischt der heiße Wind heftig auf, der Ozean grollt.

Ich denke an den Mann im Jaguar und hoffe von ganzem Herzen auf das Schlimmste. Ich schlüpfe in meine Jacke und stecke das Jagdmesser in meinen Stiefel.

Das Seahorse ist auf Stammkunden ausgerichtet, überwiegend gewerkschaftlich organisierte Facharbeiter, aber auch ein paar alte Fischer, salzgerötete Shrimpsjäger oder Männer, die noch mit Netzen arbeiten. Abends sitzen sie mit ihren Frauen im Seahorse um Tische, die aus Kabelrollen gefertigt sind. Von den Deckenbalken hängen Netze, und zur Einrichtung gehört auch ein Alligatorenschädel, dem man eine Sonnenbrille aufgesetzt hat, und ein riesiger Knochenhecht, der drei Meter der hinteren Wand einnimmt. Die Gäste werfen dem beigen Labrador Erdnüsse oder Krabbenköpfe zu, wenn er unter den Pooltischen hervorgekrochen kommt und zwischen den Stühlen herumwandert, wenn jemand sein Essen bekommt. Es riecht nach Chilis, Fisch und Bier, nach Sägemehl und zu dick aufgetragenem Parfüm. Die Beleuchtung im Seahorse kommt aus in die Wand eingelassenen Bullaugen, deren Glasabdeckungen so geschliffen sind, dass sich ihr Licht in fleckigen Fragmenten über Tische und Menschen legt. Die Jungs aus dem Finest Donuts kommen hier nicht her, weil sie sich nicht der Versuchung aussetzen wollen, aber da es nur einen Block entfernt liegt, genieße ich es manchmal, high zu sein und mich mit einem Glas Milch und meinen Camels ans Ende der Bar zu setzen. Jeder, der hier reinkommt, ist ein armer Lügner.

»Fettarm oder Vollmilch?«, fragt Sara.

»Vollmilch. Was glaubst du denn?«

Sie schneidet eine Grimasse, als halte sie mich für etepetete. Sie arbeitet sechs Abende die Woche hier, manövriert ihre dicken Arme zwischen Eisschrank und Bar, hört lippenknabbernd die Geschichten der Gäste an und macht sich über die alten Männer lustig, die den ganzen Tag an der Bar sitzen und trinken.

Die Gesichter entlang des Tresens verschwinden im Schatten oder werden, wenn der bläulich blasse Abglanz des Fernsehers hinter der Bar sie erfasst, komisch prägnant. Dort ist gerade eine computergenerierte Wetterkarte zu erkennen, auf der, draußen im Golf von Mexiko, direkt unter der texanischen Küste, ein violettroter Wirbel rotiert wie ein Fingerabdruck Gottes, der gekommen ist, seinen Finger in die Wunde zu legen. Niemand redet von etwas anderem.

»Könnte echt übel werden.«

»Aber hierher kommt er nicht.«

»Vielleicht doch.«

»Nicht einmal ansatzweise. Hier, ich habe hundert Dollar. Ich setze einen Hunderter darauf.«

»Fick dich. Ein Hunderter. Wie kommst du darauf, mir so was anzutragen?«

Der Sturm ist näher, als alle zugeben wollen. Ike nennen sie ihn. Die Schrauben in meinen Knochen ächzen, und nach einer Weile wird der Druck hinter meinen Augen so heftig, dass ich gehen muss.

An der Tür bleibe ich stehen. Durch das vergitterte Fenster kann ich ihn erkennen.

Ein schwarzer Jaguar, unbeleuchtet, zwischen einem Pick-up-Ford und einem kleinen Japaner. Den Kühler auf die Bar gerichtet. Ein Mann im Anzug steigt aus. Er ist groß, und ich schätze, diesmal wartet er nicht, bis ich rauskomme.

Deshalb ziehe ich mich in Richtung der Toiletten zurück und verlasse die Bar durch den Hinterausgang. Ich gehe zwei Blocks Richtung Osten, nähere mich dann wieder dem Parkplatz und beziehe hinter einer alten Telefonzelle Position, von wo aus ich den Wagen vor dem Seahorse beobachte. Ein Pick-up fährt auf den Parkplatz, und in seinem Scheinwerferlicht sehe ich, dass der Jaguar leer ist.

Ich ducke mich, ziehe mein Messer aus dem Stiefel und verberge es unter meiner Jacke.

Dann mache ich mich auf einem langen Umweg zurück zum Knight's Arms. Ich könnte eine Tasche vollstopfen, Sage schnappen und in einen Bus nach Carson City, Eureka Springs oder Billings steigen. Aber ich habe noch immer den Jaguar im Blick und weiß, das wird nicht passieren. Ich spüre, wie ich unruhig werde, und mein Sinn für Beleidigungen regt sich.

Bringen wir es also zu Ende. Legen wir die Karten auf den Tisch. Plötzlich finde ich die Vorstellung eines schnellen Todes in einem letzten Duell ziemlich aufregend. Ich gehe zu dem Jaguar hinüber.

Nähere mich von hinten, ducke mich hinter dem Kofferraum. Meine Nerven flattern, mein Herz rattert wie ein Schlagbohrer, aber ich verberge mich am hinteren Kotflügel auf der Fahrerseite. Ich lange nach dem Türgriff der Tür, und als sie aufgeht, schlüpfe ich schnell hinein. Ich schaue mich um, suche nach Anhaltspunkten, aber der Wagen ist, abgesehen von dem fürchterlichen Gestank nach Aftershave, sauber. Also kauere ich mich auf die Rückbank und warte. Es dauert nicht lange, und der Mann verlässt die Bar und schaut sich auf dem Parkplatz um. Als er einsteigt, sich im Fahrersitz zurücklehnt und den Schlüssel ins Schloss steckt, drücke ich ihm die Spitze meines Messers ins Genick.

»Verdammt.«

»Umdrehen. Hände aufs Lenkrad.«

Er gehorcht, umfasst mit seinen fleischigen Pranken das Steuerrad, an seinen Fingern glitzern ein paar Goldringe, und der Haaransatz in seinem Nacken ist sauber ausrasiert. Er ist ein ziemlicher Brocken, und der süßliche Geruch seines Aftershaves erfüllt den Innenraum.

»Ihr Itaker und euer Hang zu Schwuchtelparfüms.«

Der Wagen, nur vom grünen Leuchten des Armaturenbretts beleuchtet, wirkt sauber und gepflegt, überall fesches Leder, und das Radio überträgt ein Eishockeyspiel. Ich beuge mich vor, bis ich nah an seinem Gesicht bin, mustere es im Schein der Armaturenbeleuchtung. Ein hässliches, breites Gesicht, dessen Züge eine natürliche Arroganz verbreiten. Niemand, den ich wiedererkenne.

»Du suchst nach jemandem«, sage ich. »Nicht umdrehen.«

»Roy Cady?«

»Maul halten.« Ich drücke das Messer etwas stärker an sein Genick. Er japst.

»Ich habe eine Nachricht für dich. Sag ihnen, sie sollen kommen und mich holen.«

»Warte mal.«

»Maul halten.« Er zuckt zusammen, und unter der Messerspitze formt sich ein Blutstropfen.

»Nicht reden, Laufbursche. Du musst nichts weiter tun, als ihnen meine Nachricht zukommen lassen. Sag ihnen, sie sollen kommen. Ich werde hier warten und ihre Scheißleben auslöschen.«

Ich glaube nicht, dass er das Zittern in meiner Stimme hören kann, und ich umklammere mein Messer fester, damit meine Hand ruhig bleibt.

»Sag ihnen, dass ich auf sie warte. Sag ihnen, sie sollen kommen und hier ihre Nummer abziehen.«

»Warte …«

Ich will nichts hören und verstärke den Druck, damit er still ist. Ich ersticke fast in dieser Schnöselkarre und der Parfümwolke.

»Wenn ich dich noch mal sehe, blase ich dir das Hirn weg.«

Ich springe aus dem Wagen und humple so schnell ich kann in die Schatten. Der Mann ruft mir etwas hinterher, doch was immer er sagt, wird vom Wind verweht. Mein Herz schlägt so heftig, dass mir die Rippen schmerzen und das Metall in meiner Augenhöhle puckert. Ich halte mich im Schatten der Gassen und Hinterhöfe, beschleunige, wenn ich eine beleuchtete Stelle durchqueren muss, und als ich das Knight's Arms erreiche, ist der Jaguar noch nicht da.

Mit wackligen Knien schleiche ich die Treppe hoch und schlage die Tür hinter mir zu. Angenagte Krebsschalen bedecken den Boden vor der Küchenzeile, und im Zimmer riecht es wie auf den Docks. Ohne das Licht anzumachen, schmeiße ich meine Jacke hin und lasse mich auf die Couch fallen. Sage schaut von ihrem Bett hoch und winselt. Sie nimmt an, ich sei sauer wegen der Sauerei, die sie angerichtet hat, aber ich kraule sie hinter den Ohren, um ihr klarzumachen, dass alles okay ist.

Der einzige Lichtschein kommt aus dem Backofen im Herd, ich hocke auf dem Sofa und starre auf das graue tote Antlitz des Fernsehers und die Mauer aus gestapelten Büchern daneben. Mit dem Daumen prüfe ich unablässig die Schneide und schneide mich dabei jedes Mal ein bisschen tiefer. Was der Mann mir zugerufen hat, habe ich nicht verstanden.

Ich nehme mein Gebiss heraus und lege es in ein Glas mit Pfefferminzmundwasser. Schaue es eine Weile an, bis es wie die Zähne eines Geists wirkt.

Ich sitze aufrecht auf der Couch und schabe mit der Klinge über die Unterseite meines Kinns.

Beobachte die Tür. Wenn sie kommen, werden sie die Tür auftreten.

Mein Daumen blutet.

5

Am Donnerstag traf ich kurz nach Mittag wieder auf der Insel ein. Drei Tage nachdem ich weggefahren war. Das Flatterband vor Nummer 2 war entfernt worden, im Gang zwischen den Zimmern stand der Wagen einer Putzfrau. Der Kombi war verschwunden, aber Trays Motorrad stand immer noch vor seinem Zimmer. Ein paar Möwen stolzierten mit einer Hochmütigkeit über den Parkplatz, die mich an Bischöfe denken ließ.

Niemand antwortete, als ich an Rockys und Tiffanys Tür klopfte.

In meinem Magen machte sich eine schwere Übelkeit breit, die mir heiße Schauer über den Rücken jagte und mich rasend machte. Ich überquerte den Parkplatz, und als ich die Tür zum Büro aufstieß, hörte ich eine Art trillerndes Lied. Im Fernseher nähten Zeichentricktiere ein Kleid und trällerten dazu. Kleine Vögel wanden Bänder um eine Prinzessin. Nonie, Dehra und Nancy saßen davor, Tiffany hockte auf dem Boden, futterte Cornflakes aus einer Schüssel und kicherte.

Sämtliche Frauen sahen zu mir auf.

»Hallo«, sagte Nancy ohne Wärme.

»Hallo«, sagte Dehra, und ihre Schwester nickte dazu.

Sie wandten sich nicht wieder dem Fernseher zu, sondern beäugten mich. Tiffany bemerkte mich und winkte, drehte sich dann aber wieder zu ihrem Film. Sie trug einen leuchtend weißen Overall, der neu war.

»Den Film haben wir ungefähr zehnmal gesehen«, sagte Dehra. Die Schwestern kicherten, aber es klang gekünstelt und verstärkte den Eindruck, dass etwas in der Luft lag.

Ich fragte Nancy: »Wo ist Rocky?«

Die Schwestern konzentrierten sich wieder auf den Fernseher. Nancys Augen verengten sich zu Schlitzen.

»Sie sagt, sie sei arbeiten. Sie hat sich die letzten Tage nicht groß blicken lassen. Ich dachte, du wüsstest das.«

Ich hielt mich am Tresen fest und schüttelte den Kopf. »Ich habe ein paar alte Freunde besucht. Hat sie einen Job?«

Sie wandte sich ab, ließ sich Zeit mit der Antwort.

»Ich glaube, es herrschte ein bisschen Verwirrung darüber, ob du zurückkommen würdest.«

»Natürlich. Ich habe doch im Voraus bezahlt. Wie geht's der Kleinen?«

»Ein Herzchen«, sagte Dehra.

Nancy nickte. »Sie ist wunderbar. Ein wahrer Schatz. Sie hat etwas Besseres verdient als das hier.«

»Einverstanden.«

Nancy verkniff es sich, noch mehr zu sagen, und so sahen wir beide zu, wie Tiffany sich den Mund abwischte, schläfrig aufrappelte, auf Nonies Schoß kroch und gähnte. Nancy stand von der Couch auf und kam um den Tresen.

»Komm mit«, zischte sie leise.

Ich folgte ihr nach draußen, wo wir im Schatten des Carports stehen blieben. Ich sah zu Trays Zimmer hinüber, hinter den Alufolien waren die Vorhänge fest zugezogen.

Nancys Kiefer mahlten. Sie musterte mich, als hätte ich versucht, sie auszurauben.

»Nur zur Klarstellung«, sagte sie. »Was ist mit dem Mädchen los? Ich muss das hier nicht haben. Kann ich nicht brauchen. Und auch nicht dulden.«

»Ich verstehe nicht.«

»Sie hatte einen Mann mit auf dem Zimmer. Die Nacht, als du weggefahren bist. Okay. Keine große Sache. Ist ihre Angelegenheit.« Sie fuhr sich mit den Nägeln über die Armbeuge. »Aber gestern kommt Lance an und bettelt um Verzeihung. Sagt mir, sie habe ihm ein gutes Angebot gemacht. Sagt, er wolle sich bei mir entschuldigen, er habe nicht gewollt, sei aber schwach. Der ganze Schwachsinn.«

Ihre Lippen hatten sich zu einem blutleeren Strich verzogen, und ihre Augen starrten mich unversöhnlich an.

»Nancy, davon weiß ich nichts.«

»Ach ja? Tja, wenn du nichts davon weißt, wer dann? Ich meine, ich kapiere nicht ganz, was für ein Arrangement du mit dem Mädchen hast, offen gestanden will ich es auch gar nicht wissen, aber ich weiß, dass sie nicht deine Nichte ist. Und die Kleine da drin? Das ist ein wunderbarer kleiner Mensch. Und hat ganz bestimmt etwas Besseres verdient als das hier, Mr. Robicheaux.«

Sie deutete mit dem Kopf Richtung Büro. »Die Kleine muss nicht so enden wie die andere.«

»Also? Was ist passiert, nachdem du mit Lance gesprochen hast?«

»Wir machen das nicht ihretwegen. Und deinetwegen schon gar nicht. Normalerweise würde ich ihren Arsch auf die Straße setzen. Vielleicht sogar den Sheriff rufen. Hab ich aber nicht. Und warum nicht? Wegen der Kleinen da drin.«

»Aber was ist passiert? Danach?«

Sie zupfte an einem ihrer Ohrringe.

»Nun, ich bin zu ihr, um mit ihr zu reden. Sie wird wütend, brüllt los und stürmt in ihr Zimmer. Kommt aufgemotzt wieder heraus. Kurzes Kleidchen, Haare hochgesteckt. Hat die Kleine auf dem Arm und klopft bei Nonie und Dehra, bittet sie, auf sie aufzupassen, weil sie arbeiten muss. Sagt, sie hätte einen Job. Ich seh mir das alles an, aber ich seh auch, wie Lance anfängt, seine Sachen zu packen.«

»Wo arbeitet sie?«

»Angeblich Downtown in einem Restaurant. Pirandello's. Ein Italiener an The Strand. Sagt, sie arbeite als Hostess. Ich hab aber auch gesehen, wie sie sich bei diesem Jones aus Nummer 8 herumgedrückt hat. Gesehen, wie sie zusammen gebechert haben. Er hat sie zur Arbeit gefahren. Weißt du, das Mädel ist zu doof, in Highheels zu laufen. Jemand sollte ihr sagen, dass sie besser keine anzieht. Als sie weggefahren sind, hat sie versucht, mich fies anzuglotzen. Aber das kann ich besser. Und weg war sie. Seither haben wir sie nicht mehr gesehen. Nonie und Dehra sind glücklich, dass sie sich um die Kleine kümmern können. Ich schätze, die hoffen, dass das zum Dauerzustand wird. Aber nachdem, was mit der Familie in Nummer 2 passiert ist … Tja, da neige ich dazu, ein bisschen genauer wissen zu wollen, was hier so vor sich geht.«

»Scheiße.« Ich wollte ihr sagen, dass ich nicht der Mann war, der so etwas einfach hinnahm. Aber ich stammelte, meine Kehle war trocken, und meine Augäpfel zuckten.

»Scheiße ist das richtige Wort, Mr. Robicheaux. Also. Ihnen ist aber auch klar, dass ich das Sozialamt anrufen könnte. Ich könnte ihnen sagen, die Kleine sei ausgesetzt worden. Könnte sagen, ihre Schwester, oder was sie sonst ist, geht anschaffen, und die würden sie einkassieren. Ich könnte außerdem sagen, der da drüben, der große, übel aussehende Säufer dort, ist ihr Zuhälter.«

»Das stimmt nicht.«

»Was genau stimmt daran nicht? Woher soll ich das wissen. Ich sage nur, ich hätte es tun können. Jemanden anrufen. Und wissen Sie, warum ich's nicht getan habe?«

»Ja.«

»Genau. Wegen der Kleinen da drinnen.«

»Ich hatte wirklich keine Ahnung. Von nichts.«

Sie reckte sich und sah mir in die Augen.

»Wer sind Sie?«

Ich holte meine Zigaretten heraus, sie lehnte ab. Ich zündete meine an und lehnte mich gegen die Wand, ihr Blick verursachte mir Kopfschmerzen.

»Sie ist ein junges Ding, dem ich aus einer Scheißsituation herausgeholfen habe. Um die Wahrheit zu sagen, wir waren beide in einer Scheißsituation. Ich kannte sie vorher nicht. Sie wollte einen

Lift nach Texas. Sie und ihre kleine Schwester. Am Ende bin ich bei ihnen geblieben, warum, kann ich nicht mal sagen. Ich schätze, ich wollte sie eine Weile im Auge behalten. Keine Ahnung.«

»Saubere Arbeit, die Sie da abgeliefert haben.«

»Ja, von mir aus. Hören Sie. So beschissen, wie es diesem Baby hier geht, ich garantiere Ihnen, da, wo es herkommt, die Klemme, in der es steckte ... das war noch viel beschissener. Ich habe die Bude gesehen, in der sie gehaust haben.«

»Hmmm. Das mag ich glauben.« Sie sah hinunter auf meine Stiefel und rieb ihre Arme. »Sie zuckt zusammen, wenn man sich zu schnell bewegt. Haben Sie das bemerkt? Richtig schreckhaft ist sie.«

»Ist mir auch aufgefallen. Als wir am Strand gespielt haben.«

»Dann sehen Sie mir jetzt mal in die Augen, Mr. Robicheaux.« Ich gehorchte. »Sind Sie der Zuhälter von dem Mädchen oder so was?«

»Nein, Ma'am. Nein, bin ich nicht. Nichts dergleichen. Ich habe nur versucht, ihr ein bisschen zu helfen, und so bin ich hier gelandet.«

»Aha.« Sie fixierte mich anklagend mit ihrem Eisesblick, bis ihr von Fältchen durchzogenes Gesicht auseinanderzufallen drohte.

Meine Kopfschmerzen pochten und erinnerten mich daran, dass ich normalerweise niemandem erlaubte, so mit mir zu reden.

»Was soll ich Ihrer Meinung nach machen? Häh? In meinen Truck springen und sie hier zurücklassen? Die beiden sind nicht mein Problem. Verstehen Sie? Verdammt – ich kann für Sie das Sozialamt anrufen. Lassen Sie mich doch machen. Dann nehmen sie die Kleine mit. Stecken sie in ein Waisenhaus. Oder zu Pflegeeltern. Dann muss ich mich nicht mehr um den ganzen Scheiß kümmern. Oder was, wenn ich sage, da ist diese verrückte Göre, die ich mitgenommen habe, die hat ihre kleine Schwester bei mir gelassen und ist abgehauen?«

Sie verschränkte die Arme über der Brust und reckte das Kinn vor. Und als ich einen Schritt auf sie zumachte, wich sie keinen Zentimeter zurück.

»Ich schätze, Sie würden nicht gern mit dem Sheriff reden wollen. Ich habe gehört, dass sie Sie einmal Roy gerufen hat. Ich glaube, der Name stimmt nicht mal, aber Sie wollen garantiert nicht, dass man Ihre Fingerabdrücke nimmt.«

Ich spuckte die Zigarette aus, und eine Möwe flog auf, um dem Funkenregen zu entkommen.

»Vielleicht sollte ich einfach weiterfahren. Dann können Sie Rocky ins Gefängnis und das Kind ins Heim stecken lassen, und nichts davon hat auch nur im Entferntesten was mit mir zu tun.«

»Ich schätze, das könnten Sie tun. Aber ich denke, das hätten Sie schon längst tun können. Vielleicht haben Sie's sogar schon versucht. Und es hat nicht funktioniert.«

Ich ließ meinen Blick über das Motel schweifen.

»Sie wollen sie nämlich auch nicht verlassen«, fuhr sie fort. »Sie mögen die Kleine nämlich auch.«

Ich rieb mir die Augen und hob die Hände. »Okay. Hören wir auf, uns gegenseitig zu verarschen.«

Sie lachte leise und nicht einmal hämisch. »Können wir machen. Aber lassen Sie mich eins sagen. Was immer passiert, die Kleine braucht jemanden, der sich um sie kümmert.«

Ich nickte. Wir lehnten uns an die Wand und sahen den Vögeln auf dem Parkplatz zu. Der warme Wind wehte leise zwischen den Gebäuden und blies Sand über den Asphalt. Die Luft war vom Meer so angereichert, dass ich Algen riechen konnte.

»Nun?«, sagte sie.

»Können Sie noch eine Weile auf die Kleine aufpassen? Ich versuche, Rocky zu finden. Okay?«

Sie überlegte. »Wie lange?«

»Nicht lange.«

Ich ging rüber zu Nummer 8 und sah, dass Nancy mich immer noch beobachtete. Ich wartete, bis sie hineingegangen war, dann klopfte ich.

Er schaute zuerst durch den Spion und blinzelte heftig, als er die Tür aufmachte und das Sonnenlicht hereinließ. Ich schob mich hinein und schloss die Tür. Er trug kein Hemd, und seine Schultern, von denen seine dünnen Ärmchen wie tote Gewichte baumelten, wirkten eingefallen. Drinnen war es dunkel und roch nach Rauch, Ausdünstungen, Schweiß.

»Hi, Cowboy«, nuschelte Tray und ließ sich aufs Bett fallen. Er spreizte die Arme und sah an die Decke. Ein dünner Schweißfilm bedeckte sein Gesicht, und seine Lider flatterten. High. Weggetreten. Ausgemergelter als Jesus.

»Weißt du, wo Rocky steckt?«

Er hatte Mühe zu sprechen. »Sagte … sie gehe arbeiten.«

»Was ist zwischen euch gelaufen?«

»Gelaufen?«

Er setzte sich auf und rieb sich die Augen. Ich konnte seine Rippen zählen und die Stränge seiner Muskeln darunter.

»Nichts ist gelaufen, Mann. Wir sind zusammen abgehangen. Haben ein paar Bier getrunken. Dann habe ich sie zur Arbeit gefahren.«

»Hast du sie bezahlt?«

»Was? Mann, ey …« Er schüttelte den Kopf und kicherte. »Der Killer steht nicht auf kleine Mädchen, kapierst du.«

Ich ging zwei Schritte auf ihn zu und drängte ihn in die Ecke des Betts.

»Wo hast du sie hingefahren?«

Er hielt den Kopf gesenkt, seine Arme lagen reglos zwischen den Beinen.

»Uhm, rüber zu The Strand. Hab sie irgendwo rausgelassen.«

Die Mülltüte mit der Dreckwäsche hatte sich über den Teppich ergossen, aber ich bemerkte, dass die Bücher auf dem Tisch aufgeschlagen waren und seine Zeichnungen überall verstreut lagen.

Fast wäre ich gegangen. Doch dann fragte ich: »Wo scorst du?«

»Was?«

»Wo kriegst du deine Drogen her? Neulich schienst du noch clean zu sein.«

»Ach so, das. Wenn man was will, kriegt man es.«

»Bist du kürzlich zu Geld gekommen?«

Er sah mich träge an und grinste schulterzuckend.

»Hast du mal drüber nachgedacht, was wir besprochen haben?«

»Nein. Kein Interesse.«

»Häh?« Er rollte sich von mir weg, damit er aufstehen konnte, dann kramte er in der Mülltüte, bis er ein T-Shirt gefunden hatte. Er ging zum Waschbecken und klatschte sich Wasser ins Gesicht, fuhr mit nassen Händen durchs Haare und kämmte es mit den Fingern hoch.

»Hab gesehen, wie du weggefahren bist«, sagte er.

Ich sah zu, wie er ein paar Tennisschuhe anzog und zwischen seinen Papieren nach einer Zigarette suchte. Er zündete sie an, schaltete eine Lampe an, setzte sich wieder und ließ den Rauch aus dem Mund wabern, als hätte er alle Zeit der Welt. Seine Stimme klang jetzt nüchtern, und der texanische Akzent war fast völlig verschwunden.

»Ich habe gesehen, wie du mit der Zeitung in der Hand ausgeflippt bist. Ich stand genau da drüben. Am Spion. Habe gesehen, wie du sie weggeworfen hast und abgedüst bist.«

Mein Brustkorb wurde eng, und mein Inneres schien sich in Beton zu verwandeln.

»Hab sie aus der Mülltonne gefischt. Mal durchgelesen, und auf einmal merke ich, hey – die Mädels in dem Artikel haben die gleichen Namen wie die beiden hier. Brauchte nur noch eins und eins zusammenzählen – ziemlich einfach, eigentlich.«

Meine Zähne knirschten, meine Muskeln verkrampften sich, ich ballte die Fäuste. Er schien es nicht einmal zu bemerken.

Er hob die Hand. »Geht mich nichts an, Mann. Ich habe nicht das geringste Bedürfnis, dich zu ficken, Mann. Nicht in den Arsch noch sonst wo. Ich sage nur, wie's ist. Falls es so weit kommt.«

»Zu was kommt?«

Er beugte sich vor, schob den Aschenbecher über den Tisch und spitzte die Glut seiner Kippe an, indem er sie über die Plastikkante rollte.

»Wenn ich ohne Partner arbeite, ist die Chance, dass ich hochgenommen werde, größer, verstehst du das? Wenn nicht von den Cops, dann von sonst jemandem. Das leuchtet dir doch ein, oder? Deshalb sieh's doch mal von dieser Seite. Stell dir vor, ich hocke eines Tages in Handschellen schwitzend in einer Verhörkabine. Verliere die Nerven, verstehst du, mir wird übel, ich will bloß noch raus. Und die Cops, diese superharten Arschlöcher, geilen sich daran auf. Der eine Cop ist richtig scharf darauf, dass ich für lange Zeit einfahre, er will mein Leben kaputtmachen. Ich bin also verzweifelt, fast krank und flippe aus. Da könnte ich dann schwach werden. Könnte sagen: ›Hört mal, wenn ihr mir ein bisschen Luft zum Atmen gebt, die ganzen Anklagepunkte vergesst, dann kläre ich euch einen Mord auf. Ich kann euch einiges über zwei Mädels verraten, die vermisst werden.«

Meine Knöchel pochten, und der Druck hinter meinen Augäpfeln nahm zu. Dann fing er an, mit einem Butterfly-Messer zu spielen, das er unter einem Stapel Blätter hervorgezogen hatte. Er wirbelte es herum und ließ die Klinge aufblitzen. Damit wollte er wohl zum Ausdruck bringen, dass er auf sich aufpassen konnte. Dann stocherte er mit der Klinge zwischen den Zähnen herum, um zu demonstrieren, wie entspannt er das alles sah.

»Denk einfach mal drüber nach, Mann. Ich meine, ich habe echt keinen Bock, dich zu ficken. Ich meine, lass uns zusammen Kohle scheffeln. Hilf mir, hilf dir selbst. Am Ende springen für jeden fünfzehntausend raus. Lass uns die Kohle einfahren.«

Ich konnte hören, wie seine Stimme zwischendurch vibrierte und schrill wurde, dabei sah er unverwandt auf die Papiere auf dem Tisch, band sich die Schuhe und vermied es, mich anzusehen. »Oder wir müssen beide mit dem Risiko leben.«

Ich sah ihn an, mein schlimmster Zorn verblasste, denn er tat mir fast leid. Man hatte ihm einfach nicht genug beigebracht. Er hatte keinen Schimmer, wer ich war und was das, was er mir da erzählte, für ihn bedeutete. Er klopfte die Asche ab, rückte seine Jeans zurecht und kratzte sich abwechselnd Armbeuge und Kopf. Als er nirgendwo anders mehr hinschauen konnte, sah er mir ins Gesicht. Seine Augen flatterten.

»Das ist es also«, sagte ich. »Wenn ich das eine Ding mit dir durchziehe, wie weiß ich dann, dass du mich nicht weiter erpresst? Wie weiß ich, dass du nicht noch mehr vorhast? Mich an die Leine nehmen zum Beispiel.«

»Ach komm schon, Mann. Darum geht es doch nicht. Das versuch ich dir doch gerade klarzumachen. Es geht nicht darum. Sondern um einen Austausch von Gefälligkeiten. Eins gegen eins. Dann sind wir quitt.«

Ich bemerkte, wie sich eine schmale Karawane roter Ameisen entlang der Fußleisten bewegte. Mein Blick schweifte über die Blätter auf dem Tisch, seine kleinen Karten und Diagramme. Eine Menge seiner Kritzeleien ergaben Pentagramme, Skizzen von Ziegenköpfen und Butterfly-Messern.

»Ich schätze, du musst mir vertrauen, Mann. Aber ich bin geradeheraus, Mann. Ich sage nicht das eine und meine das andere. Sieh's dir doch einfach mal an. Hör, was ich dir zu sagen habe. Kuck dir an, was ich klargemacht habe, hör mir einfach zu. Da, schau.«

Wir saßen einen Moment lang unbewegt da, ich spürte, wie die Hitze von den Aluminiumfolien perlte, und irgendwie spürte ich, dass es draußen inzwischen dunkel geworden war, als hätte sich eine Wolke über uns gelegt.

»In Ordnung«, sagte ich. »Aber es muss bis heute Abend warten. Erst muss ich Rocky finden.«

»Okay, von mir aus. Dann erklär ich's dir.«

Wenn er lächelte, wirkte er nicht ganz so kindlich, sein Gesicht legte sich in Falten, und seine Zähne leuchteten wie ein paar Kiesel.

Ich stand auf. »Am besten, die Leute sehen uns nicht zusammen. Triff mich unten am Circle K. Um acht.«

»Du bist paranoid, Mann. Hier kriegt keiner was mit.«

»Wenn du mich dabeihaben willst, dann bist du ab jetzt vorsichtig. Kapiert?«

»Okay, okay. Mann, du erinnerst mich jetzt schon an Wilson.«

»Dann tu, was ich sage.«

»Jawoll, Sir«, sagte er und salutierte. Ich ging ohne mich umzublicken raus. Draußen sah ich, dass ich recht gehabt hatte. Tiefliegende, graue Wolken hatten sich aufgetürmt und bewegten sich auf uns zu, als wäre der Himmel die Unterseite eines Berges.

Ich fand das Restaurant auf der 22nd Street zwischen Ship's Mechanic Row und Market Street. Pirandello's befand sich im Erdgeschoss eines Ziegelbaus, der Eingang war von einer Girlande gesäumt, deren Glühbirnen in flammenförmigen Glasröhren steckten. Der Name zog sich in Kursivschrift über die Eingangstür, in den Fenstern hingen halblange burgunderfarbene Vorhänge. Auf dem Gehweg rief ein Mann nach seinem Hund.

Sobald ich drin war, kam eine Hostess auf mich zu. Das Personal trug schwarze Röcke oder Hosen, weiße Blusen oder Hemden und schwarze Fliegen. Es war fünf, und sie sagte, die Küche hätte eben aufgemacht und ob ich einen Tisch wünschte. Der Restaurantbereich war etwa zu einem Drittel gefüllt mit Frauen in juwelenbehängten Blusen, die ihre Haare zu texanischen Turmfrisuren hochtoupiert hatten.

»Arbeitet Rocky gerade?«

»Wer?«

»Rocky. Oder Raquel. Klein, kurze blonde Haare. Sehr blond.«

Sie legte die Stirn in Furchen, dachte nach und schaute dann auf ihre Reservierungsliste. »Ich glaube nicht, dass ich sie kenne.«

»Arbeitet sie nicht hier?«

»Ich bin selbst erst seit ein paar Wochen hier. Vielleicht gibt es noch welche, die ich nicht kenne.«

»Aber die anderen Hostessen kennen Sie? Und diese junge Frau haben Sie noch nie gesehen? Ziemlich klein, mit strubbeligen Haaren, ziemlich hübsch.«

»Tja, wissen Sie, ich glaube, ich habe so ein Mädchen ein-, zweimal an der Bar gesehen. Ich glaube aber nicht, dass sie hier gearbeitet hat.«

Sie deutete hinter sich, über den Wartebereich hinweg, wo sich an der Längsseite des Restaurants eine lange protzige Bar erstreckte, hinter der sich ein Mann zu schaffen machte, der ein kurzärmliges Hemd und Ellbogenschoner trug, wie man sie im letzten Jahrhundert getragen hatte.

Er war etwa in meinem Alter, so gebräunt, dass seine Hautfarbe an Deltaschlamm erinnerte, hatte aber so ausgebleichte Augenbrauen, dass sie sich fast in der Haut verloren, als er zu mir aufblickte. Er nickte und machte mit präzisen Bewegungen ein paar Drinks für die Kellnerin fertig. In jedem Job kann man die Professionalität eines Mannes an den Bewegungen seiner Hände ablesen, ob er sie nachlässig bewegt oder mit klaren kontrollierten Gesten. Er begrüßte mich, ich bestellte ein Miller und legte noch mal den Bierpreis als Trinkgeld dazu.

»Danke.« Er nickte. »Warten Sie auf jemanden?«

»Eigentlich halte ich nach einem Mädchen Ausschau. Ich hatte gedacht, sie würde hier arbeiten.«

Ich beschrieb ihm Rocky, nannte sie Raquel, fragte: »Kennen Sie sie? Kurzes blondes Haar. Zitronengelb. Sie hat mir gesagt, sie arbeite hier.«

Er hob die Augenbrauen, und seine sonnenverbrannte Haut bekam auf der Stirn blasse Streifen. Er zupfte an seinem akkurat getrimmten Ziegenbärtchen. »Ich glaube, ich weiß, wen Sie meinen, Mann. Die arbeitet hier aber nicht. Sie ist ein paarmal in die Bar gekommen und saß hier rum, bis jemand sie ansprach und ihr einen Drink spendierte.«

»Tatsächlich?«

Er nickte und sah mich leicht belustigt an. »Wenn Ihnen nach Gesellschaft ist, ich kenne da ein paar Mädchen. Wenn Sie wollen, könnte ich jemanden anrufen.«

»Nein, mich interessiert nur die eine.«

»Okay. Also ich habe sie zweimal hier gesehen. Und die Geschäftsführung hat mich angewiesen, etwas zu sagen, wenn sie wiederauftaucht. Der Laden hier hat eine gewisse Klasse. Verstehen Sie?«

Mein Blick schweifte über die schwammgewischten Wände und die goldenen Pappmachénachbauten vom Kolosseum und vom Schiefen Turm von Pisa.

»Ich meine, jeder soll machen, was er will. Aber Sie sollten es vielleicht in einer der Hotelbars versuchen oder so. Das hier ist nicht der richtige Ort.«

»In Ordnung.« Ich warf ihm einen zusätzlichen Fünfer für das Gespräch auf den Tresen und stand auf. Ich hatte keine Schwierigkeiten, mir vorzustellen, wie Rocky das erste Mal hier hereingeschneit war. Vielleicht hatte sie nicht einmal eine Bewerbung ausgefüllt, sondern sich einfach an die Bar gesetzt. Allein. Jemand gesellte sich zu ihr oder schaute sie einfach nur an, und da sie wusste, was zu tun war, war sie ein paar Stunden später wieder im Motel, hatte Geld und erzählte allen, sie hätte einen Job gefunden.

Ich fuhr über die Harborside, die Rosenberg Avenue hinunter und dann Richtung Seawall, kroch am Strand entlang, wo die Leute gedrängt im dämmrig grauen Sand lagen. Die Sonne setzte bereits alles in Flammen und brach in dichten roten Wellen durch die Windschutzscheibe. Ich kniff die Augen zusammen und hielt nach dem hellen Haarschopf Ausschau. Ein Mann hatte sich mit angewinkelten Knien auf die Bank einer Bushaltestelle gelegt und eine Zeitung übers Gesicht gebreitet. Frauen, die nur einen Bikini trugen, mäanderten durch das gleißende Licht, ein fetter Mann hatte einen Ghettoblaster geschultert, aus dem Tejano-Rock dröhnte.

Die Jugendlichen hatten einen Teil der Promenade erobert und zogen sich mit ihren gebräunten schlanken Körpern meinen Groll zu, denn die Jungs und Mädels wirkten, als würden sie alles für gegeben nehmen, Zeit, Möglichkeiten, den Glauben, tun und lassen zu können, was sie wollten. Eine Frisbeescheibe schwebte über ihren Köpfen, und es schien, als wäre für manche immer Sommer. Ich hörte ihre Stimmen, ihr Lachen und sah zu, wie sie miteinander herumtollten wie junge Hunde. Ich konnte mir Rocky nicht unter ihnen vorstellen. Vieles entwickelt sich nicht so, wie es sollte.

Ehe ich ins Motel zurückkehrte, hielt ich bei einem Ace-Baumarkt und kaufte eine Rolle doppelt verstärkter Steel-Sak-Müllsäcke und zehn Meter daumenstarkes Flaschenzugseil.

Als ich mich im Emerald Shores ins Büro schlich, saßen Dehra und Nancy an einem Couchtisch und spielten mit Tiffany Mensch ärgere dich nicht. In ihrem gelben Leinenkleidchen wirkte sie sauber und frisch. Als sie gewürfelt hatte, klatschte sie in die Hände, sah auf und entdeckte mich.

Nancy hob fragend die Augenbrauen, und ich konnte nur den Kopf schütteln. Sie kam zu mir herüber.

»Sie hatten recht«, sagte ich. »Sie arbeitet nicht da. Hat nie da gearbeitet. Ich weiß nicht. Ich bin noch eine Weile herumgefahren, konnte sie aber nirgends entdecken.«

»Jesus, Maria und Josef.« Sie stemmte ihre Hände in die Hüften. »Und jetzt?«

»Wie lange können sie das Zimmer noch behalten? Ich habe vergessen, bis wann ich bezahlt habe.«

»Bis übermorgen, glaube ich.«

»Ich wette, bis dahin kommt sie zurück.«

»Ach, wirklich?«

»Ich wette, sie weiß, wann die Miete für das Zimmer ausläuft. Und dann kommt sie zurück, um die Kleine zu holen. Wenn nicht, fahre ich los und überprüfe die Motels.«

»Sie gehen einfach davon aus, dass sie okay ist. Dass ihr nichts passiert ist?«

»Sie ist noch nicht lange genug weg, um an so was zu denken.« Zumindest verbat ich mir, in diese Richtung zu denken.

Nancy spähte wieder ins Büro. Die untergehende Sonne wurde jetzt von den Gebäuden geblockt und verwandelte die Luft in eine düstere, scharlachrote Dunstglocke. Durch die Scheibe konnten wir sehen, wie Tiffany ihren Spaß hatte.

»Was ist dann los mit ihr? Wie kommt's, dass sie die Kleine mit sich rumschleppt? Da stimmt doch was nicht.«

»Ich kann es nicht genau sagen. Sie wissen doch, wie es ist. Die Leute sind, wie sie sind. Es passiert eben was. Meistens solange sie noch jung sind. Und davon erholen sie sich dann nicht mehr.«

»Manche schon.«

»Vielleicht. Aber häufiger begegnet man den anderen.«

Sie nickte und klopfte mit dem Fuß, folgte mit den Augen einem Big-Gulp-Becher, den jemand auf dem Parkplatz weggeworfen hatte, wo er jetzt hin und her rollte. Ich beugte mich zu ihr hinunter. »Hören Sie. Die Kleine da ... Wenn etwas ... ich weiß nicht. Ihr würdet euch doch um sie kümmern? Ihr alle, meine ich, oder?«

Sie reckte ihren Kopf zu mir hoch, als wäre sie eingeschnappt.

»Was?«

Da fiel mir Trays Motorrad auf. Ohne dass ich es bemerkt hatte, war die Nacht hereingebrochen, und plötzlich standen wir im schnell dunkler werdenden Blau des Abends.

»Wie spät ist es?«

»Viertel vor acht. Aber was haben Sie gerade gesagt?«

»Nichts. Ich muss mich mit jemandem treffen.«

»Das heißt, wir können wieder auf das Baby aufpassen?«

»Ich könnte sie mitnehmen, schätze ich. Aber ich habe nicht mehr Rechte an ihr als Sie.« Ich drückte ihr vierzig Dollar in die Hand. »Hier. Fürs Abendessen. Oder irgendwelchen Spaß. Wenn Rocky morgen nicht zurückkommt, überlegen wir uns was.«

Sie zögerte nicht, das Geld anzunehmen, faltete es und steckte es in die Vordertasche ihrer Jeans.

»Immer ist sie nicht so fröhlich. Die Kleine, meine ich.«

»Was?«

»Tiffany. Sie ist nicht nur Glucksen und Lachen. Manchmal wird sie auch wütend. Richtig wütend. Schmeißt mit Essen herum und brüllt. Fragt, wo die andere ist, und bekommt einen Schreianfall. Wenn man sich zu abrupt bewegt, schreckt sie zusammen. Aber das wissen Sie ja bereits.«

Da ich nicht wusste, was ich darauf erwidern sollte, nickte ich bloß.

Killer Tray lungerte übellaunig neben einem Münztelefon am Circle K herum, die Schultern eingezogen, als müsste er sich gegen einen scharfen Wind schützen. Als er den Truck sah, winkte er und joggte zu mir herüber. Seil und Müllsäcke hatte ich auf die Pritsche geworfen.

Er machte die Tür auf.

»Alles klar«, sagte ich.

»Willst du es dir anschauen?«

»Fahren wir einfach los«, seufzte ich.

Er dirigierte mich Richtung Broadway und meinte, wir hätten es nicht eilig.

»Im Prinzip liegt alles im Lagerraum. Außerdem gibt es noch eine Kleiderkammer, wo sie Bleiwesten und so was aufbewahren, aber dahinter, ich meine da drin, befindet sich so eine Art Schacht, der früher mal aufs Dach geführt hat. Die Klappe ist zugenietet, aber zwischen den Etagen ist eine Zwischendecke. Wenn sie zumachen, lässt die Putzfrau mich rein. Du kannst bis eins abhängen, ich geh runter und kümmere mich um die Alarmanlage. Aber wir brauchen einen Van. Ich will, dass du den besorgst. Den fährst du hinten ran, wir laden das Zeug ein – maximal zwanzig Minuten – und bringen es nach Houston. Und wer macht die harte Arbeit? Ich.«

»Die Adresse?«

»4515 Broadway.«

»Und wer ist noch mal der Insider?«

»Diese Putzfrau, Mann. Ich war mal mit ihrem Bruder unterwegs.«

»Und dahinter gibt es eine Gasse? Von wo aus wir den Laden beobachten können?«

»Ja, klar. Bieg hier ab.«

Er schlug die Knie gegeneinander, trommelte auf den Schenkeln und kaute auf seiner Unterlippe herum. Ich hatte mir alle möglichen Gesprächsvarianten ausgemalt, alle denkbaren Szenarien. Aber selbst wenn der Bruch glattging, und wir mit den Taschen voller Geld davonmarschierten, würde ihn das nur ermutigen. Ganz egal, ob er behauptete, dass er zu seinem Wort stünde, Tatsache ist, im wirklichen Leben kann man einem Junkie nicht trauen. Er würde immer versuchen, sein Wissen über die beiden Mädchen auszunutzen.

Ich bemühte mich, nicht darüber nachzudenken, denn er erinnerte mich an das Mädchen in dem Motel in Amarillo. Er würde nie auf einen grünen Zweig kommen. Was er anfasste, würde am Ende schiefgehen.

»Wo war dein Heim?«, fragte ich.

»Hä? Ach so. Jasper.«

»Musstest du auch Baumwolle pflücken?«

»Nee.«

»Ich schon. Wir mussten alle raus aufs Feld. Von August bis Oktober. Sie nannten es die soziale Ergänzungsmaßnahme.«

»Echt?«

»Hattest du mal Pflegeeltern?«

»Ja. Einmal. Da war ich acht. Die waren okay. Mussten dann umziehen. Konnten mich nicht mitnehmen. Hatte was mit seinem Job zu tun.« Er zeigte durch die Windschutzscheibe. »Wir sind da.«

»Ich parke einen Block weiter. Dann pirschen wir uns durch die Hintergasse an.«

»Klar doch, okay.«

Wir schlichen durch die Gasse und hielten uns im Schatten. Passierten einen Müllcontainer, kickten herumfliegende Zeitungen beiseite. Keine Fenster über uns. Er zeigte auf die Klinik.

»Ich weiß nicht. Sieht aus, als könne man uns von allen Seiten sehen.«

»Nicht von hinten. Da gibt's noch eine Gasse, da haben sie sogar ihre eigene Laderampe.«

»Ich weiß trotzdem nicht«, sagte ich und ließ ihn vor mir hergehen. Zog die schweren Arbeitshandschuhe heraus, die ich in der Gesäßtasche stecken hatte, und hielt den Atem an, während ich sie anzog. Es gab zahllose Möglichkeiten, wie ich es hätte machen können, aber er war ein halbes Hemd, und so würde es klappen. Ich verhielt mich still.

Als er sich umdrehte, sprang er zurück, weil ich bereits dicht an ihm dran war. Aber es war zu spät. Ich erwischte ihn an der Kehle. In seinen Augen zeichnete sich der Schrecken des Verstehens ab, die Augäpfel schwollen an und füllten sich mit Blut. Ich sagte: »Psst.« Dann das Gesicht, das sie immer machen. *Warte! Warte!!*

Er kämpfte, aber ich war fast zwanzig Zentimeter größer als er. Sein Gesicht verfärbte sich blau, die Kapillaren unter der Haut schwollen an und platzten, er versuchte, sein kleines Messer zu fassen zu kriegen, aber es fiel klappernd zu Boden, und da benutzte ich auch schon die Daumen und drückte, bis ich sein Zungenbein knacken hörte. Seine Lider flatterten, und er verdrehte die Augen, bis nur noch das Weiße zu sehen war. Mit einem letzten Gurgeln entwich die Luft aus ihm, und ich konnte seine Scheiße riechen. Seine Zunge quoll heraus wie eine fette, erschöpfte Schnecke.

Als ich ihn absetzte, überkam mich das Bedürfnis, ihm alles zu erklären, ihn zu überzeugen, dass ich das alles nur der Mädchen wegen tat. Leichter hätte das es ihm auch nicht gemacht.

Ich checkte beide Seiten der Gasse, dort, wo das Licht der Straßenlaternen das Dunkel durchschnitt, dann fuhr ich den Truck so vor, dass ich die Beifahrertür zur Gasse hin aufmachen konnte. Ich hievte ihn hinein und sorgte dafür, dass sein Körper gegen die abgedunkelte Scheibe sackte.

Ich hatte vorgehabt, ihn auf eine unbeleuchtete Zufahrtsstraße zu bringen, ihn in die Müllsäcke zu wickeln und hinter dem Führerhaus zu verstauen. Aber plötzlich schien es mir völlig natürlich, so aus der Stadt zu fahren, es sah ganz normal aus, wie er so gegen die Tür lehnte, als wäre er mal kurz eingenickt oder weggetreten, und auch wenn seine Scheiße das Innere des Trucks mit einem ätzenden Gestank erfüllte, herrschte doch eine nachhaltige Intimität zwischen uns.

Ich spürte, dass wir uns in vielem ähnelten. Als würde auch er die endlosen, menschenleeren Felder kennen, die Einzimmerapartments, in denen man sich auf einer Kochplatte Kaffee macht, die Stimmen, die »Licht aus« brüllen. Und was mich anging, ich verstand nur zu gut den Schrecken dessen, was ihn am Ende erwartet hatte, die Gasse, allein mit mir.

Ich fuhr ihn aus der Stadt, er hing die ganze Zeit über reglos in seinem Sitz. Mein betrunkener Kumpel. Mein letzter Freund. Mein schwaches und skrupelloses jüngeres Ich.

La Porte liegt fünfzig Meilen außerhalb von Galveston, und von dort führt ein Marschgebiet in die Galveston Bay. Als ich noch für Sam Gino gearbeitet habe, bin ich ein paarmal hingefahren. Lange her. Aber es war noch alles so, wie ich es in Erinnerung hatte. Ein Moor namens Marais du Chien, eine riesige, verzweigte, schwarze

Fläche voller Dolinen und kreisrunder Sümpfe, die alle gleich aussahen, ein Labyrinth von Zypressen, Pinien und Weiden voller Alligatoren, Schlangen und uralter Knochenhechte, so groß wie Kanus. Eine verlassene Kanalstraße führte zu einer abgelegenen Landzunge, wo ein Waldstück ans Moor grenzte. Hier war alles beim Alten, nur noch mehr zugewuchert, das hohe Schilf, die verdrehten Ranken, die gewaltigen Bäume, die unter einer Moosschicht dahindämmerten, so dass alles aussah, als wäre es ein riesiges Wesen, eine prähistorische Kreatur, deren belaubte Silhouette sich scharf vor der helleren Kulisse der Nacht abzeichnete.

Auf der Kanalstraße schaltete ich das Licht aus und parkte zwischen ein paar Kiefern in der Nähe der Landzunge. Ich riss ein Loch in einen der Müllbeutel, stülpte ihn wie einen Friseurumhang über, dann zerrte ich Trays Leiche aus dem Truck. Ich nahm Schlüssel und Brieftasche an mich, zog ihm Hemd und Hose aus und schnitt in das kalt werdende Fleisch unter den Armen, wo das Blut träge und dick herausquoll.

Ich hatte geplant, ihm ein paar Müllsäcke überzuziehen und ihn mit dem Seil zusammenzuschnüren, doch da hörte ich ein Klatschen und Zischen im Wasser, und als ich in den schwarzen Sumpf hinaussah, konnte ich den Alligator förmlich riechen, der sich schwanzschlagend aus dem Sumpf schlängelte. Hörte, wie er mit einem satten *Plopp* die Wasseroberfläche durchbrach. Irgendwo flatterte etwas auf.

Deshalb hievte ich Tray ans Ende der Landzunge. Selbst totenschwer wog er so gut wie nichts. Ich ließ ihn über die Schulter ins Wasser rutschen und hörte, wie er klatschend aufschlug. Ich horchte auf das leise Rauschen, bemerkte das Kräuseln des Wassers, als sich etwas heranschob, um die Beute zu inspizieren. Dann stopfte ich seine Klamotten in einen Müllsack, band ihn zu und warf ihn in den Sumpf. Das Wasser unter mir spritzte jetzt heftig.

An der Ausfallstraße von La Porte schmiss ich seine Brieftasche in die Mülltonne vor einem McDonald's und hielt am erstbesten

Laden an, um mir einen Flachmann Jim Beam zu kaufen. Der war grässlich, aber das Beste, was sie hatten.

Rocky war immer noch nicht im Motel aufgetaucht. Die Lichter im Zimmer der Schwestern waren aus. Ich schloss die Tür zu Trays Zimmer auf. Er besaß nicht viel, doch ich nahm seine Klamotten und seine Bücher und kippte alles in einen Müllsack, vergewisserte mich, dass die Luft rein war, und schleppte ihn zu einem Container einen Block weiter.

Dann ging ich in mein Zimmer, duschte, zog mich an und setzte mich in der Dunkelheit vor das Fenster. Ich nippte an einer frischen, besseren Flasche Whiskey, rauchte und sah mit zitternden Knien und geballten Fäusten nach draußen.

Einige Zeit später schwebte ein langgestreckter dunkler Cadillac auf den Parkplatz und durchschnitt mit den Scheinwerfern seines eckigen, breiten Kühlers die Dunkelheit. Kein Fahrzeug, das man hier erwarten würde. Die Scheiben waren getönt, und der Motor war leise, obwohl man das sanfte Tuckern der Zylinder hören konnte.

Rocky stieg auf der Beifahrerseite aus. Sie stolperte in ihren Highheels, und es sah aus, als hätte sie ein neues Kleid an, ein wie das Fell eines Zebras gestreifter Fummel, der sich eng an ihren Körper schmiegte. Sie schlug die Tür zu und torkelte rückwärts, als wäre sie betrunken. Als der Cadillac wendete und wegfuhr, erfasste er sie mit dem Scheinwerferlicht, und ich sah, wie sie starr stehen blieb, sich, als sie meinen Truck sah, mit der flachen Hand vor den Mund schlug.

Als ich die Tür aufmachte, hatte sie diesen blasierten, benebelten Gesichtsausdruck, doch als ich näher kam, wich er einer Maske der Furcht. Sie schaffte es, »Roy« zu sagen, aber ihre Stimme war schrill und brüchig.

Ich hielt mich nicht lange auf, sondern packte ihr Handgelenk, zerrte sie mit und stieß sie in mein Zimmer. Sie fiel theatralisch auf die Knie und knallte mit dem Kopf auf die Matratze. Ich trat die Tür zu und zog den Vorhang vor.

»Roy, warte«, sagte sie und glitt auf den Boden. »Warte.« Ihr Kleid rutschte die Schenkel hoch, einer der Träger fiel ihr von der Schulter, und auf der Innenseite ihres Oberschenkels konnte ich einen blauen Fleck erkennen.

»Du solltest dir nicht die Wimpern tuschen«, sagte ich. »Du weißt nicht, wie man das macht. Du siehst lächerlich aus.«

Als ich meinen Gürtel herauszog, wollte sie etwas sagen, aber als sie meinen Blick sah, verließ sie ihre Stimme. Sie starrte auf die Gürtelschnalle, und ihre Augen weiteten sich vor Angst. Sie hatte gedacht, sie würde sich herauswinden können, mir Honig ums Maul schmieren und mich so besänftigen.

»Ich dachte, du wärst weg«, brachte sie schließlich heraus.

Ich zog sie an den Haaren hoch und hielt sie so, dass sie auf Zehenspitzen stehen musste, damit ich ihr nicht den Skalp abriss. Tränen rannen über ihre hohen Wangenknochen.

Eine Weile lang starrte ich sie einfach nur an. Ihre Nase war rot geschwollen, und ihre blutunterlaufenen Augen leuchteten. Wahrscheinlich war sie immer noch high. Ihre Brust hob und senkte sich schwer.

Ich ohrfeigte sie, und sie fiel aufs Bett.

»Dieser Typ, Tray, er sagte, du wüsstest Bescheid. Er hat mir die Zeitung gezeigt.«

»Mein Leben. Das von der Kleinen. Hast du ihm von uns erzählt?«

»Was? ... Nein.«

Ich faltete den Gürtel und ließ ihn in die Handfläche klatschen.

»Roy, Roy!« Sie verschluckte sich, kämpfte mit den Worten, weinte, hob die Hände.

»Dieser Tray, er hat nach dir gefragt. Er hat mich gleich beim ersten Mal nach dir gefragt, an dem Morgen, an dem wir alle draußen standen. Ich hab ihm gesagt, du wärst ein harter Kerl, unser Onkel, und ziemlich gefährlich. Mehr nicht. *Ich dachte, du wärst weg.* Er hat mir ein Bier spendiert. Aber mehr habe ich ihm nicht erzählt. Dann hat er mir die ... die Zeitung gezeigt ...«

»Dein ganzes Gerede von wegen, du wärst sauber. Es ist dir wohl nicht eingefallen, mir zu sagen, dass du eine Mörderin bist.«

Sie schüttelte nur den Kopf und starrte zu Boden. »Du hättest es nicht ... Er ... er ...«

»Du hast mich zum Komplizen gemacht. Und die Kleine auch.«

Sie schüttelte den Kopf.

»Und kaum bin ich mal kurz weg, gehst du wieder auf den Strich.«

»Kurz weg? Ich dachte, du wärst abgehauen. Endgültig. Du hast nichts gesagt. Bist einfach weggefahren. Dann hat Tray mir ein Bier spendiert, erzählt, du hättest deine Sachen gepackt. Ich musste schließlich Geld auftreiben. Was hätte ich deiner Meinung nach tun sollen? Was kümmert's dich überhaupt?«

Sie schien zu weggetreten, um stehen zu können. Sie konnte den Kopf nicht gerade halten und lallte.

»Wo hast du den blauen Fleck her?«

Sie zuckte mit den Schultern, zog ihr Kleid nach unten und die Beine an.

»Von demselben Typen, von dem du auch das Kleid hast?«

Sie stöhnte laut und röchelte, als hätte sie Schwierigkeiten zu atmen, rollte sich ein, presste das Gesicht an die Knie und hechelte nach Luft.

»Mein Gott, was bin ich für ein blöder Hurensohn.« Ich kniete mich vor sie und ließ die Gürtelschnalle vor ihrem Gesicht baumeln. »Es wäre mir egal, wenn du nicht die Kleine hättest. Du hast sie aus ihrem Haus geschleift, und jetzt ziehst du sie mit in deine Scheiße rein. Und mich auch. Was passiert, wenn sie dich erwischen, während du deinen kleinen Arsch verkaufst? Was ist dann? Ich meine, du weißt, dass es illegal ist, oder? Vergessen wir mal den ganzen Scheiß von wegen Würde, Sicherheit und so, aber verdammt, was glaubst du, was du da machst?«

Ich packte sie brutal unter dem Kinn und zwang sie, mich anzusehen. In ihrem glasigen Blick spiegelte sich die Angst. Tiere, die man zur Schlachtbank führte, blickten ähnlich.

»Die Frau aus dem Büro. Sieh mich verdammt noch mal an. Nancy ist kurz davor, dir die Bullen auf den Hals zu hetzen. Und wegen Tiffany beim Sozialamt anzurufen. Zu erzählen, irgend so eine Nutte habe ihre Tochter zurückgelassen. Weißt du, was dann mit Tiffany passiert? Weißt du, wie es in Heimen zugeht? Hörst du mir überhaupt zu? Sieh mich an. Du hast keine Zeit mehr, dich selbst zu beweinen, du verfluchter Abschaum.«

Sie drehte ihr Gesicht weg und schüttelte den Kopf. Stammelte immer wieder: »Nein, nein, nein. Es tut mir leid, es tut mir leid, es tut mir ja so leid.«

»Spar dir das. Es ist mir egal. Du ruinierst das bisschen Leben, das du hast, und tust so, als wärst du zu blöd, es zu kapieren.«

Ich sah sie weiter hasserfüllt an, bis ihr Atem sich endlich beruhigte. Dann zog ich sie an den Armen hoch.

»Rede mit mir! Sag mir, was du dir dabei gedacht hast.«

»Ich wollte das nicht. Ich habe das Zeitgefühl verloren.«

»Mit Lance? Was sollte das? Was ist mit New Orleans? Mit deiner Freundin im Schlafzimmer?«

Sie zischte mich an.

»Was ich machen wollte ... Wie soll ich sonst für sie aufkommen? Hä? Wir brauchen Geld, Roy! Du bist abgehauen.«

Sie zog die Nase hoch. »Du bleibst doch nicht bei uns. Das zumindest ist mir klar. Was hätte ich denn machen sollen? Was interessiert's dich überhaupt? Was, verdammt noch mal, hätte ich tun sollen?«

»Darauf gibt es ein paar Hundert Antworten, die alle nichts mit Hurerei zu tun haben. Wer war das? In dem Caddy?«

»Ein Mann. Nur so ein Typ. Ich habe ihn neulich kennengelernt. Er war ein paar Tage in der Stadt und suchte Gesellschaft. Er hat gut bezahlt. Ich kann noch eine Woche bezahlen, Essen kaufen, Klamotten.«

»Sieh dich doch an.«

»Denkst du, es interessiert mich?«

»Nein. Und ich habe offen gestanden keine Ahnung, was dich überhaupt interessiert. Ich kann es mir nicht vorstellen. Sieh dich doch an. Du bist doch voll auf Koks.«

»Nein. Ich habe nichts ...« Doch dann heulte sie wieder, rollte sich auf dem Bett ein und tat so, als würde sie kein Wort mehr herausbringen.

»Verdammt, Rocky. Es hätte alles gut werden können, Rocky.«

»Wo warst du? Wo bist du hin?«

»Als wäre es meine Schuld. Mich hält nichts mehr in deiner Nähe. Kapiert?«

»Von mir aus.«

Ich wickelte mir den Gürtel um die Hand und baute mich vor ihr auf. Die Lampe warf lange, spinnenhafte Schatten über ihr Gesicht. Mit einem Mal war sie hässlich. Die Luft war salzig, schwül und erfüllt vom Moschusgeruch ihrer Fickerei. Das Leder knackte auf meinen Knöcheln. Ich wollte es nicht tun, aber verprügelt man nicht auch den Hund, den man liebt, damit er seine Lektion lernt? Meine Wut gab mir recht, aber es war eine Schande. Plötzlich traf mich einer dieser Hustenanfälle in die Brust wie eine Ladung Schrot aus einer doppelläufigen Pumpgun. Ich krümmte mich, hustete bestialisch, ächzte und spuckte blutversetzten Schleim.

Ich sah Sterne, mir schwirrte der Kopf. Der Schmerz nahm mir den Atem, jedes Husten war, als schlage mir jemand mit dem Vorschlaghammer auf die Brust. Meine Rippen glühten, mein Inneres rumorte, vor meinen Augen zuckten Blitze. Ich bekam keine Luft mehr und fiel auf die Knie. Ich sah den Tod durch meine Lungen spazieren, jeder Husten war ein Hieb mit der Sense.

»Roy?«, sie kroch näher. »Roy? Bist du ...? Soll ich ...?«

Ich packte ihre Hand, um sie aufzuhalten. Drückte sie viel zu fest, wie einen Anker, während ich hustete und hustete, doch sie ließ nicht los. Sie hielt meine Hand mit beiden Händen fest, bis ich aufhörte, und ließ auch dann noch nicht los.

Als es vorbei war, brauchte ich eine Weile, um mich wieder zusammenzureißen, und als ich es geschafft hatte, war mein Gesicht tränennass, und ich sah, dass sie die Angst sah, die mir ins Gesicht geschrieben stand.

Ich wischte mir den Mund ab, doch da war kein Blut.

»Was braucht es?«, keuchte ich. Ich klang wie ein alter Mann, der mit Abflussreiniger gegurgelt hat. »Was braucht es, dass du aufhörst? Was?«

»Nichts. Bleib einfach bei uns, Mann. Ich kann nicht ...«

Sie fuhr sich übers Gesicht und packte meine Hand fester. Dann ließ sie los.

»Himmel.«

Sie rieb sich die Handfläche und beobachtete mich nervös. »Solltest du nicht zum Arzt?«

»Braucht man die Wettervorhersage, wenn es regnet?«

»Aber du bist krank. Okay? Ich weiß, du willst nicht, dass ich dich daran erinnere. Aber du tust ja nichts dagegen. Du trinkst nur. Und rauchst.«

»So krank, wie ich bin? Da erholt man sich nicht mehr.«

»Roy ...« Ihr Gesicht verzerrte sich. Langsam, wie ein kleines Kind, das merkt, dass etwas Schlimmes passiert ist. »In Orange, da ... da ... ich ...« Jetzt stotterte sie wirklich heftig und schlug sich beide Hände vors Gesicht.

»Beruhige dich. Du bist okay. Niemand wird es mit dir in Verbindung bringen. Ich hab die Pistole weggeschmissen.«

Sie schaute zu Boden und fing an zu heulen, doch diesmal klang es anders, aufrichtig und schmerzgeplagt.

»Hey, hey. Es ist vorbei. Das wird nicht auf dich zurückfallen. Das Einzige, womit du klarkommen musst, bist du selbst.«

»Ich bin so ...« Sie schüttelte den Kopf. »Wenigstens bist du nicht so. Er sagte immer, hielt mir immer vor, dass alles nur *meine*

Schuld wäre …« Schuldgefühle setzten sich in ihrem Gesicht fest, plötzlich war sie ganz das kleines Mädchen, und ich spürte, wie sehr sie sich selbst verabscheute.

»Ich bezweifle nicht, dass er es verdient hat. Verstehst du das? Im Gegenteil. Ich bin überzeugt, *er hat es*. Wenn du es mir gesagt hättest, hätte ich es wahrscheinlich selbst getan. Aber das spielt jetzt keine Rolle mehr. Es ist geschehen, und du musst es vergessen.«

Ich half ihr auf, und als ich ihr die Hand auf die Schulter legte, vergrub sie ihr Gesicht an meiner Brust und heulte sich aus.

»So ist es nun mal mit diesen Dingen. Du musst es gar nicht spüren. Du kannst sagen, was du fühlst und was nicht. Halt zurück, was du willst. Wenn etwas nicht funktioniert, gib es auf.«

Sie schlang ihre Arme um mich, ich spürte die behände Kraft in ihnen.

»Glaubst du an die Hölle, Roy?«

»Nein«, erwiderte ich. »Nur an die auf der Erde.«

»Ich muss Tiffany holen. Soll …«

»Ich regle das schon mit Nancy. Der einzige Grund, warum sie niemanden angerufen hat, ist, weil alle so vernarrt in Tiff sind.«

»Ich weiß, sie lieben sie. Das hab ich mir auch gedacht, als ich … Ich meine, ich hab gesehen, dass die alten Frauen, dass die auf sie aufpassen würden oder …«

»Das kannst du nicht machen.«

»Nein, ich weiß.«

Ihre Knie zitterten, und ich setzte sie auf den Stuhl. Sie musste noch was loswerden.

»Erzähl mir von ihm.«

Sie schüttelte den Kopf. »Ich will nicht.«

Ich dachte einen Augenblick nach. »Sie ist nicht deine Schwester, stimmt's?«

Sie starrte mich einen Moment schockstarr an, senkte dann den Kopf und fing wieder an zu weinen.

»Okay«, sagte ich. »Es macht nichts.«

»Ich habe sie *verlassen*. Ich habe sie zurückgelassen.«

Darauf wusste ich keine Antwort, also ließ ich sie einfach dasitzen, bis ihr Atem sich wieder beruhigt hatte. Ich rieb mir den Brustkorb und wartete.

Als sie endlich etwas sagte, war ihre Stimme leise und gänzlich unaufgeregt.

»Es hat angefangen, als ich krank wurde. Mom war nicht da. Manchmal ist sie ein paar Tage weggefahren, zu einem Kongress oder so, immer nur ein paar Tage. Ich hatte mir eine Grippe eingefangen, wahrscheinlich, weil ich die Nacht unter dieser Trestle-Brücke verbracht habe, aber das ist eine andere Geschichte. Als ich wieder zu Hause war, bekam ich Fieber und musste im Bett bleiben. So waren wir nur zu zweit, ich und Gary, da hat er mir den Fernseher ins Zimmer gestellt, und ich weiß noch, wie ich gedacht habe, wie nett das von ihm war. Wir hatten keine Medizin im Haus, und er trank Schnaps aus der Flasche. Er meinte, das sei gut gegen Grippe. Dass seine Mutter ihm und seinen Brüdern immer einen kleinen Whiskey gegeben habe, wenn sie erkältet gewesen waren. Und so saßen wir auf dem Bett und sahen fern, und ab und zu goss er mir einen Schluck Whiskey in einen Pappbecher. Ich weiß noch, dass es ein Pappbecher war. Nach einer Weile fühlte ich mich tatsächlich besser, fröhlicher, und merkte gar nicht mehr, dass ich krank war. Er erzählte mir Witze, und wir lachten über das, was im Fernsehen lief. Das Licht war dämmrig, bloß ein paar Kerzen und der Fernseher, und er saß neben mir im Bett, was mir aber nichts ausmachte, weil ich ja so fröhlich war. Er war aber so fett, dass er einsank und ich so halb auf ihn draufrollte, als ich einnickte. Und dann, ich weiß nicht, es war spät, und ich wachte wieder auf, obwohl, eigentlich war ich vielleicht die ganze Zeit wach. Ich weiß nicht genau, was passiert ist. Aber ich wachte auf, und er war zugange, er lag auf mir drauf.«

Sie schüttelte verwirrt den Kopf, als erzählte sie die Geschichte von jemand anderem.

»Er war so fett und hatte Pickel auf den Schultern, riesige rote Flundern, und er roch nach Krebsfleisch, nach Schlamm.«

Ich dachte an Dinge, die man nicht überlebt, selbst wenn sie dich nicht umbringen.

»Aber egal, als Mom dann zurückkam ... ich weiß nicht, vielleicht hat er ihr was gesagt ... Ihr erzählt, es sei mein Fehler gewesen. Aber auf einmal war sie anders zu mir. Wenn ich ihn sah, hätte ich jedes Mal schreien mögen. Ich wusste nicht, worum es eigentlich ging. Ich wusste nicht, was genau passiert war. Ich wurde dick, und Mom ist einfach weggegangen. Doch Gary meinte, das wäre gerade gut. Er könne jetzt Stütze vom Staat einfordern.«

Sie ließ den Kopf in die Hände sinken.

»Ich wurde immer fetter und konnte das Haus nicht mehr verlassen. Erst ganz zum Schluss fuhr er mit mir ins Krankenhaus.«

Ich beugte mich zu ihr. »Geh in dein Zimmer. Nimm ein Bad oder dusch dich. Entspann dich, vergiss es und komm runter. Versuch, wieder klar zu denken. Das, was du gemacht hast, damit ist Schluss.«

»Was willst du ...?«

»Ich bleibe bei mir im Zimmer. Ich habe auch eine lange Nacht hinter mir. Morgen früh rede ich mit Nancy. Bis dahin habe ich mir etwas überlegt. Hier können wir nicht mehr bleiben. Wir müssen weg.«

»Okay, okay, es tut mir leid.«

»Lass gut sein.«

»Tut mir leid, dass du dir das ganze Zeugs anhören musstest.«

Ich hielt ihr die Tür auf, und sie ging raus; als sie Trays Motorrad sah, das immer noch vor seinem Zimmer stand, blieb sie kurz stehen und sah sich zu mir um. Sagte aber nichts. Ich blieb in der Tür stehen, bis sie ihre Zimmertür aufschloss. Auf der Schwelle drehte sie sich noch einmal zu mir um und warf mir einen Blick zu, wie um sich zu vergewissern, dass ich noch da war. Dann machte sie die Tür zu.

Ich verbrachte die frühen Morgenstunden damit, mir zu überlegen, was ich als Nächstes tun sollte. Ich wollte, dass die Mädchen an ein bisschen Geld kamen. Denn der Grund für Rockys Verhalten war ihre Angst, ihr Wissen darüber, was es heißt, absolut nichts zu besitzen.

Vielleicht würde sie trotzdem weitermachen. Ich wusste nicht, ob das überhaupt eine Rolle spielte.

Ich fuhr mir kratzend über die Brust, im Inneren fühlte sie sich nach den Hustenanfällen wund und empfindlich an.

Meine Krankheit erforderte, dass ich die Dinge beschleunigte. Ich glaube, wenn ich noch ein Leben vor mir gehabt hätte, wäre ich bei den Mädchen geblieben und hätte versucht, dafür zu sorgen, dass es ihnen eine Weile gutging. Aber so lange würde ich es nicht mehr machen.

Ich sah, wie sich meine Rauchschwaden an der welligen Tapete brachen, und als der Pegel der Flasche sank und meine Gedanken intuitiver wurden, manischer, begann in meinem Kopf langsam ein Plan Gestalt anzunehmen.

Ich nahm mir den Ordner aus Sienkiewicz' Haus vor.

Ich regelte, was es mit Nancy zu regeln gab, und was Tiffanys Wohlbefinden anging, schien sie fürs Erste beruhigt. Ich sagte ihr, wir würden bald abreisen. Als ich mich abwandte, sagte sie: »Haben Sie Mr. Jones irgendwo gesehen?«

Ich blieb stehen und schüttelte den Kopf. »Gestern Nachmittag habe ich ihn kurz gesehen. Hab ihn wegen Rocky gefragt.« Ich schaute zu seinem Zimmer. »Sein Motorrad ist noch da.«

Sie sagte nichts.

»Schuldet er Ihnen was fürs Zimmer?«

»Nein. Er hat sogar noch ein paar Tage gut.«

Ich sagte nichts mehr und ging ins Zimmer der Mädchen. Sie sahen fern, eine Talkshow, Rocky saß hinter Tiffany und kämmte ihr die Haare.

»Du musst heute bei deiner Schwester bleiben. Sei brav, ich komme zurück.«

Sie schien geläutert und erschöpft, ließ die Schultern hängen und sagte leise, ohne sich zu mir umzudrehen: »Was hast du vor?«

»Ich bin an etwas dran. Ich komme nachher wieder. Etwas für euch beide.«

»Okay.« Sie betrachtete Tiffanys Haar, ihre Miene war müde und teilnahmslos. Ihre Finger bewegten sich automatisch wie ein Rechen.

Ich gab ihr ein bisschen Geld, und fuhr nach San Marcos, um bei der First National ein Konto zu eröffnen.

Unterwegs schaute ich mir noch mal die Papiere in Sienkiewicz' Ordner an. Berichte, An- und Abfahrtszeiten von Schiffen, daneben handschriftliche Notizen, die festhielten, wann und wo bestimmte Container verschwunden waren. In einem Rechnungsbuch, in dem die Zahlungen und Transportverluste ohne Codenamen und völlig unverschlüsselt notiert waren, hatte er die Nummern dieser Container rot eingekreist. Der Name Ptitko tauchte relativ häufig auf. Vermutlich hatte Frank Sienkiewicz geglaubt, die Unterlagen würden ihn unantastbar machen.

Ziemlich dumm eigentlich. Vielleicht hatte er versucht, mit der Staatsanwaltschaft einen Deal auszuhandeln, und jemand hatte ihn verpfiffen. Vielleicht hatte er Stan damit gedroht. Ich weiß es nicht.

Die First National hatte überall Filialen, sogar in New Orleans, und ich konnte mir von überall her telefonisch meinen Kontostand durchgeben lassen. Ich brauchte nur ein paar Ziffern einzugeben.

Alles, was man damals brauchte, waren ein Führerschein oder ein anerkannter Identitätsnachweis. Ich ließ das Konto auf die Postadresse auf meinem Führerschein laufen, die sich irgendwo in Alexandria befand.

Das nahm den größten Teil des Tages in Anspruch, und als ich am Abend zurückkehrte, sah ich nach den Mädchen. Rocky hatte sich ins Bett gelegt. Sie starrte an die Decke, während im Hintergrund der Fernseher lief und Tiffany sich mit einem Plüschbären vergnügte, den ihr die Ladys gekauft hatten.

»Hey, alles in Ordnung mit dir?«

Rocky studierte die graubraunen Wasserflecken an der Decke.

»Bist du krank?«

»Nein.«

»Was ist dann los?«

Zu reden fiel ihr schwer, doch ihr Blick wirkte konzentriert, als sähe sie sich gerade an der fleckigen Decke einen Film an. »Ich ruhe mich aus. Ich bin einfach nur müde, Roy.«

Das Mädchen legte den Kopf in den Nacken, um uns sehen zu können, und der Bär hing schlapp in ihren Händen. Sie hielt seinen Hals umfasst, als wollte sie das Plüschtier erwürgen.

»Du bist nicht krank?«

»Nein, nicht wirklich.«

Tiffanys Augen schossen zwischen uns hin und her, sie versuchte herauszubekommen, was los war. Ein Angstschauer kroch über meinen Rücken. Zum x-ten Male fragte ich mich, was vor ihr lag, und musste dabei an das Mädchen auf dem Rastplatz in Amarillo denken.

»Ich versuch einfach, mich zu erholen, Roy«, fuhr Rocky fort. »Runterzukommen und den Kopf klarzukriegen. Mach dir keine Sorgen. Mir geht's gut.«

Ihre Pupillen bewegten sich, als folgten sie einem Schwarm Bienen. »Eine anständige Mütze Schlaf, und mir geht's blendend.«

»Ich muss noch mal weg. Nur für ein paar Stunden. Danach wohl nicht mehr. Du musst dir also keine Sorgen machen. Pass einfach auf deine Schwester auf, und ich bin spätabends wieder da. Da sind dreißig Dollar. Bestell eine Pizza oder so was.«

»Okay.«

Tiffany drehte das Stofftier, dessen Arme hin- und herschlenkerten, zwischen den Händen.

»Was meinst du, vielleicht sollten wir morgen mal ausgehen«, sagte ich, was dämlich klang, aber ich wollte ihr etwas dalassen, eine Art Versprechen, das ihr durch die Nacht half.

»Am besten nur wir zwei. Zum Abendessen oder so.«

»Klar. Roy. Klingt gut.«

»Okay. Mädchen, wir seh'n uns.«

»Was hast du vor? Sagst du es mir?«

»Jemanden anrufen.«

Die Nacht draußen war schwarz und sternenlos, und die Luft schmeckte nach Regen. Einer der Scheinwerfer des Trucks gab den Geist auf, er flackerte schwach und ging zwischendurch immer wieder aus. Ich dachte, wenn sie einen Weg kannten, die Vorwahl herauszubekommen, wäre es besser, ich riefe von außerhalb an. Um ganz sicher zu sein, fuhr ich ein paar Stunden, bis ich Louisiana erreicht hatte. In Leesville hielt ich an.

Das Telefon hing an der Wand einer verlassenen Tankstelle, die bereits windschief in die weiche Erde eingesunken war. Das Schild mit den Benzinpreisen war abgefallen, und die Fenster des Büros neben der Garage waren mit Müllsäcken abgeklebt. Ich musste an die Säcke denken, die ich für Tray gekauft hatte, und meine Hände begannen zu zittern. Als ich vor dem Telefon stand, nahm ich ein paar Schlucke aus dem J&B-Flachmann, lehnte mich gegen die Verkleidung und rauchte eine Zigarette. In den dichten Wäldern, die bis an den Highway reichten, sirrten die Insekten, auf dem Parkplatz wucherte das Unkraut aus dem aufgeplatzten Asphalt. Wie hochgespraytes Haar glänzte es gelblich im Licht der Straßenlaterne, die sich über die Telefonzelle beugte, als wollte sie mich beschützen. Außerhalb ihres Lichtkegels raschelten die Bäume im Wind.

Als ich meine Zigarette aufgeraucht hatte, zündete ich mir eine neue an. Dann nahm ich den Hörer ab, warf meine Münzen ein, wählte.

Ich hatte George, den Barkeeper, dran, und hätte ihn fast gefragt, wie es seinem Ohr ging.

»Sag ihm, Roy ist am Apparat.«

Ein paar Minuten verstrichen, ich wartete, bis er endlich ranging, und lauschte derweil den Insekten, beobachtete die Motten und Moskitos, wie sie das fahle Licht umschwirrten. Als er antwortete, hörte ich ein Klicken, eine leichte Zunahme des Rauschens, ich wusste, er hatte dieses Ding in seinem Büro installiert, das verhinderte, dass man seine Gespräche abhörte.

»Das muss jemand sein, der mich ficken will«, sagte die Stimme am anderen Ende der Leitung. Sie klang tief und heiser wie ein Ochsenfrosch, und, weil er sich immer mühte, seinen Bayou-Akzent besonders zu betonen, auch immer ein wenig gestelzt.

»Bist das tatsächlich du?«

»Tatsächlich. Ich bin's.«

Ich hörte, wie er an seiner Zigarette zog, den Rauch inhalierte und wie die Tabakglut knackte. Ich dachte an Carmen, wie sie ihn über die Schulter blickend anlächelte. Im Licht der Laterne fühlte ich mich wie auf dem Präsentierteller, allein auf einer ausgestorbenen Straße, umgeben von einer Dunkelheit, von der ein diffuser Schrecken ausging.

»Hübsche Arbeit«, meinte er. »Ich meine, das war wirklich beeindruckend.«

»Ich hatte keine andere Wahl.«

»Das leuchtet mir ein. Wir haben die Sauerei beseitigt. Verdammt, ich habe mich gefragt, ob wir je wieder von dir hören.«

»Überraschung!«

Ich konnte mir sein rundes, in Falten gelegtes Gesicht vorstellen, die Verachtung in seinem knopfäugigen, berechnenden Blick und den Rauch, der aus seinen Nasenlöchern kräuselte.

»Kommst du demnächst wieder in unsere Gegend?«, fragte er.

»Kann ich mir nicht vorstellen.«

»Klar. Hab ich mir gedacht.«

»Warum, Stan? Ich kapier's nicht.«

»Warum was?«

»Warum legst du uns so rein, Stan? Ich meine, wofür?«

»Du irrst dich, Big Country. Das waren nicht wir. Das waren die Armenier. Die hatten selbst ein Ding mit dem Kerl am Laufen. Geschäfte. Ihr seid bloß zum gleichen Zeitpunkt aufgetaucht wie die. Pech für uns. Die hatten nicht vor, sich mit euch anzulegen. Die wollten bloß ihn.«

»Tatsächlich?«

»Absolut. Das war einfach Pech. Aber hey, immerhin Pech für die, was?«

»Ganz ehrlich?«

»Ehrenwort.«

Ich musterte mein Spiegelbild im geborstenen Glas der Telefonzelle. Ich sah nicht aus wie ich. Ich hatte in der letzten Woche knapp vier Kilo verloren und meine Haare eingebüßt.

»Außer«, sagte ich, »dass du gesagt hast, wir sollen unsere Knarren zu Hause lassen. Erinnerst du dich?«

Er schwieg. Ich glaube, er drückte eine Zigarette aus.

»Stan?«

»Oh. In Ordnung, du hast mich ertappt.«

»Wenn du mit jedem, der sie flachgelegt hat, so ein Ding abziehst, dann wirst du wohl ein paar Hundert Typen umlegen müssen.«

»Pass auf, was du sagst, Big Country.«

»Uns deshalb umzulegen, wofür? Ihretwegen? Das ist absurd.«

»Ach. Darum geht's doch gar nicht. Du, Angelo, ihr seid nicht wirklich existentiell für die Firma, verstehst du. Die Frage war doch eher: Warum nicht? So wie man eine Spinne zerquetscht. Drei Fliegen, eine Klappe. Sienkiewicz wird euch beiden angehängt. Kapierst du? Warum also? Weil ich es verdammt noch mal sage. Darum. Weil ich entscheide.«

»Dein Hirn ist ein Loch voller Schlangen.«

»Immerhin, du verstehst es.«

Ich schluckte heftig und holte tief Luft. Konzentrierte mich auf die raschelnden Blätter, die die Grenze der Dunkelheit markierten.

»Nun denn«, sagte ich. »Ich hab was.«

»Ich höre.«

»Frachtbriefe. Aufzeichnungen. Einen Ordner, der die Transaktionen glasklar auflistet. Ständig taucht dein Name auf. Ein echt langer und ausführlicher Brief, der alle Vorgänge erläutert. Alles handschriftlich verfasst von ihm. Ich schätze, das war es, was die Superhelden wollten.«

Ich hörte, wie am anderen Ende etwas splitterte.

»Verdammte Scheiße«, sagte er. »Unter meinen Augen ...«

»Tja, unter deinen Augen. Du hast es nicht anders gewollt, du schmierlappiger Polack. Dahinter waren sie doch her, oder? Hinter diesem Ordner, den Sienkiewicz zusammengestellt hat.«

Knisternde Stille in der Leitung. Die Käfer schwirrten im Lichtkegel der Lampe herum wie Flocken in einer Schneekugel. Weiter hinten bewegte sich etwas. Die Bäume im Süden warfen lange Schatten. Die Straße wurde hell, und ein paar Scheinwerfer tauchten alles in gleißendes Licht. Das Brummen eines Motors, mein Herz setzte aus, als der Van vorüberrauschte, mich einen Moment lang blendete, mich in Dieseldämpfe hüllte und meinen Schatten über den Parkplatz zucken ließ.

»Von wo rufst du an?«

»Spielt keine Rolle.«

»Was willst du?«

»Fünfundsiebzig. Bankeinzahlung.«

»Haha.«

»Das ist ein Schnäppchen.«

»Ich denke, es ist ein bisschen viel.«

»Kopien gehen an die *Times-Picayune,* nach Baton Rouge. *Washington Post* oder so. Landesweit. Die Originale an die Feds. ›Ptitko‹ steht drauf. Hier und hier und hier. Auf praktisch jeder Seite.«

»Trotzdem.«

»Such dir einen Stift, denn ich lege gleich auf.«

»Verstehst du nicht? Welche Sicherheiten habe ich?«

»Du kannst sicher sein, wenn mir etwas passiert, gehen die Papiere trotzdem raus.«

»Ich habe keine Lust, den Rest meines Lebens davon zu hören. Ich will nicht, dass du wieder anrufst, wenn du die Kohle verbraten hast.«

»Ich schätze, du musst dich daran gewöhnen, dass mein Wort mehr zählt als deins. Solange ich gesund und munter bin, bist du sicher. Ich habe was über den Typen, der die Sache leitet, gelesen. Bundesstaatsanwalt. Whitcomb. Hab gelesen, er ist echt sauer, dass Sienkiewicz abgängig ist.«

Darauf erwiderte er nichts.

»Das ist das Sahnehäubchen. Ich bin durch. Hast du was zu schreiben?«

»Warte.«

»Nein.« Ich diktierte ihm die Kontonummer bei der First National. Ich sagte ihm, er sollte das Geld bis morgen Nachmittag um vier eingezahlt haben oder ich ginge zur Post. Dann legte ich auf.

Meine Hände begannen wieder zu zittern, meine Knie gaben nach. Ich nahm einen kräftigen Schluck J&B, trat aus der Zelle und kotzte. Schnaken und Moskitos stürzten sich auf das Erbrochene und umschwirrten meinen Kopf wie eine Krone.

Der flackernde Scheinwerfer hielt mich auf dem Heimweg wach, ich ließ das Radio aus und nahm nur hin und wieder einen Schluck aus der Flasche. Ab und zu rutschte mir der Fuß vom Gas.

Auf der Insel flackerten über den Strand verstreut Feuer. Der Wind blies lautstark vom Wasser her. Doch abgesehen vom spärlich beleuchteten Schild und einer Schreibtischlampe im Büro war das Motel dunkel. Lances Grill stand wieder vor der Tür.

Ich spähte durch das Fenster der Mädchen, und durch den schmalen Spalt, den der Vorhang freigab, sah ich sie auf dem Bett liegen, eingehüllt in das bläuliche Leuchten des Fernsehers. Rocky hatte sich zwischen den zerwühlten Laken eingerollt, Tiffany lag neben ihr, Arme und Beine von sich gestreckt, nur mit einem großen T-Shirt bekleidet. Dasselbe Angstgefühl wie damals als Junge überkam mich, als sich mein Magen zusammenzog, mir der Schmerz in den Rücken schoss und ich am liebsten tagelang allein durch die Felder gelaufen wäre wie ein kranker Hund.

Am nächsten Tag sagte ich den beiden alten Damen, dass wir abreisen würden. Es war wieder so ein weißlich, salzig feuchter Tag. Wir wollten mit Tiffany ein letztes Mal zum Strand gehen, und sie fragten, ob sie uns begleiten dürften. Mit den beiden alten Jungfern im Schlepptau zog sich der Spaziergang eine Weile hin. Vorsichtshalber hatte ich ihre beiden Aluminiumklappstühle mitgenommen, und Rocky trug eine große Leinentasche mit Handtüchern und anderem Kram. Sie war zugänglicher heute, gleich am Morgen hatte sie mich gefragt, wohin wir an unserem großen Ausgehabend gehen würden. Ich hatte vergessen, etwas vorzuschlagen.

Gleichzeitig wirkte sie gelangweilt, und sie strahlte eine Resignation aus, die ich auf den Gesichtern von Menschen gesehen habe, die aufgegeben haben, die sich kampflos in ihr Schicksal gefügt hatten. Und das wollte ich ändern.

Die Frauen trugen sogar am Strand ihre dunklen Polyesterkostüme und tollten mit Tiffany im Sand herum. Selbst durch ihre dicken braunen Strümpfe hindurch waren die gezackten dunklen Windungen ihrer Krampfadern zu erkennen. Als ich ihre Stühle aufklappte, blähte der Wind mein Hawaiihemd auf. Die beiden Alten ließen sich äußerst vorsichtig nieder, verbargen ihre Gesichter unter breitkrempigen Hüten und getönten Gläsern, die sie auf ihre normalen Brillen steckten. Rocky wirkte in ihrer Gegenwart seltsam schüchtern und warf ihnen abschätzige Blicke zu, während sie sich bis auf den Badeanzug entblätterte. Ich setzte mich eine Weile zu den Schwestern in den Sand, und zu dritt sahen wir zu, wie Rocky Tiffany in die Wellen führte.

Ich konnte den blauen Fleck auf ihrem Schenkel erkennen, dennoch sah sie mit ihrer rosigen Haut, ihrem sehnigen Körper, ihren geschmeidigen Muskeln und ihrem wahrhaft erstklassigen Arsch verdammt gut aus. Ein Teil von Rocky verkörperte diese überwältigende Schönheit, die sie noch nicht wirklich zum Erblühen gebracht hatte, weil sie nicht die Zeit und den richtigen Ort dafür hatte finden können. Zumindest glaubte ich das.

Sie geleitete Tiffany ins Wasser, die Kleine schreckte noch immer vor den Wellen zurück, lachte dann aber lauthals los, als sie über ihr zusammenschlugen. Mit ihrem Lachen steckte sie Rocky an. Sie hob die Kleine hoch und ließ die Wellen ihre Beine umspülen, und oben am Strand hörten wir, wie das Lachen der beiden mit dem Tosen der Wellen verschmolz.

Außer uns waren auch noch andere Leute unterwegs, und es wurden ständig mehr. Familien, Kinder, Teenager, dunkle, braungebrannte Typen mit sonnengebleichten Haaren, die Rocky hinterherstarrten, wenn sie an ihr vorübergingen.

Die alten Jungfern gluckten und kicherten vor Freude über Tiffanys ausgelassene Schreie. Vergeblich versuchten sie, mit einem Taschentuch, das sie hin- und herwandern ließen, dem Schweiß Herr zu werden, der in kleinen Bächen über ihre Gesichter lief.

»Sie ist solch ein feines Persönchen«, sagte Dehra. »So warmherzig.«

»Ja«, pflichtete ihre Schwester bei. »Und so gute Anlagen.«

»Ich ... äh ... also ich weiß wirklich zu schätzen, wie Sie sich der Kleinen angenommen haben«, sagte ich.

»Sie ist was Besonderes.«

»Das ist sie.«

»Das meine ich auch«, sagte ich. Ich wartete einen Moment lang und fügte dann hinzu: »Es könnte sein, dass die beiden nach meiner Abreise noch eine Weile allein hier sein müssen.«

Unter ihren riesigen Hüten und den Sonnenbrillen war, wenn überhaupt, nur eine leise Verwirrung zu erkennen.

»Sie brauchen jemanden, der nett zu ihnen ist. Die Kleine braucht Leute, die sich um sie kümmern. Wenn sie denn hierbleiben.«

»Was meinen Sie damit?«, fragte Dehra.

»Falls ich nicht da sein sollte, meine ich. Falls die Kleine jemanden brauchen sollte.«

»Oh.« Sie sahen einander an.

»Ich weiß, dass ihr beiden euch um sie kümmern würdet.«

»Tja, also wissen Sie, wir haben nie richtig ...«

»Schon gut«, sagte ich und winkte ab. Dann stand ich auf und ging runter zum Wasser. Der Sand zerrte an meinen Füßen und machte mir die Beine schwer.

Die beiden standen in den Wellen und lachten mir zu, Tiffany warf die Arme in die Luft und winkte mich heran, damit ich sie hochhob. Ich watete in die warme Brandung, und als ich die Kleine in die Luft warf, schrie sie vor Freude auf, strampelte mit den Beinen und ruderte mit den Armen, um so lange in der Luft zu bleiben wie möglich.

Als Rocky sich die nassen Haare zurückstrich, wirkten ihre Grübchen einen Moment lang aufrichtig. In den Wassertropfen auf ihrer Haut brach sich funkelnd das Licht, auch ihre Augen und ihre Zähne leuchteten, trotzdem musste ich immer wieder auf die gräulichen Flecken auf ihren Schenkeln schauen.

»Hast du dir überlegt, wo wir schlemmen gehen?«

Ich drehte mich um und ließ meinen Blick über den Strand schweifen. Eine der Schwestern setzte gerade den kleinen Fotoapparat ab, den sie mitgebracht hatten. Wie festgefroren saßen sie da, in ihren dunklen Kleidern Nonnen gleich, die Gesichter verschattet und ausdruckslos. Etwas an ihrer doppelten Erscheinung wirkte konspirativ. Ich dachte an mein Bankkonto.

Das Büro quoll fast über vor frischen Blumensträußen. Wiedergutmachungsangebote von Lance, nahm ich an. Ich wollte Nancy Geld geben, damit sie am Abend auf Tiffany aufpasste, aber die Schwestern baten mich, sie zu sich nehmen zu dürfen, was mich angesichts der Zurückhaltung, die sie am Strand an den Tag gelegt hatten, überraschte. Ich ging zum Supermarkt und lieh ein paar Zeichentrickfilme aus.

Gegen halb fünf rief ich bei der First National an, das Geld war nicht da, nur die fünfzig Dollar, die ich eingezahlt hatte, um das Konto zu eröffnen.

Ich hielt an einem Münztelefon neben einer Bodega, vor der Tacofresser sich selbstzufrieden die Bäuche tätschelten und ihr in Papiertüten eingepacktes Bier tranken. Es spielte keine Rolle mehr, von wo ich anrief. Am nächsten Morgen war ich weg.

»Scheiße, was?«, brüllte ich in den Hörer.

»Ich musste ein paar Überweisungen vornehmen, die nicht vor morgen durchgehen. Ich hätte es dir gesagt, aber du hast mir ja deine Nummer nicht gegeben.«

»Die Päckchen sind gepackt, adressiert und frankiert.«

»Bitte, verschon mich mit deiner melodramatischen Scheiße. Du willst die Kohle. Morgen hast du sie, mehr kann ich dir nicht sagen.«

Ich legte auf. Als ich in der Bodega einen Flachmann kaufte und auf dem Gehweg einen schnellen Schluck nahm, spürte ich die Blicke der Mexe im Rücken. Als ich mich umdrehte, sahen sie mir geradewegs in die Augen, was ungewöhnlich ist, und ihre stummen, feindseligen Blicke schienen wie die des Mädchens in Amarillo ihr Urteil über mich zu fällen und folgten mir, bis ich wieder in meinen Truck stieg.

Da war ich kurz davor abzuhauen.

Rocky war einkaufen gewesen. Sie trug einen leichten langen Rock mit Kornblumenmuster, dazu ein ärmelloses Top mit Rollkragen, dessen Tugendhaftigkeit mich offenbar beeindrucken sollte, wenngleich ich nicht wissen wollte, wie sie an das Geld dafür gekommen war.

Sie wirkte aufgedreht, als wäre der Abend etwas ganz Besonderes. Sogar das mit der Wimperntusche hatte sie hingekriegt, feine, leichte Bürstenstriche, der ihre Wimpern in dunkle Federn verwandelten, und ich dachte, das sind die Augen der Frau, die sie vielleicht eines Tages werden würde.

Lance hatte im Zimmer der Schwestern den Videorecorder installiert, und ich sah ihnen nach, als sie Tiffany unter ihre Fittiche nahmen, die aufgeregt die beiden Videos studierte, die ich ausgeliehen hatte.

Auf dem Weg zum Truck kamen wir am Büro vorbei, wo Lance am Empfang stand. Er spähte zu uns herüber, wandte sich dann aber inbrünstig an Nancy, die mit verschränkten Armen dastand und ebenfalls zu uns herübersah.

»Wo willst du hin? Downtown? In einen dieser schicken Läden?«

Rocky überlegte und schüttelte den Kopf. »Lieber eine Country-Bar oder so einen Laden wie den, wo wir das erste Mal was getrunken haben. Wie der in Lake Charles. Das war cool.«

»So einen werden wir sicher finden.«

Die letzten Sonnenstrahlen überfluteten uns, und sie redete darüber, wie sehr sie das Meer hier liebte. Das Meer und die Musik im Radio. Sie machte mir gute Laune, und ich fühlte mich ein bisschen lächerlich dabei, in der Seeluft, die durchs Fenster wehte, den Lagerfeuern und den Wellen einen Hauch Freiheit zu sehen. Ich versuchte, das Gespräch darauf zu bringen, was sie eines Tages einmal alles machen könne, aber sie kam immer wieder auf das Wetter und das Meer zurück.

Ich fuhr ein Stück Richtung Westen, nach Angleton, wo an Country-Tavernen kein Mangel herrschte. Wir entschieden uns für einen größeren Laden, der sich Longhorn's nannte, ein anständig aussehender, aus Zypressenstämmen errichteter Schuppen, der genau das bisschen Schick mehr hatte, um Leute abzuhalten, die auf Ärger aus waren. Auf dem mit Austernschalen aufgeschütteten Parkplatz standen ein paar Trucks ohne erkennbare Ordnung.

Drinnen gruppierten sich dunkelgebeizte Tische um eine Tanzfläche aus breiten Holzdielen, dahinter befand sich eine kleine Bühne für den DJ und eine Band. Ein paar spärlich beleuchtete Laternen tauchten die Standfotos aus berühmten Western, die an den Holzsäulen hingen, in ein weiches Licht. Links von den Tischen nahm eine Bar die gesamte Breitseite des Raumes ein. Ich ging hin und holte uns einen Pitcher Lone Star.

Sie wartete mit züchtig auf dem Tisch gefalteten Händen und durchgedrücktem Rücken auf mich. Ich goss uns ein, sie bedankte sich mit einer Wohlerzogenheit, die mir neu war, sie aber sehr liebenswert machte. Als wollte sie bei mir etwas gutmachen.

Die Kellnerin, deren Nase sich in Falten legte, wenn sie redete, reichte uns zwei Speisekarten und meinte, sie würde sich freuen, wenn sie ab jetzt das Bier bringen dürfe. Rocky studierte das Angebot. Es bestand fast nur aus Burgern und Steaks, und wir sagten der Kellnerin, wir würden noch einen Moment brauchen.

Wir tranken Bier aus dem Pitcher und unterhielten uns.

»Eine Menge dieser Kellnerinnen verdient gutes Geld. Damit ziehen sie sogar ihre Kinder groß.«

Sie nickte.

»Oder wenn du kannst, werde Rezeptionistin, Anrufe beantworten und lächeln.«

»Ja, ja, ich hab's verstanden.«

Sie füllte mein Glas. Ich gab ihr Feuer, dann saßen wir da und sagten nicht viel, bis der Pitcher fast leer war. Langsam füllte sich der Laden, meistens ältere Cowboypärchen, die Frauen in Jeans und die Männer mit Stetsons.

»Hör zu«, sagte ich. »Der Abend vorgestern. So was will ich nicht noch einmal erleben. Du würdest das nicht durchstehen.«

»Nein.« Sofort begannen ihre Augen zu glänzen. »Nein. Keine Sorge, ich …«

Sie schüttelte den Kopf und brütete über ihrem Bier und umklammerte mit beiden Händen den Krug.

»Ich weiß nicht, was mit mir ist. Irgendwie ticke ich manchmal nicht richtig. Ich … also, wenn mir eine Idee kommt. Und wenn es nur eine Idee ist. Dann glaube ich daran. Mir kommt so eine Idee, und ich tue so, als wäre sie echt. Wirklich. Das macht mir Angst, Mann. Wegen der Art, wie ich mich dann benehme. Bei Dingen, wo ich normalerweise zu mir selbst sagen würde: *Mädchen, was treibst du da?* Aber dann denke ich, dass es okay ist, weil ich denke, dass meine Idee echt ist und ich recht habe, und dann mache ich verrückte Sachen.«

Ihr Mund zuckte ein paarmal, sie hielt den Blick ins Glas gesenkt, dessen Rand sie mit dem Finger nachfuhr.

»Als würde ich irgendwie abheben.«

Ich nickte. »Das kenne ich.«

Sie brütete weiter, drehte den Krug hin und her, bis ihre Knöchel weiß wurden. Dann tat ich etwas Merkwürdiges. Ich langte über den Tisch und ergriff ihre Hand und drückte sie fest. Ihre Hand hatte spielend in meiner Handfläche Platz, sie drehte sie um, drückte meine.

»Ich habe geglaubt, du wärst abgehauen.«

»Bin ich nicht. Ehrlich.«

»Ich weiß. Jetzt.«

Die Kellnerin füllte unseren Pitcher nach und fragte schon gar nicht mehr nach unseren Wünschen. Über der Tanzfläche wurde das Licht gedimmt, und George Strait begann in seinem nüchternen vollen Texas-Twang zu singen. Leute standen auf und drängten auf die Tanzfläche, die älteren Paare zuerst, Männer mit Gürtelschnallen in der Größe menschlicher Herzen.

»Es kann aber nicht so weitergehen, Rocky. Egal, ob ich da bin oder nicht.«

»Ich weiß. Ich weiß es doch.«

»Du hast jetzt die Kleine. Es ist vorbei. Für immer.«

»Das macht mich alles ganz kirre.«

Wir tranken unseren frischen Pitcher und sahen zu, wie sich die Paare langsam zur Musik drehten und im Twostep über die Tanzfläche schwebten. Beim vierten oder fünften Song leuchteten auf der Bühne blasse grüne und dunkelrote Spots auf und glitten wie gespenstische Fische über die Tänzer und die glänzenden Dielen. Der nächste Song war langsam und auf eine stolze Art traurig. Frauen mit aufgeplusterten Frisuren und gewaltigen Hintern, die in zu engen Jeans steckten, wiegten sich verzückt im Rhythmus. Tabakschwaden schwebten über uns und dämpften das Licht.

»Das macht mir alles Angst«, sagte sie. »Tiff. Ich ängstige mich wegen dem, was ich getan habe. Und dass ich sie mit hierhergebracht habe. Was ich getan habe, Mann. Was ich getan habe.«

Ich beugte mich vor und brachte sie dazu, mich anzusehen.

»Die Vergangenheit ist nicht real.«

»Was?«

»Sag dir das. Immer wieder. Die Vergangenheit ist nicht real. Das ist nur eine der Ideen, von denen du glaubst, dass sie real sind. Sie existiert nicht, Baby.«

Ihre Stirn legte sich in Falten, und ihr kleiner Mund stand sperrangelweit offen. Stumm.

»Alles beginnt jetzt. Jetzt, in diesem Moment.«

Sie rieb sich die Augen und sah zu den Leuten auf der Tanzfläche.

»Und jetzt hör mir mal zu, ich habe etwas am Laufen. Das könnte eine Weile für dich reichen.«

»Was meinst du?«

»Nimm mal an, du hättest Geld. Was würdest du tun?«

»Wie viel Geld?«

»Genug. Um die Miete zu zahlen, das Essen. Eine ganze Zeitlang.«

Sie schien nachzudenken, ihr Blick verlor sich, und ihr Fingernagel kreiste um den Kondenskringel, den das Bierglas auf dem Tisch hinterlassen hatte.

»Okay. Dann sage ich dir, was du tun musst. Du machst so einen Schulabschlusstest.«

Sie lachte abfällig.

»Ich meine es ernst. Wirklich. Du holst dir jemanden, der auf die Kleine aufpasst. Und dann gehst du zur Schule und holst deinen Abschluss nach.«

»Schule?«

»Genau.«

»Aber wie ...«

»Nimm an, du kannst es dir leisten. Dann machst du genau das, was ich dir gerade gesagt habe. Egal, was du später machen willst. Aber du lernst etwas. Du bist doch clever. Lerne einfach, etwas aus dir zu machen.«

Ich ergriff wieder ihre Hände.

»Du tust es für dich, oder du tust es für sie. Aber du tust es.«

Sie sah mich an, bis die Angst fast aus ihren Augen gewichen war.

»Du warst stark genug, auf die eine Art zu leben, dann leb ab jetzt auf die andere. Dein Leben fängt jetzt an. Jetzt.«

»Okay, Roy. Okay.«

Wir hörten zu, wie der Song verklang und die Paare austrudelten. Ich bemerkte, dass ich immer noch ihre Hände hielt, ließ sie los und zog meine Finger zurück.

»Wann weißt du es?«, fragte sie.

»Was?«

»Das mit dem Geld.«

»Morgen.«

»Was, wenn es nicht klappt?«

Ich zuckte mit den Schultern und trank mein Glas aus.

»Dann lasse ich mir etwas anderes einfallen.«

Ihr Blick wurde glasig, wir hatten schon viel getrunken, sie leerte ihr Glas und wischte sich über den Mund.

»Hast du ...?«

Die Frage erstarb ihr auf den Lippen.

»Was?«

Sie schluckte heftig und verschränkte die Finger.

»Hast du was mit diesem Typen, mit Tray, gemacht?«

»Nein.« Ich lächelte. »Ihm ein bisschen Angst gemacht, vielleicht. Ich habe ihm gesagt, er soll die Finger von dir lassen und sich verpissen. Wahrscheinlich raubt er jetzt in Corpus Apotheken aus und bettelt darum, erschossen zu werden.«

»Oh.« Sie studierte einen Augenblick lang mein Gesicht, doch da gab es nichts drin zu lesen, dann schauten wir beide zu den träge über die Tanzfläche gleitenden Spots. Glen Campbell jetzt.

»Also«, sagte sie, ihre bierseligen Augen funkelten, und sie lächelte über das ganze Gesicht. Es war, als öffne man an einem Sommermorgen die Fensterläden. »Tanzt du jetzt mit mir, oder was?«

Ich schüttelte den Kopf und lachte, und sie tat so, als würde sie mich erschreckt anstarren. Dann führte sie mich mit derselben sanften Entschlossenheit, mit der sie Tiffany in die Wellen geleitet hatte, auf die Tanzfläche, und ich war betrunken genug, mir nicht wie ein kompletter Idiot vorzukommen.

Ein paar Leute warfen uns von ihren Tischen aus befremdete Blicke zu, aber nicht lange. Ich überragte sie so sehr, dass ich mich zu ihr runterbeugen und aufpassen musste, ihr nicht auf die Füße zu treten.

Sie presste ihre Wange gegen meinen Brustkorb, und wir wiegten uns hin und her, während uns ein paar Cowboys mit ihren Ladys umkreisten und die Gespensterfische über uns schwammen und alles in ihr blasses Licht tauchten. Ihr Haar roch nach Salzwasser und Sonne.

Ich weiß nicht mehr, wie viele Songs wir so an uns vorüberziehen ließen, aber am Ende ließen wir das mit dem Essen. Wir tranken noch ein paar Bier, und sie erzählte mir ein paar wirklich gute Witze. Ich weiß noch, wie schallend ich lachte.

Sie erzählte mir Geschichten. Wie sie auf dem Rücksitz mitgefahren war, als ihre Mutter zu dieser merkwürdigen Verabredung bei den Trailern im Wald fuhr. Sie erzählte mir von ihrer Tanzgruppe in der Schule, aus der sie aussteigen musste, als sie schwanger wurde. Erzählte mir, wie sie die Schule ganz geschmissen und tagein, tagaus in der kleinen Hütte in den Feldern verbracht hatte.

Dann tanzten wir weiter.

Es war spät, als wir gingen, sie ging leichtfüßig vor mir her, schwankte und torkelte ein bisschen und bedankte sich unentwegt bei mir. Am Rand des Parkplatzes war die Nacht blau, und unter den Bäumen, wo ich geparkt hatte, dunkel verschattet.

Als wir uns dem Truck näherten, fiel mir etwas auf. Er hing merkwürdig schräg auf den Achsen, und als ich nach meinen Schlüsseln fummelte, sah ich, dass der linke Hinterreifen völlig platt war. Wie ein Pfannkuchen. Ich schaute sie über die Kühlerhaube hinweg an und sagte: »Hey …«

Männer tauchten hinter ihr auf. Aus dem Nichts. Austernschalen knirschten.

Dann traf mich das Rohr direkt auf die Augen.

Jemand hielt meine Arme. Ich wollte mich losreißen, aber mein Hinterkopf explodierte. Schwindelerregende, schädelknackende Schmerzen.

Ich wusste, es war etwas gebrochen, in mir, in meinem Kopf.

Dann spürte ich den Staub auf meinen blutenden Lippen, erkannte die Austernschalen, die mein Gesicht zerschnitten, während sie mich wegzogen. Meine Arme wurden hochgezogen. Mein Sichtfeld war in der Mitte geborsten, und die beiden Hälften passten nicht mehr zueinander. Ich hörte gedämpfte Schreie.

Die Türen eines Vans wurden aufgeschoben. Dann schlugen sie mich wieder.

Stechende Schmerzen in den Schultern. Sie zerrten mich an Händen und Füßen über den Kies. Sie hatten mir die Stiefel abgenommen. Knirschende Schritte, heftiges Keuchen. Ich versuchte, die Arme zu bewegen, aber sie gehorchten mir nicht. Ich konnte Kniekehlen erkennen und die Absätze von Schuhen. Aufgereihte Sterne am Horizont. Ich drehte den Kopf und erkannte die verkrusteten Ziegel und das Schild. STAN'S PLACE. Ich schrie auf.

Rocky konnte ich nicht sehen. Auch nicht hören. Aber ich schrie. Sie ließen meine Arme los und traten auf mich ein, bis ich wieder das Bewusstsein verlor.

Ich erwachte am Boden liegend, das Gesicht auf kaltem Beton, umgeben von dunklen Wänden in einem kleinen Raum. Ich spürte, dass die Jungs um mich herumstanden, irgendwo im Schatten. Fragte mich, wer sie waren, ob Lou oder Jay dabei waren. Nur eines meiner Augen funktionierte und mit dem sah ich doppelt.

Ich erkannte den Lagerraum. Die stählerne Tür zur Tiefkühlkammer am Ende und die Tür zur Vorratskammer an der Seite. Dann war der Flur rechts von mir, dort gab es noch mehr Räume.

Ich hörte Rocky nur für den Bruchteil einer Sekunde, irgendwo aus dem Flur, ein kurzer, erstickter Schrei.

In der Nähe lachte jemand hämisch. Jemand warf mir den Ordner mit den Papieren ins Gesicht. Ich kotzte Blutklumpen.

Einer von ihnen sagte: »Bleib bei uns, Big Country. Wir warten noch auf Stan. Du musst ihm noch was übrig lassen.«

Ich versuchte, mich zu bewegen, schaffte es aber nicht. Meine Hände waren nicht mehr zu gebrauchen. Der Schmerz war überall und erfasste mich, immer tiefer, immer schlimmer. Die Beine der Männer materialisierten sich im Dämmer, glänzende Jogginghosen, Jeans, Stiefel und Sneaker umstanden mich.

Einer sagte: »Bist du nicht krank, oder was, Big Country?«

»Du hast dem Doktor eine Scheißangst eingejagt.«

»Der hatte so viel Schiss, dass er abgehauen ist. Sich ein paar Tage in Bay St. Louis die Kante gegeben hat.«

Da erinnerte ich mich zum ersten Mal wieder daran, den Doktor angerufen zu haben.

»Dumm, Mann. Wirklich strunzdumm, Big Country. Du verschissener Mistlatschen-Redneck.«

Ich glaubte, Rockys unterdrückte Stimme wieder zu hören, irgendwo, hinter Türen, rasend, schriller werdend, dann absterbend, wie abgeschnitten, stumm.

Die Schuhe kamen näher, ein Baseballschläger und ein langes Rohr in Kniehöhe. Ich pisste in die Hose. Versuchte aufzustehen, aber entweder der Schläger oder das Rohr erwischte mich und brach mir den Kiefer.

Ich spuckte Zähne. Meine Zunge war aufgerissen. Dann machten sie weiter.

Als ich wieder aufwachte, war ich an einen Stuhl gefesselt und konnte kaum noch atmen. Meine Brust brannte, meine zerschmetterte Nase gurgelte. Ich hatte in meinen Schoß gekotzt, und der Zementboden glänzte blutig. In der Ecke tropfte eine Klimaanlage, die schwach beleuchtet von einer Industrielampe hoch oben unter der Decke hing. Sie erinnerte mich an die orangefarbene Lampe in der Diele von Frank Sienkiewicz' Haus. Mir schien, als hätte ich die Diele nie verlassen, ich war immer noch dort und hatte nur geträumt, ich wäre entkommen.

Ich sah nicht mehr gut mit dem einen Auge, aber am Rand meines Sichtfeldes konnte ich ausmachen, wie sie mein Gesicht zugerichtet hatten.

Der Stuhl war schwer, anständige Tischlerarbeit und meine Arme waren so brutal und unnatürlich festgezurrt, dass ich vor Schmerzen Rückenkrämpfe bekam. Mein Oberkörper war ebenfalls zu fest an die Lehne gefesselt, von den Knöcheln ganz zu schweigen. Ich stank, als hätte ich mich vollgeschissen. Selbst mit meiner eingeschlagenen, blutverkrusteten Nase konnte ich es riechen.

Mir war klar, dass sie sich Zeit nehmen würden. Viel Zeit. Ich hatte Geschichten gehört, über Stan und einen Schweißbrenner.

Ich begann zu flennen.

Ich dachte nicht mehr an Rocky oder ihre Schwester. Ich wollte einfach nicht, dass man mir noch mehr Schmerzen zufügte. Ich weinte heftig, jedes Mal, wenn sich mein Brustkorb hob, schnitten Klingen in meine Rippen und Schultern. Es gab nichts mehr, das ich nicht getan hätte, um zu überleben. Ich würde betteln. Ich würde alles tun.

Die Klimaanlage in der Ecke tropfte weiter, und hinter mir konnte ich leise Stimmen ausmachen, sie mussten aus der Bar kommen, dazu ein ständiges, unverständliches Gebrabbel. Mir dämmerte, dass sie da vorne saßen und fernsahen.

Bier tranken und fernsahen. Auf Stan warteten.

Ich weinte lauter.

Hinter mir ging leise quietschend eine Tür auf, die gleich darauf vorsichtig wieder geschlossen wurde. Ich konnte spüren, dass eine weitere Person im Raum war, in meinem Rücken, als wäre die Luft durch ihre Gegenwart dichter geworden.

Ich bekam keine Luft, und Tränen liefen mir übers Gesicht und blieben am Blut kleben. Ich vernahm leise Schritte auf Beton. Ich glaube, ich versuchte, *Bitte* zu sagen. Oder *Warte.*

Warte.

Dann wurde aus der Dunkelheit heraus ein Geruch wahrnehmbar, nach Camel Menthol, Gin und Puder und Charlie. Obwohl es komisch war, dass ich das in meinem Zustand riechen konnte, spürte ich es, die Luft nahm Gestalt an, und ich wusste, wer hereingekommen war.

»Psssssst«, flüsterte sie. »Sei still. Kein Geräusch.«

Carmens Flüstern warm in meinem Nacken. Etwas zerrte an meinen Handgelenken, und der Schmerz stach in meine Schultern. Ich jaulte auf, und sie zischte: »Klappe!«

Die Kabel, mit denen meine Handgelenke gefesselt waren, fielen zu Boden, meine Arme baumelten schlaff, als gehörten sie nicht zu mir.

Dann fiel das Seil, mit dem sie meinen Oberkörper fixiert hatten.

Sie trat vor mich, und endlich sah ich sie.

Sie kniete sich vor mir nieder und sah auf, ihre harten, hinterhältigen Augen signalisierten Angst, ja Mitgefühl, sie sah mich kaum an, doch der Blick auf mein Gesicht ließ sie zusammenzucken. Carmen kauerte im Dämmerlicht auf dem blutigen Beton, und während sie mit einem kleinen Messer das Klebeband um meine Knöchel durchschnitt, ließ ich das Kinn auf die Brust sinken.

Sie erhob sich. Ihre Augen flackerten, und ihre Lippen verzogen sich vor Scham und Abscheu. Ihre Wimperntusche war zerlaufen, und über ihre Wangen zogen sich schwarze Schlieren, als hätten ihre Augen Tinte verspritzt. Sie sah über die Schulter zur Tür und legte das Messer in meine feuchte Hand.

Schloss meine Finger um den Griff. Ich jaulte erneut auf, so sehr schmerzte es. Sie flüsterte: »Steh auf, Roy. Steh auf.«

Ich glaube, ich fragte nach Rocky, denn ihre Augen flackerten kurz auf, doch sie schüttelte nur den Kopf. Sie half mir auf die Beine, und als sie mich losließ, wäre ich fast gestürzt. Obwohl es meinen Beinen gar nicht so schlecht ging. Nur allem anderen.

»Sieh zu, dass du hier rauskommst. Hau ab, Roy. Sieh nicht zurück. Hau einfach ab.«

Ihre rauchige Stimme war tränenerstickt, sie klang fast verärgert, als hätte ich ihr Unrecht getan.

Ich wollte etwas sagen, aber mein Kiefer reagierte nicht, und meine Zunge war so geschwollen, dass sie den ganzen Mund ausfüllte. Carmen glitt von mir weg, ich hörte das gedämpfte Klacken ihrer Absätze, dann ging quietschend die Tür auf.

Die Wand war kalt, ich lehnte meine Stirn dagegen, meine Hand umklammerte das Messer. Die andere war nutzlos, alle Finger waren gebrochen und verbogen.

Als ich versuchte, ein paar Schritte zu gehen, schossen betäubende, bis auf die Knochen reichende Schmerzen durch meine Füße. Die Tür zum Flur schien meilenweit entfernt, und bei jedem Schritt knackte etwas in meinem Körper.

Ich blinzelte, fiel auf die Knie, sah das Licht der Industrielampe in der Ecke und hörte das Tropfen der Klimaanlage.

Dann hohes Gras, dahinter ein See.

Fleckiger Zementboden, kalt, dunkel, feucht.

Nächtliche Baumwollfelder, das Zirpen der Grillen.

Die Schwatten auf der Junior High. *Was glotz' du so, Bauerntrottel? In die Weißbrotfresse?*

Vor dem Lagerraum raffte ich mich auf, ging auf das rote Notausgangslicht am Ende des Flurs zu. Eine Abstellkammer, eine Toilette, ein weiteres Büro. Hinter mir erscholl Konservengelächter aus dem Fernseher; mich an den Ziegeln in der Wand entlanghangelnd, entfernte ich mich weiter und weiter davon und hinterließ eine Blutspur wie ein angeschossenes Tier. Ich passierte das Büro. In dem Rocky war.

Sie hatten den Schreibtisch leer gefegt und sie darübergelegt. Ihre Kleider lagen auf dem Boden zwischen Schreibunterlagen, Stiften und Papier. Eine Lampe, die auf einem Aktenschrank stand, warf einen Sarg gelblichen Lichts über ihren Körper. Ihr Gesicht war zur Tür gedreht, ihre stumpfen Augen begegneten meinen, sie waren leer, schreckensstarr und anklagend. Um ihren Hals war eine Krawatte geschlungen. Ich erinnere mich noch an das Paisleymuster.

Ich ließ sie dort liegen.

Ich warf mich gegen die waagerechte Stange des Schließmechanismus, drückte sie, gegen das harte Metall knallend, nach unten und lag draußen im Kies des Parkplatzes; die Nacht war gleichzeitig hell und dunkel, purpur- und goldverschmiert. Ich richtete mich auf, das Licht einer Straßenlaterne fing sich in der Klinge, beleuchtete meine bluttriefende Hand. Wankend krachte ich in einen Mann, der hinter dem Müllcontainer hervorkam und sich den Hosenschlitz zuzog.

Jay Meires Gesicht verzerrte sich, als er mich sah, er bellte und griff nach etwas, doch da warf ich mich schon auf ihn. Ich drückte ihm den Daumen ins Auge und fiel mit meinem ganzen Gewicht auf ihn, bis der Augapfel platzte und tief in die Augenhöhle hineinfuhr. Fast hätte er noch geschrien, aber es ging zu schnell, und ich jagte ihm das Messer ins andere Auge.

Ich saß auf seinem Hals und stach auf ihn ein.

Schließlich raffte ich mich wieder auf und sah auf Jays zerstörtes Gesicht hinunter.

Büsche. Parkende Autos. Wir befanden uns hinter der Bar, und einen Block weiter, hinter einer leerstehenden Brache, durchschnitt ein Strom vorbeifahrender Autos die Nacht. Hinter mir wurden Stimmen laut.

Ich war auf den Feldern, das dunkle Gras schnitt mir in die Arme, und aus der Bar schrien sie hinter mir her.

Ich fing an zu träumen, und als ich mein Auge wieder aufmachte, stand ich mitten auf der Straße. Scheinwerfer wogten über mich hinweg, blendeten mich, Bremsen kreischten.

Ich begann zu schreien und winkte. Ein paar Wagen hätten mich fast erfasst, einer erwischte mich mit dem Seitenspiegel am Ellbogen und wirbelte mich herum. Der Wagen kam quietschend zum Stehen.

Weißes Licht blendete mein Auge. Fahrer hupten. Ich schrie und weinte. Dachte, die Jungs wären direkt hinter mir.

Ich riss die Fahrertür auf, der Mann versuchte noch wegzufahren, ich habe immer noch sein Gesicht vor mir. Aufgerissener Mund, aufgerissene Augen. Irgendwie vergrub ich die Klinge in ihm. Zerrte ihn an seinem Hemd auf die Straße.

Sie fanden mich keinen Kilometer entfernt, im Schaufenster eines Wirtschaftsprüfungsbüros, mit dem Brustkorb im Lenkrad.

Ich erwachte im steril gleißenden Licht eines Krankenhauses, so durstig, dass ich es nicht mehr aushielt, aber als ich den Mund öffnete, wurde ich vom stechenden Schmerz fast ohnmächtig. Vor meiner Tür standen zwei Polizisten. Mull bedeckte mein linkes Auge, später erklärten sie mir, dass ich es verloren hätte. Mein Haaransatz verlief gezackt, meine Augenbrauen waren abgerissen und mit rohen Stichen wieder angenäht, meine Nase war fett und zerlaufen wie Margarine.

Niemand sagte mir etwas. Zwei Cops standen daneben, während der Typ von der Staatsanwaltschaft mir die Anklagepunkte vorlas, aber ich konnte nichts erwidern und mit meiner zerquetschten Hand auch nichts aufschreiben. Meine Zunge war geschwollen und trocken wie Schmirgelpapier, dort, wo sie genäht worden war, kratzten die Fäden an meinem Gaumen. Auch ohne hinzufassen, konnte ich die Schrauben in meinem Schädel spüren.

Der Mann, den ich niedergestochen hatte, überlebte. Der Staatsanwalt erwähnte weder Rockys Leiche noch die von Jay Meires. Auch nicht Stan Ptitko.

Zwei Wochen später eskortierten mich NOPD-Cops vom Krankenhaus in die Krankenstation des Stadtgefängnisses. Dem Bezirksstaatsanwalt erzählte ich, was passiert war, von Stan Ptitko und Angelo Medeiras und Frank Sienkiewicz und Rocky. Die ganze Geschichte. Der Mann meinte, mein Fall müsse vorschriftsmäßig behandelt werden, deshalb müssten sie warten, bis ich nicht mehr unter dem Einfluss von Medikamenten und Schmerzmitteln stand, sonst könnte die Verteidigung Einwände erheben. Außerdem war da noch etwas mit den Feds, als würden die Jungs von hier mich vor den Feds abschirmen wollen. Ein stellvertretender Staatsanwalt meinte, in ein paar Tagen würden sie die Medikamentierung absetzen, dann würden sie meine Aussage aufnehmen.

Ohne die Pillen brachten mich die Kopfschmerzen fast um. Ich bekam Besuch von einem weiteren Anwalt. Die Cops mussten angenommen haben, er wäre mein Verteidiger. Sie verfrachteten mich in einen Besuchsraum, der die Form eines Zugabteils hatte und von einem Tresen in der Mitte geteilt wurde, über den ein Maschendrahtzaun gespannt war. Behördengrüne Wände, die den schweren metallischen Geruch der Verzweiflung atmeten. Ich setzte mich dem Mann gegenüber, der einen Anzug trug.

Sein Kopf war weich und rosig wie ein Bleistiftgummi, ein kurzgeschorener Kranz umgab seinen Schädel, und seine Lippen waren wulstig und rot. Er trug eine Brille, und seine Züge waren stumpf und plump. Runde Nase, rundes Doppelkinn, Ohren wie Türknäufe. Der Anzug ließ ihn schlanker erscheinen, wie auch die dicken Brillengläser. Er stellte einen Aktenkoffer auf den Tresen und öffnete ihn so, dass ich nicht sehen konnte, was sich darin befand.

Ich glaubte, ihn als jemanden zu erkennen, der Stan kannte.

»Mr. Cady«, sagte er. »Ich spreche zu Ihnen als Berater einer nicht genannten Partei, die glaubt, am Rande von Ihren jüngsten Straftaten betroffen zu sein. Soweit ich weiß, ist Ihre Fähigkeit, sich zu artikulieren, gegenwärtig äußerst eingeschränkt, deshalb will ich Ihnen lediglich die Gründe meines Besuchs zur Kenntnis geben.«

Im dichten Haar seines Handgelenks ruhte eine goldene Armbanduhr. Seine manikürten Fingernägel strichen über ein paar Papiere, dann schloss er den Koffer. Ein niederschmetternder Kopfschmerz kam wie ein Güterzug auf mich zu und hüllte mich in weißes Licht.

»Meine Beschäftigung mit Ihrem Fall beschränkt sich darauf, im Interesse meines Mandanten herauszufinden, ob Sie im Rahmen Ihrer Verteidigung vorhaben, Dritte mit den Ihnen zur Last gelegten Verbrechen in Verbindung zu bringen, um Ihr eigenes Strafmaß zu verringern.«

Ich konnte ihm nur den Kopf entgegenrecken. Er sprach in einem künstlichen, mit einem alten Plantagenbesitzerakzent durchsetzten Singsang, der ebenso ohne Ecken und Kanten war wie sein Gesicht.

»Mit anderen Worten, versuchen Sie Vorteile daraus zu ziehen, indem Sie mit dem Finger auf andere zeigen?«

Ich nickte. Positiv. Die Schrauben in meinem Kopf zogen ihn nach unten. An der Tür stand ein Deputy des Sheriffs. Er hatte sich von uns abgewandt, wirkte aber hellwach und aufmerksam.

Der Anwalt schob seine Brille hoch. »Dessen wollte ich mich durch meinen Besuch vergewissern, damit mein Mandant die Möglichkeit einer effektiven Verteidigung erhält. Nun. Natürlich würde eine solche Verteidigung die Einvernahme einer Reihe von Zeugen erforderlich machen, die im Kreuzverhör Ihre Version der Ereignisse bestätigen oder ihr widersprechen müssten.«

Ich beäugte ihn, dabei schmerzten und pochten die Knochen um meine Augen, ich versuchte, mich auf eine Stelle des Maschendrahts zwischen uns zu konzentrieren, und mein Blick fand an einer Halt, wo die Farbe abgeplatzt und das Metall angerostet war.

»Also – diese Zeugenliste würde eine Reihe von Personen einschließen, mit der Sie in jüngster Vergangenheit Umgang hatten. Personen, mit denen Sie unterwegs waren oder mit denen Sie bekannt sind. Darunter befände sich eine gewisse Nancy Covington, Eigentümerin und Betreiberin des Emerald Shores Motels in Galveston, Texas. Richtig?«

Er holte ein Blatt Papier aus seinem Koffer und schien davon abzulesen. »Das würde ebenfalls ein kleines Kind mit einschließen. Richtig? Eine Vierjährige, wenn ich richtig informiert bin?«

Die Schrauben in meinem Schädel fühlten sich an, als würden sie tiefer und tiefer hineingedreht, und ich dachte über den Maschendrahtzaun nach. Wie vollkommen ein Menschenleben von einem dünnen Drahtgeflecht abhängen konnte. Dem Anwalt schien es nicht einmal bewusst zu sein, oder vielleicht ahnte er irgendwo in seinem Inneren etwas, aber in diesem Augenblick war das Geflecht das Wichtigste und Kostbarste, was er im Leben hatte. Er las weiter.

»Der Name, den ich hier habe, lautet Tiffany Benoit. Gegenwärtig wohnhaft in Obhut von Nonie und Dehra Elliot, unter der Adresse 540 Briarwood Lane, Round Rock, Texas. Dieses Mädchen. Handelt es sich dabei um dieselbe Person, mit der Sie unterwegs waren? Ist das korrekt?«

Nun hielt er endlich inne, und wir starrten einander an.

Das war der Grund seines Besuches. Sie wollten mich wissen lassen, dass sie von der Kleinen wussten. Wussten, wo sie sich befand.

Kurz darauf stand der Anwalt auf und ging, ohne eine Antwort oder Reaktion von mir abzuwarten. Und ich dachte mir, jetzt konnte ich mich wenigstens wieder mit Schmerzmitteln vollpumpen lassen, denn meine Aussage war geplatzt.

Meine Geschichte änderte sich drastisch. Dem Büro der Staatsanwaltschaft erklärte ich nun, ich könnte mich an nichts mehr erinnern.

Es war nicht meine erste Verhaftung und auch nicht meine erste Gerichtsverhandlung, aber diesmal verpassten sie mir das volle Programm, weil sie angepisst waren, dass ich meine Geschichte geändert hatte.

Dreizehn Jahre Angola.

Ich schluckte es einfach.

Die Ermittlungen im Hafen schliefen ein.

Ich nahm nicht an, dass ich es noch viel länger machen würde. Ich wollte auch nicht mehr, denn wenn ich die Augen schloss, sah ich zu oft Rockys Gesicht vor mir, schlaff und dem Licht der Lampe ausgesetzt, als wäre der Tisch dort ein Altar.

Ich war froh, dass ich damit nicht mehr lange leben musste.

Mittlerweile zog ich das Bein nach, Folge des Autounfalls, und trug eine Klappe über dem linken Auge. Außerdem hatte ich ein komplett neues Gesicht, asymmetrisch, von tiefen Riefen durchfurcht, deplatzierten Augenbrauen und einer Nase, die aussah wie eine verfaulte Frucht. Meine Finger ließen sich nicht mehr richtig strecken, und die Knöchel waren wulstig und brachten mich bei Regen um. Der Staat spendierte mir einen Satz neuer Zähne. Sie hatten mir so viele kaputtgeschlagen, dass der Zahnarzt einfach zog, was übrig war, und mir ein Gebiss verpasste.

Schließlich untersuchte mich auch noch ein weiterer Arzt, der aber auch nicht mit Gewissheit sagen konnte, was die Schatten auf meiner Lunge bedeuteten. Er wollte eine Bronchoskopie durchführen, eventuell auch eine computertomographische Biopsie. Er nahm aber an, es wäre das, was auch der andere Arzt festgestellt hatte. Es bestand aber die geringe Chance, dass es sich um Tuberkulose oder Morbus Boeck handelte. Im besten Fall waren die Flecken noch gutartig, aber das würden sie mit an Sicherheit grenzender Wahrscheinlichkeit nicht bleiben. Die Zysten oder Karzinogene befanden sich in einer Art Stasis, konnten aber, wie er mir erläuterte, jederzeit bösartig werden und Metastasen bilden. Sie mussten mich operieren. Er wollte sie herausschneiden und unters Mikroskop legen. Es gäbe zahlreiche Behandlungsmöglichkeiten. Zur Behandlung verlegten sie mich an einen angenehmeren Ort. Es wäre sonst nur eine Frage der Zeit. Sonst wäre ich ein medizinisches Wunder.

Ich sagte nein. Als er sagte, der Staat würde für die Kosten aufkommen, sagte ich wieder nein.

Die ersten beiden Jahre teilte ich mir die Zelle mit einem Schwarzen namens Charlie Broedus. Wir kamen gut miteinander aus, und ich hatte ihm nichts vorzuwerfen, als er entlassen wurde. Ich wartete darauf, endlich zu sterben.

Nach einem Monat ging ich in die Bibliothek und suchte mir etwas zum Lesen. Ich hatte keine Ahnung, wo ich anfangen sollte. Eine Staatsbibliothekarin kam zweimal im Monat und machte Vorschläge. So freundete ich mich mit ihr an. Sie hieß Jeanine.

Allerdings führte dies zu keinerlei dramatischen Persönlichkeitsentwicklungen. Ich schätze, sie freute sich lediglich, dass ein Häftling sich für etwas anderes interessierte als Gesetzbücher.

Wenn ich las, nahmen mich die Wörter und ihre Bedeutung gefangen, deshalb maß ich die Zeit nicht mehr auf die hergebrachte Weise. Überrascht erkannte ich, dass es eine Freiheit gab, die einzig aus Wörtern bestand. Da fühlte ich mich, als hätte ich schon vor Ewigkeiten einen entscheidenden Punkt verpasst.

Ich war immer geschickt mit den Händen, konnte schweißen, Rohre verlegen, einen Motor auseinandernehmen, boxen und schießen, doch langsam merkte ich, dass manche Fähigkeiten mich nur behindert hatten und ein Werkzeug aus mir gemacht hatten. Bis dahin hatte ich das nie begriffen.

Meine Verletzungen verhinderten, dass ich auf der Farm zum Einsatz kam, der Angola seinen Spitznamen verdankt. Jeanine besorgte mir in der Bibliothek einen Job als ihr Assistent. Sie hatte rattige braune Haare, die sie auf eine Weise frisierte, die schon in den Siebzigern aus der Mode gekommen war, fette Arme, die wabbelten, wenn sie etwas abstempelte, und sie bewegte sich wie ein Trampel. Manchmal konnte ich Tränen in ihren Augen ausmachen, dann zog sie sich in ihr Büro zurück und kam den ganzen Tag nicht mehr raus.

Ich räumte Regale ein und schob den Karren durch die Gänge zu den Zellen. Niemand belästigte mich. Charlie Broedus kam zweiundneunzig raus, danach sah ich sie kommen und gehen, und schnell wurde ich eine Art Faktotum, ein Fossil zwischen verlassenen Regalen, das auch beim Essen die Nase im Buch stecken hatte. Das Lesen schärfte mein Denken. Ich konnte mir Dinge ausmalen, zu denen ich zuvor nicht fähig war. Aber wie gesagt, es machte keinen anderen Menschen aus mir.

Ich weiß, wer ich bin.

Ich dachte zu oft an Rocky. Und ich dachte an Carmen. Fragte mich, wo sie war, ob sie es geschafft hatte. Ich habe nie wieder von ihr gehört.

Jeden Tag stellte ich mir vor, Stan Ptitko zu ermorden, und tüftelte die unterschiedlichsten Möglichkeiten aus. Ganz nah an ihn rangehen, das Rasseln spüren, seine Augen beobachten. Ihn in den Wald schleppen und es lang hinauszögern.

Jeden Abend ging ich zu Bett und wartete, dass der Krebs ausbrach, doch er hockte nur da, schlief und wartete ab. So verbrachte ich fast zwölf Jahre.

Einfach so.

Am Vorabend des neuen Jahrhunderts auf Bewährung entlassen, fand ich mich, als die Glocken schlugen, allein in New Orleans wieder. Zweiundfünfzigjährig, stand ich auf der Straße. Die Farben hatten sich verändert, alles schien düsterer. Alle hatten Telefone. Die Leute fuhren japanische Autos. Unterhaltungselektronik war weit verbreitet, überall standen Fernseher. Das Quartier sah noch so aus wie früher, die gleichen schmiedeeisernen Balkone, die Stadthäuser, die Patios, die vollgepackten Bars. Der Geruch nach Pisse und die Kotze in den Rinnsteinen, das Klagen und Blöken der Bläser, das Wummern der Basstrommeln. Es hatte geheißen, dass vielleicht alles zum Stillstand kommen würde, irgendwas mit Computern. Aber ich wusste, das würde nicht passieren. Ich hatte es in elf Jahren erzwungener Nüchternheit gelernt. Ich konnte nicht mehr trinken. Unter Alkohol zuckte meine Leber zusammen wie ein aufgespießtes Insekt. Noch so eine Sache.

Ich stand im Schatten spanischer Säulengänge und sah zu, wie die Massen sich in die Straßen ergossen, Dauphine, Bourbon und Royal. Um Mitternacht küssten sich alle. Fremde teilten sich Champagnerflaschen, Lippen wurden aufeinandergepresst, Hände streichelten Nacken. Wenn sie mich wahrnahmen, wie ich sie im Schatten stehend beobachtete, wandten sie sich ab.

Ich blieb in New Orleans, weil ich Stan Ptitko töten würde. Seine Bar gab es immer noch, auch der Name hatte sich nicht geändert.

Ich gab einen Teil meines Gefängnislohns für ein Eisen aus, das ich von einem schwarzen Kid auf der St. Bernard kaufte, und trieb mich in den Straßen herum, die an Stan's Place grenzten. Den Wänden hätte ein Dampfstrahler gutgetan, und ein erheblicher Teil des Blechdachs war mit einer blauen Plane geflickt. Ein paar Blocks nordöstlich fand ich einen flachen Graben, der unter einer Brücke durchführte. Dort kampierte ich drei Tage und zwei Nächte. In einen alten Schlafsack und eine zerschlissene Flakweste gewickelt, die ich zusammen mit einer Kapuzenjacke, einem Paar abgetragenen Hosen und Tennisschuhen bei der Heilsarmee ergattert hatte, schlief ich unter der Brücke und beobachtete die Bar. Ich dachte an Rocky, an die Trestle-Brücke, unter der sie hatte langgehen müssen, und an den Abend, den sie allein dort verbracht hatte.

Am zweiten Tag sah ich Stan aus einem schwarzen Lincoln steigen. Er war um einiges dicker, besonders an Bauch und Hüften, und seine Haare waren dünn geworden.

Ich sah mich um, checkte die Double-Action 38er und hielt sie, während ich Richtung Bar ging, fest umklammert in meiner Westentasche. Ehe ich mich versah, stand ich auf der anderen Straßenseite gegenüber der Bar. Ich duckte mich mit ins Gesicht gezogener Kapuze hinter einem alten Telefonmast vor dem Gehweg und beobachtete den eleganten Lincoln und den Eingang mit seiner Metalltür. Drei weitere Wagen standen auf dem Parkplatz, ich hatte keine Ahnung, wie viele Personen sich in der Bar aufhalten mochten. Bevor Stan aufkreuzte, hatte ich ein paar andere hineingehen sehen, aber niemanden, dessen Gesicht ich wiedererkannt hätte.

Es war ein silbriger Morgen, das Licht arktisch und regenbogenträchtig, und mein Atem hinterließ in der Winterluft kleine weiße Wölkchen. Trotz der Kälte schwitzte ich.

Die Brache nebenan war immer noch leer, Unkraut und wilde rote Rosen, zerknülltes gelbes Zeitungspapier und leere Bierflaschen bedeckten die Erde. Hochrankende Sträucher und Schlingpflanzen hatten den Maschendrahtzaun zwischen Brache und Parkplatz in eine Mauer verwandelt. Von dort wehte ein kalter Wind, und ich verbarg mein Gesicht im Kragen der Weste. Hier zu sein fiel mir nicht leicht. Ich überlegte, ob ich gehen sollte.

Schließlich kam Stan wieder heraus. Allein. Jetzt konnte ich klar und deutlich sein Gesicht erkennen, aufgedunsen, die Stirn viel höher, und das Kinn mehr als doppelt so breit. Er trug ein weißes Hemd und schlechtsitzende schwarze Hosen, stand neben seinem Wagen und streckte sich. Er blickte Richtung Stadt und Fluss. Sein Blick streifte mich, aber er schien sich nichts dabei zu denken. Ein alter Penner neben einem Telefonmast.

Es wäre einfach gewesen. Ich hätte nur über die Straße zu gehen brauchen.

Ich weiß nicht, ob sich mein Körper an all das erinnerte, was sie mir angetan hatten, aber der Schrecken schnürte mir Eier, Herz und Kehle ab. Ich spürte das kalte Metall des Revolvers in meiner Hand, doch ihn zu benutzen schien plötzlich unvorstellbar. Der Gedanke daran lähmte mich. Mein Körper war vor Panik erstarrt.

Ich hatte nicht gewusst, dass ich so zahm geworden war.

Ich wollte einfach nicht, dass mir noch mal jemand weh tat.

Also war ich irgendwann zum Feigling geworden. Oder vielleicht war ich immer schon einer gewesen und hatte es eben erst bemerkt, weil es jetzt, wie alles andere in mir, offen zutage trat.

Stan stieg in sein Auto und ließ den Motor an, sofort wurde es von dichten Auspuffwolken eingehüllt. Ich löste mich vom rauen Holz des Masts und zog meine Weste enger. Der Lincoln fuhr vom Parkplatz. Ich trat auf die Straße, verblüfft, dass ich ihn davonkommen ließ. Ich bezweifle, dass er mich überhaupt im Rückspiegel gesehen hat, aber vielleicht ist ihm die schnell kleiner werdende Gestalt, die mit einem Revolver mitten auf der Straße stand, aufgefallen.

Ich schleppte mich über die Brache zum Gehweg auf der anderen Seite der Bar. Warf den Revolver in einen Müllcontainer und zog mein kaputtes Bein die zehn Blocks bis zum Busbahnhof hinter mir her.

Eigentlich durfte ich den Staat nicht verlassen, aber ich nahm den Bus und fuhr runter nach Galveston.

6

Ich habe die Fenster im Erdgeschoss mit Brettern vernagelt, und die meisten anderen im Umkreis haben dasselbe getan. Die Eigentümer sind mit vollgepackten Wagen Richtung Norden abgedampft, manche haben zudem Trailer oder improvisierte Pritschen angehängt. Der Präsident und der Gouverneur haben den Notstand ausgerufen und die Evakuierung der bedrohten Gebiete angeordnet. Ike, sagen sie, sei unausweichlich. Die Elemente erheben sich und verschmelzen zu heranrasenden aschefarbenen Wolken. Der peitschende Regen kommt direkt von vorne, deshalb lasse ich den morgendlichen Spaziergang ausfallen. Ich gehe nicht einmal rüber zum Donut-Laden. Ich habe angefangen, eine Tasche zu packen, es dann aber sein lassen. Ich sitze auf der Couch, nippe an meinem heißen Tee und denke über den Mann im Jaguar nach, frage mich, warum ich die Nacht überlebt habe.

Ich versuche, meinen Overall anzuziehen, aber mein Bein ist vom Sturm, und weil ich die ganze Nacht auf war, steifer als sonst. Ich lasse ihn auf dem Boden liegen, Sage rennt hinüber und rollt sich auf dem muffigen Stoff zusammen. Das Motel beherbergt logischerweise keine Gäste mehr, aber im Büro stoße ich auf Cecil. Er lässt den Computer hinter dem Tresen nicht aus den Augen, verfolgt Wetterentwicklungen und runzelt angesichts des Sturms auf dem Monitor die Stirn. Die Wolkenspirale, die dort zu sehen ist, ist unsagbar groß. So groß, dass sie vom Rahmen des Monitors eingefasst werden muss, damit sie nicht unsere Vorstellungskraft sprengt. So wie die Zeit von einer Geschichte eingefasst werden muss.

»Vielleicht solltest du besser nicht hierbleiben«, sagt Cecil. »Sonst werde ich noch haftbar gemacht, falls dir etwas zustößt.«

»Nein, mir passiert schon nichts.«

»Ich glaube eigentlich immer noch, dass er vielleicht an uns vorbeiläuft. Uns vielleicht ein paar Böen verpasst. Aber keinen ausgewachsenen Sturm«, sagt er, aber ich weiß, dass Cecil genau wie ich Schwierigkeiten hat, einen Grund zu finden, warum er flüchten sollte.

»Muss noch was gemacht werden?«

Er schüttelt den Kopf und zeigt auf den leeren Parkplatz. »Hurrikan-Feiertage.«

Ich stelle mich eine Weile neben ihn und beobachte die Animation auf dem Monitor, die Thermalgrafik einer wirbelnden Masse, die sich immer weiter ausdehnt und die Küste verschluckt.

Er sieht mich an, als würde ich ihm etwas verheimlichen. »Was ist mit der jungen Frau?«

»Welche junge Frau?«

»Die hübsche. Spuck's aus, alter Schwerenöter.«

»Wer?«

»Hat sie dich nicht abgepasst? Mann, du bist gefragt. Erst der Typ im Anzug, dann die Braut. Gutaussehende Lady. Jung, brünett. Sagte, sie suche nach dir. Gestern, am frühen Abend.«

Er zieht die Schublade heraus und fördert eine Meldekarte zutage. »Ich sagte ihr, du würdest heute hier arbeiten, aber nicht, dass du hier wohnst.«

Ich nehme die Meldekarte, der Name darauf sagt mir nichts. Es ist Cecils Handschrift, darunter steht eine Telefonnummer. »Hat sie dir nicht ihren Vornamen genannt?«

»Nein, und ich habe nicht daran gedacht, sie zu fragen.«

Ich lese noch mal. »Was hat sie gesagt?«

»Dass sie versucht, dich zu finden. Bat mich, dich zu bitten, sie anzurufen. Sie war heiß, Mann. Du solltest sie anrufen. Wenn du sie nicht anrufst, mach ich es.«

»Um ihr was zu sagen?«

»Ich lade sie auf einen Happen ein.«

»Was meinst du, wie alt war sie?«

»Anfang zwanzig, vielleicht. Hör zu, wenn du sie doch anrufst, leg ein gutes Wort für mich ein.«

»Sicher«, sage ich. Dann muss ich mich abwenden. Ein feuchtes Flackern überfällt mein gesundes Auge. Sogar im toten ist es zu spüren.

»Ich glaube«, sagt Cecil und wendet sich wieder dem Monitor zu. »Ich glaube, ich mach mich mal auf die Socken und hau ab. Du solltest es dir auch überlegen. Kannst mit mir mitfahren.«

»Ich komm schon klar.« Ich gehe nach draußen. Der Himmel ist eine brodelnde Mischung aus Schiefer, Kohle und Zinn, der Wind peitscht die Palmenwedel und fegt den Abfall durch die Straßen. Die Luft ist elektromagnetisch aufgeladen, umschließt mich bleischwer, als wäre ich plötzlich unter Wasser in einer versunkenen Stadt. Ich verriegle die Tür und lasse die Jalousien herunter. Sage jault.

Das Jagdmesser liegt auf dem Tresen, und ich presse die rasiermesserscharfe Schneide gegen die knitterige, fleckige Haut meiner Handgelenke. Ich lege es in die Schublade und fühle mich wie ein Idiot, weil ich es überhaupt herausgenommen habe.

Ich öffne meinen schmalen Schrank und nehme einen Hefter aus dem oberen Regal, in dem die Röntgenbilder stecken, die sie im Gefängnis gemacht haben. Man sieht die Flecken in meiner Lunge schweben wie Sterne, wie Schrapnelle, die rückwärts durch die Zeit geschleudert wurden, und ich fühle mich, als hätte mich nun der Augenblick eingeholt, an dem die Bombe explodiert. Ich spüre es am Wetter, am Namen der Frau auf der Meldekarte. Und es wird kein Killer, kein Exekutionskommando kommen, um mich kaltzumachen.

Ich zünde einen Jointstummel an und klemme ihn zwischen die Lippen. Jetzt, wo die Vorhänge zugezogen sind, ist es kühl und bläulich hier drin, Sage liegt an meinen Füßen, den Kopf zwischen die Pfoten geklemmt und den Schwanz eingezogen. Daran sehe ich, dass sie es auch spürt.

Die Frau muss den Mann im schwarzen Jaguar bezahlt haben, mich zu finden. Das heißt, sie hat Geld, und darüber bin ich froh.

Ich bleibe mit meinem Hund drinnen, beobachte den Himmel und mache nicht viel mehr, als ab und zu einen Blick auf die alten Röntgenbilder zu werfen und mir einen neuen Spliff zu drehen.

Die Frau, überlege ich, wird eine Geschichte hören wollen. Von jemandem, der sie vielleicht über ihr Leben aufklärt. Sie wird wissen wollen, was in den zwei Wochen geschah, damals, als sie vier Jahre alt gewesen war. Ob sie noch weiß, dass sie von zu Hause weggebracht wurde und das Meer gesehen, am Strand gespielt und Zeichentrickfilme gesehen hat? Und als dann ihre Schwester verschwand. Ich frage mich, wie das für das Kind gewesen sein muss.

Eine lange Geschichte, bevölkert von Waisen.

Ich kraule Sage, und sie jault kurz auf. Unter der Augenklappe juckt es, ich hebe sie an. Tränen rinnen aus meinem toten Auge, ich wische sie von der Wange.

Ich hatte also unrecht, als ich Rocky sagte, man könne sich aussuchen, was man fühle. Das ist nicht wahr. Man kann nicht einmal wählen, wann man etwas fühlt. Wahr ist, dass die Vergangenheit sich wie eine Trübung oder wie ein Erinnerungsschorf über die Augen legt. Und eines Tages bricht das Licht sich Bahn.

Ich denke an Carmen und frage mich wieder, ob sie gut davongekommen ist. Ich hoffe, sie hat noch etwas anderes gefunden im Leben.

Als es passiert, macht mein Herz nicht einmal einen Sprung wie sonst, wenn jemand an der Tür klopft. Das Klopfen klingt gehemmt, der Klang eines nervösen Menschen, der nicht stören möchte.

Ich drehe den Knauf, ohne durch den Spion zu schauen. Knarrend öffnet sich die Tür, vor mir steht eine Frau mit verzweifeltem Blick und wunderschönen Augen. Hinter ihr ballen sich graue Wolkenquallen über dem Meer.

Sie hat dichtes hellbraunes Haar, trägt Jeans und eine enge ockerfarbene Jacke. Cecil hat recht. Sie ist ausgesprochen hübsch. Mehr als hübsch. Sie steht auf der Veranda, umklammert mit einer Hand ihre modische lederne Handtasche. In der anderen Hand hält sie ein Blatt Papier, eine Fotografie vielleicht, und ich kann auf den ersten Blick sagen, dass sie unter einer existentiellen Leere leidet, und es nun auf mich abgesehen hat, um sie zu füllen.

»Mr. Cady?« Sie sieht mich an. Sie schielt ein bisschen.

Ich trete zurück und denke, dass sie wie eine talentierte junge Frau aussieht, eine, die gutes Geld verdient und auf sich aufpassen kann, und freue mich darüber. Ihre Lippen sind leicht geöffnet, als würde sie darauf warten, dass die Worte herauspurzeln, während ihre Augen suchend zwischen mir und dem Foto hin- und herhuschen. Welche Verzweiflung.

»Ich erkenne Sie nicht«, sagt Tiffany. Ihre Stimme ist tiefer, aber sie klingt dennoch vertraut. Immer wieder sieht sie zwischen Foto und meinem Gesicht hin und her. »Nein, Sie sind es nicht.« Sie hält mir das Foto hin.

Das Foto ist alt, verblasst und zerknickt. Es zeigt das Meer, einen Strand. Drei Menschen stehen in den Wellen. Der Mann ist groß, breitschultrig und sonnengebräunt. Die Mädchen sind blond, schlank und geschmeidig, ihre Züge verlieren sich im weißen Licht des Golfs.

Dennoch kann ich das Gesicht dieses Kindes in dem der Frau erkennen, das Kinn mit dem Grübchen, die markanten Augen, die vollen, geschwungenen Lippen. Ich frage, ob sie hereinkommen möchte.

»Ich weiß nicht ...« Wieder mustert sie unentschlossen mein Gesicht. Donner grollt, sein Echo hallt über dem Meer wieder. Sie seufzt.

»Tut mir leid. Aber ich habe mich geirrt.«

Sie nimmt das Foto wieder an sich und will es in ihre Tasche stecken; als sie sich abwendet, sage ich: »Es ist zwanzig Jahre her, Tiffany, und seitdem habe ich mich ziemlich verändert.«

Stirnrunzelnd schaut sie sich um, ihre Augen sprechen Bände.

»Sie kennen mich nicht mehr, aber ich war Ihr Freund.«

Eine stecknadelkopfgroße Träne löst sich und rollt über ihre Wange. Ich trete beiseite und bedeute ihr hereinzukommen. Sage streicht um ihre Waden, sie bückt sich und krault ihr die Ohren.

Ich bitte sie, sich zu setzen. »Wollen Sie Kaffee? Oder Tee?«

»Nein danke.« Sie hält inne, fährt sich mit der Zunge über die Lippen. »Ich würde einfach nur gern … das heißt, wenn Sie Zeit haben. Ich würde mich gerne mit Ihnen unterhalten. Nur reden. Wenn Sie mögen.«

»Sie haben Fragen?«

»Ja, bitte. Ich …« Sie lässt den Blick durchs Zimmer schweifen, schüttelt den Kopf, als könne sie kaum glauben, hier gelandet zu sein.

»Ich denke, ich mache uns mal einen Tee.«

Ich gehe zur Kochplatte und drehe das Gas auf, fülle den Teekessel und stelle ihn auf die bläulichen Flammen. Sie hat das Foto auf den Tresen gelegt, aber ich spüle im Ausguss ein paar Tassen ab, um nicht wieder zu ihr ins Zimmer zu müssen. Auf dem Foto bin ich braun gebrannt und kräftig, wie ein Pferd in der Sonne. Eiskaltes Wasser rinnt über meine Finger, sofort schmerzen mir die Knöchel. Ich vermag die Gegenwart dieser Frau auf meiner Couch kaum zu fassen, das unwahrscheinliche Glück ihrer Existenz.

Sie verdient Besseres als die Wahrheit.

Ich komme wieder ins Zimmer, wo mich Tiffanys nervöse Blicke erwarten. Sie krault Sage und versucht, nicht auf die Röntgenbilder auf der Couch zu sehen, stattdessen schaut sie mich an.

»Wie haben Sie mich gefunden?«

»Oh, das war – die Lady vom Hotel? Vor langer, langer Zeit? Sie sagte, Ihr echter Name sei Roy. Das haben die Schwestern auch gesagt. Der Mann, den ich beauftragt habe, fand Ihre Gefängnisakten und Fotos. Er hat eine Zeitlang gebraucht, bis er Sie aufgestöbert hat. Er musste ziemlich lange suchen. Außerdem waren wir nicht sicher, ob Sie der Richtige sind. Sie sehen so anders aus.«

»Ja, das stimmt.« Ich beobachte, wie sie eingehend das Apartment mustert, das Wohn- und Schlafzimmer, die gestapelten Taschenbücher. In ihren Augen glaube ich einen Hauch Mitgefühl zu erkennen. Das gefällt mir nicht.

»Wo wohnen Sie?«, frage ich.

»Austin.«

»Und was machen Sie dort?«

»Grafikdesign. Ich arbeite in der Werbung.«

»Mussten Sie dafür aufs College?«

»O ja. Ich war auf der University of Texas.«

»Wow«, sage ich und muss beinahe lächeln. »Wer – ich meine, wo sind Sie aufgewachsen? Ihre Familie?«

»Meine Eltern haben mich adoptiert. Über die Josefsschwestern. Ich bin in Tyler aufgewachsen.«

Sie hat den Kopf leicht schräg gelegt und fixiert mich. Sie trägt einen Ring, aber ich kann nicht erkennen, was für einen.

»Sind Sie verheiratet?«

Sie schüttelt den Kopf. »Noch nicht. Aber bald vielleicht. Ich bin mit jemandem zusammen. Eine Weile schon. Eine lange Weile.«

»Lieben Sie ihn?«

»Ähh? Ja.« Sie schaut weg und zupft an einer Strähne, in dieser Geste erkenne ich Rocky wieder, so klar und deutlich, dass ich mich abwenden muss. Als ich wieder aufschaue, sehe ich, wie sehr sie ihr ähnelt, und meine Kehle schnürt sich zusammen. Sie haben fast die gleichen Gesichtszüge, und das ist mehr, als ich ertragen kann.

»Gut«, sage ich, unfähig, ihr in die Augen zu schauen. »Dass Sie ihn lieben, meine ich.«

»Er war derjenige, der mich dazu gebracht hat … zu dem hier. Er hat mich gedrängt. Die Wahrheit herauszufinden.«

»Und was macht er?«

»Er … tut mir leid«, sagt sie. Ich habe sie nervös gemacht. Sie hat keine Ahnung, was sie von diesem Zimmer halten soll, seiner

Enge, den Röntgenbildern. Sie streicht sich mit den Fingerspitzen über die Lippen und sieht sich um, als könne noch jemand im Raum sein.

»Würde es Ihnen etwas ausmachen ... Ich meine, es gibt da wirklich Dinge, die ich wissen muss.« Sie sieht mich mit Rockys Augen an, leidvollen Augen, die leuchten wie die einer Heiligen.

Ich rücke an die Couch heran, hebe die Hand. »Ich weiß. Sie haben recht. Was wissen Sie?«

»Irgendwie erinnere ich mich an meine Schwester. Ein wenig zumindest. Ich erinnere mich, dass wir zusammen am Strand waren. Aber ...« Sie verliert ein bisschen die Fassung. »Eines Tages hat sie mich einfach verlassen.« Ihre Lippen zittern.

»Nein, nein«, sage ich. »So war das nicht.«

»Was ist passiert?«

»Wir wären noch am gleichen Abend wieder zurückgekommen. Wir sind nur ausgegangen.«

»Aber dann waren Sie in New Orleans. Sind im Gefängnis gelandet.«

»Ja, das stimmt.« Ich halte ihr die offenen Handflächen entgegen und schaue an mir herab. »Ich bin etwas ramponiert worden. Ein Unfall. Und es existierte ein Haftbefehl gegen mich.«

»Aber ... ich verstehe das nicht, was ist passiert, nachdem ihr mich verlassen habt?«

Ich halte den Kopf gesenkt und sehe zu, wie Tiffany den Hund streichelt.

Sie sieht weg, dann wieder zu mir her. »Haben Sie sie gut gekannt?« Bei den letzten beiden Wörtern versagt ihr die Stimme. »Meine Schwester?«

»Ich glaube schon.« Ich betrachte die Schattierungen in Tiffanys langen Haaren – eine ausgedörrte Prärie im Sommer –, ihre markanten Wangenknochen, die großen Augen.

»Welche Art Werbung machen Sie?«

»Wie bitte? Ich … ich designe Websites, Firmenlogos. Dinge in der Art.«

»Ich bin ein paarmal in Austin gewesen. Vor langer Zeit. Gibt es Barton Springs noch?«

»Ja. Äh … Sie erwähnten einen Unfall?«

»Gute Musik machen sie da oben. Mögen Sie Musik?«

Sie hebt den Kopf, sucht meinen Blick. Es fällt mir so schwer, sie anzuschauen, dass ich froh bin, als der Kessel pfeift und ich zurück zum Herd kann.

Mein Brustkorb schmerzt. Mit zitternden Händen greife ich den Kessel, und ein paar zischende Tropfen fallen in die Flamme.

»Hören Sie.« Ich höre sie durch die Wand. »Ich muss es wissen.« Sie hustet, als versuche sie, ihren Kummer hinunterzuschlucken.

Ich gieße zwei Tassen Lipton auf und lasse ihn ziehen.

»Hatten Sie Brüder und Schwestern?«, frage ich. »Ich meine, da wo Sie aufwuchsen?«

Sie ist so jung, so wirklich, meine Stimme überschlägt sich. Ihr Gesicht wirkt ausgehungert. Hunger nach der Wahrheit.

Sie nickt. »Ich hatte einen kleinen Bruder. Auch adoptiert.«

»Wie heißt er?«

Sie schlägt sich mit der Hand gegen die Stirn, ihre Lippen verzerren sich.

»Es tut mir ja leid, aber warum antworten Sie mir nicht? Bitte. Ich verstehe das alles nicht.«

Kein Herumgedruckse mehr jetzt. Mir wird klar, dass ich nicht die Nerven habe, ihr die Wahrheit vorzuenthalten.

Wenn ich ihr jetzt die Wahrheit sage, werde ich vielleicht von ihren Verpflichtungen erlöst. Kann sie an ihre rechtmäßige Eigentümerin weitergeben, und die gefrorenen Sterne in meiner Brust können endlich explodieren.

Ich werde sie nicht anlügen. Ich werde ihr alles erzählen. Über Rocky, ihren Vater, Sienkiewicz’ Haus, die Männer aus New Orleans und was sie getan haben.

Plötzlich bekomme ich Angst um sie. Die Leere wird ausgefüllt werden, aber du musst so stark sein, es zu ertragen.

Jahre, an die du keine Erinnerung hast. Jahre wie mysteriöse Narben.

Die ganzen Jahre über war ich dein Freund.

»In Ordnung«, murmle ich und kratze mir den Mund. »Es ist aber schlimm.«

»Was?« Tränen quellen aus ihren Augen, die dennoch stark und entschlossen wirken.

Ich schiebe die Röntgenbilder auf den Boden und setze mich neben sie.

»Ich werde dir alles über sie erzählen, alles, was geschehen ist. In Ordnung? Unter einer Bedingung.«

Ich tätschle Sages Kopf, um das Gesagte zu unterstreichen. »Wenn ich mit dir geredet habe, musst du gehen. Da draußen braut sich ein Sturm zusammen, und du musst die Stadt verlassen. Jetzt gleich. Sobald ich fertig bin.«

»Wollen Sie weg? Ich kann wiederkommen?«

»Nein, ich erzähle es dir jetzt. Alles. Aber wenn ich fertig bin, gehst du. Und du musst mir einen Gefallen tun.«

»Was für einen Gefallen?«

»Du nimmst den Hund mit.«

»Äh … also … ich weiß nicht …«

»Das ist der Deal. Einen anderen gibt es nicht.«

Sie sieht zu Sage hinunter, beugt sich zu ihr, krault sie.

»Okay. In Ordnung.«

»Schwören Sie es?«

»Ja. In Ordnung, ich schwöre es.« Sie nickt, wischt sich die Augen.

Groß ist sie geworden, starke, wie gemeißelt wirkende Wangenknochen, bei denen allein man schon stehen bleibt und sich umschaut. Ihre rotlackierten Fingernägel graben sich in Sages zimtfarbenes Fell, während sie verschnupft Luft holt und darauf wartet, dass ich anfange.

»Das andere Mädchen auf dem Foto ist nicht deine Schwester. Sondern deine Mutter. Du solltest ihr keine Schuld geben. Sie hatte ein hartes Leben.«

Ich strecke meine täppische, verformte Hand aus und lege sie auf die ihre. »Aber sie hat einmal sehr viel Mut bewiesen.«

Meine Hand wirkt monströs auf der ihren, aber sie stößt sie nicht weg. Ihr Blick bohrt sich in mein gesundes Auge.

»Sie hat dich nicht verlassen«, sage ich. »So war es nicht. Sie hat dich nicht im Stich gelassen.«

Sie schlägt die Hand vor den Mund, ihre Züge entgleiten, ihr Gesicht fällt in sich zusammen wie eine Sandburg unter einer Welle. Ich rücke näher, und weil ich nicht anders kann, lege ich ihr den Arm um die Schultern. Sie drückt meine Hand. Ich warte, bis das Gesagte über sie hinweggewogt ist, lasse sie einen Augenblick Atem holen. Sie wird all ihre Kraft für den Rest brauchen.

Als sie sich ein wenig gefangen hat, hole ich ihr frischen Tee und fange noch einmal von vorn an.

Erzähle ihr alles.

Als sie aufbricht, stehe ich in der Tür und sehe zu, wie sie Sage in ihren kleinen goldenen Toyota bugsiert. Ehe sie einsteigt, hält sie noch einmal inne, der Regen verleiht ihr die Aura einer Heiligen. Sie sieht zu mir herüber. Ich muss die Tür schließen, gehe hinein und warte, bis ich sie davonfahren höre.

Ich stelle mir vor, wie sie mit Sage über die weißen Felsen am Ufer des klaren Flusses tollt, der durch Austin fließt, und denke nicht an Rocky.

Ich denke an den Wind, der die Oberfläche eines Sees kräuselt, an meine Mutter, die »A Poor Man's Roses« singt.

Mein Kopf ist frei, und meine Hände schmerzen nicht mehr.

Der Sturm peitscht den Regen in spitzen Pfeilen herüber, die Wolken färben den Nachmittag schwarz wie das Kleid einer Witwe. Die schwere Luft trieft vor Ozon und Salzwasser. In der Ferne knackt und kracht es, Blitze zucken über das Meer, als hätte der

Himmel Dynamit geschluckt. An seinem dräuenden Rand kann ich beinahe eine andere Dunkelheit ausmachen, ein tieferes Schwarz, das über den Horizont heraufkriecht und Formen annimmt, die ich mir nicht vorstellen kann.

Zweige schlagen gegen die verbarrikadierten Fenster, es klingt, als würde eine Kreatur mit ihren Krallen versuchen, sich einen Weg zu bahnen. Der Wind heult mit der Stimme dieses Tieres. Ein tiefes, waidwundes Heulen.

Zwanzig Jahre ist es her.

Und ich hatte befürchtet, ich würde ewig leben.

NACHWORT

Im April 1841 erschien im »Graham's Magazine« mit »Der Doppelmord in der Rue Morgu« die erste Kriminalgeschichte überhaupt. Ihr Verfasser, Edgar Allan Poe, entwirft in dieser Short Story nicht nur den Prototyp einer Detektivgeschichte, deren Erzähltechnik bis heute adaptiert wird, sondern schafft mit C. Auguste Daupin auch einen Hauptdarsteller, der – alle Zeiten überdauernd – immer noch zum Personal vieler guter Kriminalromane zählt: den exzentrischen Amateurdetektiv. Dupins analytische Fähigkeiten führen schließlich zur spektakulären Auflösung des Falls (es war ein wild gewordener Affe), aber ebenso im Gedächtnis bleibt seine beinahe kulthafte Verehrung der Nacht, ein Motiv, das in anderen Erzählungen Poes noch weitaus mehr Raum einnimmt und das metaphorisch die Abgründe des Menschen und die »Nachtseite der Moderne« aufzeigt.

Dieses Hin- und Hergerissen sein zwischen den Mächten des Hellen und Guten und dem Dunklen und Bösen trieb auch einen seiner größten Förderer um, den Schriftsteller und ersten Übersetzer Edgar Allan Poes: Charles Baudelaire.

Baudelaire, dessen »Les Fleurs du Mal« (»Die Blumen des Bösen«) Mitte des 19. Jahrhunderts die Lyrik in Europa revolutionierte, beschreibt Großstadt in all ihren Facetten und mit ihr den neuen Typus des Großstadtmenschen, ein von Pessimismus und Melancholie bestimmtes und dem Dasein entfremdetes Individuum, das sich im Irrgarten der eigenen Existenz zunehmend ängstigt.

Legt man nun die Erzählmotive dieser beiden Seelenverwandten zusammen, und ergänzt sie um das Bild des *Poète maudit* – dessen Werk sich provokant und selbstzerstörerisch dem Geschmack der Mehrheit entgegenstellt und dessen Leben selbst von Zerrissenheit geprägt ist –, dann lassen sich Romanfiguren denken, die dem von seinen Zeitgenossen als zügellos und lasterhaft beschriebenen Charakter Edgar Allan Poes und jenem des drogen- und alkoholabhängigen Revolutionärs Baudelaire nicht unähnlich sind. Und man erhält das natürliche Habitat des Noir-Protagonisten mit seinem zwischen Nihilismus, Zynismus und Melancholie changierenden Seelenzustand.

Was nun noch fehlt, ist das dazugehörige Klang-Bild, um die dunkle Spielart des Kriminalromans vollends zum Leben zu erwecken.

»Der Doppelmord in der Rue Morgue« wurde 1932 verfilmt. Für die Bilder war Karl Freund verantwortlich, einer der bedeutendsten Kameramänner des expressionistischen Stummfilms in Deutschland, Erfinder der entfesselten Kamera und der scharfen Hell-Dunkel-Kontraste, der mit Filmen wie »Der letzte Mann«, »Metropolis« oder »Berlin – Die Sinfonie der Großstadt« Meisterwerke der Filmkunst geschaffen hat.

Ohne ihn und Regisseure wie Fritz Lang, Billy Wilder oder Max Ophüls, um nur einige zu nennen, wäre der Film Noir, so wie wir ihn heute kennen, undenkbar. Im Hollywood der frühen 1940er Jahre waren es vor allem europäische Filmemacher, die die visuellen und thematischen Grundlagen für den Film Noir legten. Aber die wirklich großen Stoffe lieferte die amerikanische Hardboiled-Kriminalliteratur.

Dashiell Hammetts »The Maltese Falcon« (»Der Malteser Falke«) bot die Vorlage für John Hustons »Die Spur des Falken«, und auch die meisten Romane von Raymond Chandler, dem Schöpfer von Privatdetektiv Philip Marlowe, wurden verfilmt, ebenso wie die Werke von Cornell Woolrich (»Das Fenster zum Hof«) oder James M. Cain.

Dies war der Beginn eines überaus regen Austauschs von Gedanken und Ideen über Kontinente hinweg, der nicht nur den Film oder die Literatur betraf, sondern auch die Philosophie, die Musik, die Bildende Kunst.

Der französische Verlag Gallimard verlegte ab 1945 mit der *Série noire* die wichtigsten Hardboiled-Autoren in französischer Sprache, und die Filmregisseure Pierre Chenal und Luchino Visconti adaptierten unabhängig voneinander James M. Cains »The Postman Always Rings Twice« (»Wenn der Postmann zweimal klingelt«). Die Nouvelle Vague, der italienische Neorealismus oder die vom Existenzialismus beeinflussten Filme von Jean-Luc Godard, François Truffaut oder Claude Chabrol, alle profitierten sie von dieser neuen Art des Erzählens und auf faszinierende Weise verschmolzen Hoch- und Populärkultur sowohl in Amerika als auch in Europa.

Und um den Begriff des Klang-Bilds endlich näher zu erläutern: Während sich die europäischen Existenzialisten in Harlem herumtrieben, um die Schwarze Clubkultur und Musik zu entdecken, feierte Miles Davis in Paris Triumphe.

Jazz und Noir, das gehört unbedingt zusammen – legendär sind Miles Davis' Soundtrack zu Louis Malles »Ascenseur pour l'échafaud« (»Fahrstuhl zum Schafott«) oder Martial Solals großartige Filmmusik zu »À bout de srecoufflé« (»Außer Atem«) von Godard, in der sich die Musik auf so unvergleichliche Weise mit den Alltagsgeräuschen von Paris verbinden. Aber »Crime-Jazz« ist nur einer der zum Noir passenden Musikstile, Rock-, Blues-,

Country- oder Rap-Musik sind ebenso stilbildend und liefern den Sound für viele der Neo- und Country-Noir-Filme der Gegenwart. Unverändert inspirieren sich unterschiedliche Kunstgattungen und Kulturen gegenseitig und die Anfänge des Noirs fungierten, das darf man wohl sagen, als Katalysator.

Das bildet auch die vorliegende Auswahl ab. Sie stellt nicht die wichtigsten und bekanntesten Werke des Krimi-Noir zusammen, denn die sind alle hinreichend gelesen und rezipiert. Vielmehr folgt sie der eben beschriebenen Spur, stellt Verbindungen zwischen dem amerikanischen und europäischen Noir her und versammelt herausragende Romane aus beiden Kontinenten. Beginnend mit James M. Cains letztem und lange verschollenen Roman »Abserviert«, führt sie in das Harlem der frühen 1960er Jahre, stellt mit Ulf Miehes »Puma« einen der wenigen deutschsprachigen Noir-Romane vor und besucht Fabio Montale, einen kleinen Polizisten mit Hang zum guten Essen, in Marseille. Massimo Carlottos »Die dunkle Unermesslichkeit des Todes« ist ebenso beklemmend und grandios, wie der Titel es vermuten lässt, und mit Charles Willeford, Jim Nisbet und Nic Pizzolatto wird die ganze Bandbreite des amerikanischen Noir erlebbar.

Die ausgewählten acht Titel sind – wie es sich gehört – voller zwielichtiger Gestalten, dunkler Ecken und trauriger Helden. »Der Krimi«, so hat es James Ellroy mal ausgedrückt, »ist ein Filter für das negative Potenzial, das man in sich trägt.« Noir aber ist mehr. Als Leser kann man sich mal auf diese, mal auf jene Seite schlagen und insgeheim die Untiefen der eigenen Persönlichkeit ausloten. Und nicht selten zerfließt die widersprüchliche Weltanschauung des Helden mit der eigenen. Was entweder Entsetzen oder wohlige Schauer auslöst.

Peter Graf

Nic Pizzolatto wurde in New Orleans geboren und ist in Lake Charles, Louisiana, aufgewachsen. Bereits an der Universität erhielt er zahlreiche Auszeichnungen für sein Schreiben und war später auch als Dozent tätig. 2006 erschien seine Kurzgeschichtensammlung »Between here and the yellow sea«, die im gleichen Jahr auf der Longlist des Frank O'Connor International Short Story Awards stand. Seit 2010 ist Pizzolatto ebenfalls als Drehbuchautor tätig, u. a. für »The Killing« und die hoch gelobte HBO-Serie »True Detective«.

Lizenzausgabe der Süddeutsche Zeitung GmbH, München,
für die Süddeutsche Zeitung Edition 2016

Nic Pizzolatto
Galveston
Die Originalausgabe erschien 2011 bei SCRIBNER, New York

Die Deutsche Erstausgabe erschien 2014 bei
WALDE+GRAF bei METROLIT

Aus dem Amerikanischen von Simone Salitter und Gunter Blank

Herausgeber: Peter Graf | WALDE+GRAF Verlagsagentur und Verlag GmbH
walde-graf.de
Projektmanagement: Till Brömer
Gestaltung und Layout: studio stg, studio-stg.com
Druck- und Bindearbeiten: CPI books GmbH, Ebner & Spiegel Ulm

Printed in Germany
ISBN: 978-3-86497-357-4